KB237506

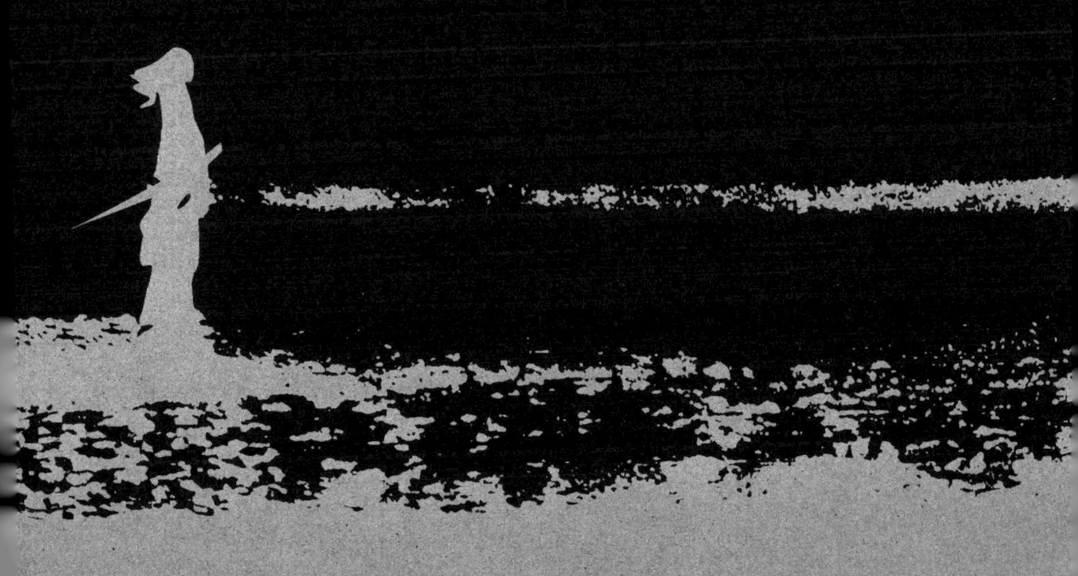
청평조
清平調詞

구름 닮은 옷차림 꽃과 같은 생김새
봄바람 난간을 스쳐 가고 이슬 맺힌 꽃 짙어만 가네
만약 군옥산 머리에서 만나지 않았다면
정녕 요대의 달빛 아래서 만날 수 있으리

雲想衣裳花想容
春風拂檻露華濃
若非群玉山頭見
會向瑤臺月下逢

소환전기

◀인간의 함성▶

소환전기 5
황규영 판타지 장편 소설

초판 1쇄 찍은 날 § 2006년 3월 3일
초판 1쇄 펴낸 날 § 2006년 3월 13일

지은이 § 황규영
펴낸이 § 서경석

편집장 § 문혜영
편집책임 § 유경화
편집 § 심재영

펴낸곳 § 도서출판 청어람
등록번호 § 제1081-1-89호
등록일자 § 1999. 5. 31
어람번호 § 제1-0686호

주소 § 경기도 부천시 원미구 심곡1동 350-1 남성B/D 3F (우) 420-011
전화 § 032-656-4452 팩스 § 032-656-4453
http://www.chungeoram.com
E-mail § eoram99@chollian.net

ⓒ 황규영, 2005

ISBN 89-251-0013-4 04810
ISBN 89-5831-801-5 (세트)

A Tale of Summon

5

소환전기

◀인간의 함성▶

Fantasy Frontier Spirit | 황규영 판타지 장편 소설 |

도서출판 청어람

Contents

"**비**공정이다아아!"

"개 떼같이 많다아아!"

병사들이 혼란에 빠져 소리를 질러대기 시작했다. 그들 중 누구도 저렇게 많은 비공정을 본 적은 없다. 대부분의 사람은 비공정 자체를 본 적조차 없다.

수백 척에 달하는 비공정이 서서히 다가왔다. 그리고 그들은 블루 드래곤 기동 부대가 정렬해 있는 곳 앞쪽의 평지에 차례차례 착륙하기 시작했다.

"사령관님, 이, 이게 도대체 어떻게 된 겁니까?"

귀족 몇 명이 놀란 표정을 조금도 숨기지 못하고 제이에게 더듬거리며 말했다.

제이가 혼란에 빠진 기동 부대를 쳐다보며 숨을 크게 들이마셨다.

"블루 드래곤 기동 부대의 용사들은 들어라!"

마나가 실린 목소리는 엄청나게 크고 강력했다. 십만 명 모두 그 소리를 똑똑히 들을 수 있었다. 잠시 정적이 흘렀다.

"너희들은 공중 강습 부대라고 했다. 공중 강습 부대가 뭔지 아는 사람 있나?"

그런 사람이 있을 리가 없다.

"이제 너희는 하늘을 날아가서 적이 제대로 대비하지 못한 곳을 공격할 것이다. 하늘을 날아오는 부대를 누가 대비하겠나? 제국이 그런 것을 대비할 리 없다."

제이의 말에 병사들이 소란스러워졌다.

"하늘을 날아 적의 뒤통수를 치는 것. 그것이 공중 강습 부대다. 그리고 여기에 인더스트리의 비공정 함대가 도착했다. 저 비공정들이 너희들의 발이 될 것이다. 너희와 함께 적의 급소로 이동할 것이다."

이제 병사들의 소란은 혼란에 가까워졌다.

"조용히 해라. 저것은 단지 탈것이다. 마차나 배처럼 탈것이다. 다만 하늘을 나는 것이 다를 뿐이다. 명색이 군인이라는 놈들이 자기들이 탈 것을 보고 그 난리를 치다니. 창피하지도 않나!"

제이의 고함 소리에 병사들이 조금씩 진정했다.

"더구나 저건 귀족들도 비싸서 감히 못 타는 비공정이란 말이다."

제이의 마지막 말이 쐐기가 돼서 더 이상의 소란은 없었다.

"저, 사령관님."

백작 하나가 조심스럽게 다가왔다.

"뭐냐?"

"저건 비공정입니다. 게다가 공격도 아니고 병력 수송에 쓰시겠다니요? 비공정은 수송용으로 쓸 때의 요금이 특히 엄청납니다. 더구나 전쟁터에서 사용하면 할증 요금이 몇 배는 더 붙습니다. 그런데 저건 언뜻 보기에도 수백 대는 되어 보입니다. 저만한 비공정의 임대 비용을 다 지불하려면 세계 제일의 부자라도 파산합니다."

백작은 걱정이 가득한 얼굴이다.

"그렇습니다. 사령관님이 혹시 큰 부자시라고 해도 감당하기 어렵습니다. 만약 계약금만 주고 부른 거라면 파기하고 그냥 돌려보내는 것이 어떠신지요? 들어간 돈이 아깝더라도 거기서 끝내는 것이 좋습니다."

다른 백작도 옆에서 거들었다. 그들은 다른 걱정 때문에 제이를 말렸다.

'이 평민 놈이 계약금이나마 지불한 것도 기적이다. 어디서 얼마나 사기를 쳤는지 모르지만 아마 지금은 거지겠지.'

'혹시 그 돈을 우리한테서 뜯어내려고 해도 소용없다. 한 푼도 낼 수 없다. 절대로 못한다. 암, 못하지.'

'저거 물어주려면 여기 온 모든 귀족이 가진 재산 다 팔아도 안 된다. 같이 죽을 수는 없어.'

백작들이 속으로 다짐했다. 비용에 생각이 미친 다른 귀족들도 같은 생각이었다.

"헤헷."

릴리가 더 이상 참지 못하고 옆에서 작은 웃음소리를 흘렸다. 여러 귀족들이 그런 릴리를 째려보았다. 하지만 그들에게 릴리는 이 실력 대단한 사령관의 여자라고 인식되어 있었다. 그래서 함부로 뭐라고 하지는 않았다.

“걱정 마라. 너희들보고 돈 내놓으라고 하지는 않는다.”

귀족들의 생각을 눈치챈 제이가 말했다. 그래도 귀족들은 불안함을 감추지 못했다.

비공정들 중 가장 큰 한 척이 제이와 가까운 위치에 서서히 착륙했다. 비공정이 착륙 과정에서 밀어내는 공기 때문에 시원한 바람이 귀족들에게 불었다.

“배틀쉽이다. 말로만 듣던 바로 그 배틀쉽 급 비공정이다.”

마법사 중 한 명이 비공정의 크기를 알아보고 멍하니 중얼거렸다.

배틀쉽 급은 그 길이만 해도 크루저 급의 두 배는 되는 거대한 비공정이다. 사람들은 바람을 맞으며 비공정을 주시했다.

비공정이 착륙하자 한 무리의 사람들이 내렸다. 그들은 곧바로 제이 쪽으로 걸어왔다. 기동 부대에 편성된 귀족 중 백작들이 움찔거리며 한군데로 뭉쳤다. 그리고 긴장한 모습으로 다가오는 사람들을 바라보았다. 귀족들의 얼굴은 걱정으로 가득했다.

“얼마를 요구할까요?”

“아마 요금 계산은 이미 끝났겠지요. 어쩌면 잔금을 미리 달라고 하는 걸지 모릅니다.”

“그래도 우린 아직 타지도 않았는데…….”

“사령관이 뭐라고 하든 나는 돈 없습니다. 암요, 없고말고요.”

“그냥 돌려보냈으면 좋겠네요.”

귀족들이 자기들끼리 수군거렸다.

다가온 사람들 중 깔끔한 제복으로 차려입은 남자가 제이의 앞에 섰다. 귀족들이 침을 꿀꺽 삼켰다.

남자가 제이 앞에서 차려 자세를 취했다. 경례까지 멋들어지게 붙였다.

"공중강습함대! 준비 완료했습니다!"

"반갑습니다, 제독님. 제이라고 합니다. 비공정을 모아 오시느라 수고 많이 하셨습니다."

제이가 가볍게 감사의 인사를 했다.

"아닙니다. 신의 손이 하시는 일 아닙니까? 이번 작전에 참여하는 것을 우리 공중강습함대 대원 전체는 영광으로 생각하고 있습니다."

제독은 정말로 기뻤다. 이만한 규모의 함대 지휘는 인더스트리에서 지난 백 년 이내에는 없었다.

"별말씀을. 비공정들을 합류시키고 통제하려면 고생이 많으셨겠습니다. 그런데 전체 편성이 어떻게 됩니까?"

"옛. 모든 공중 도시에서 비공정 지원에 전폭적으로 협조했습니다. 배틀쉽 급 한 척. 크루저 급 삼십이 척. 디스트로이어 급 육십사 척. 콜벳 급 이백오십육 척입니다."

"콜벳 급의 숫자가 꽤 많군요."

"예. 닥치는 대로 긁어모았습니다. 탑승 가능 인원이 워낙 적어 수송 능력은 보잘것없지만 정찰용이 많이 필요하다고 하셔서 특별히 신경 썼습니다."

제독이 당당한 얼굴로 말했다.

그리고 그의 보고에 귀족들의 안색이 창백해졌다.

"비공정이 그렇게 많이 온 거였어? 난 돈 없어!"

귀족 하나가 자지러지면서 소리쳤다.

제독과 제이가 그런 부하들을 돌아보았다.

"이런. 제 부하들이 돈이 없다는군요."

제이가 웃으며 말했다.

그 말에 나머지 귀족들도 손을 떨기 시작했다.

"없어. 없어!"

"단 한 푼도 못 줘!"

"이게 도대체 무슨 미친 짓입니까? 우리가 누구 좋으라고 이런 바보 짓을 합니까?"

귀족들이 요란히 항의했다.

"이번 작전은 인류를 위해서 하시는 일이라고 들었습니다. 저는 제이님을 성심껏 보좌하란 명령을 받았습니다. 그런데 감히 돈을 받다니요. 그런 짓을 했다가는 아무리 저라 해도 영창에 갑니다."

제이의 농담을 이해하지 못한 제독이 단호하게 말했다.

그 말에 귀족들의 소란스러움이 조용히 잦아들었다.

"저기, 제독 각하. 방금 이 비공정 함대 사용료가 공짜라고 말씀하셨습니까?"

백작 하나가 귀가 의심스럽다는 표정으로 질문했다. 다른 말은 귀에 들어오지도 않았다.

"물론입니다."

"어째서입니까? 설사 제국의 황제라고 하더라도 비공정을 공짜로 탈 수는 없다고 들었습니다."

"당연합니다. 하위 인간이라면 누구도 그럴 수 없습니다."

"그런데 어째서 이번에는 공짜입니까? 말이 안 되잖습니까?"

백작이 자신이 아는 상식과 정면으로 배치되는 상황을 이해하지 못하고 연이어 질문했다.

"제이님은 인더스트리의 영웅이십니다. 그분이 하시는 일은 무조건

옳습니다. 그리고 제이님은 인류 전체를 위한 일을 하십니다. 어떻게 돈을 받겠습니까? 인더스트리가 돈에 미친 인간만 사는 곳은 아닙니다."

제독이 확신에 찬 얼굴로 말했다.

귀족들은 이 상황을 이해할 수 없었다. 자기들끼리 잠시 수군거렸다. 인더스트리가 돈에 미치지 않았다는 말을 듣자 공짜라는 말까지 의심이 들었다. 그러다가 한 귀족이 무릎을 탁 쳤다.

"아, 사령관님의 출신 국가가 어디인지 밝혀지지 않았다고 하더니만. 그래, 그랬던 거였어. 사령관님, 당신은 인더스트리의 사람이셨군요. 그것도 고위직이시군요."

귀족이 드디어 알았다는 듯이 말했다.

'비공정 임대 비용은 이제 걱정없군.'

'인더스트리 고위층과 친분을 맺을 기회다.'

귀족들의 안색이 일제히 밝아졌다.

"우리 인더스트리에는 아쉽게도 그런 행운이 없었습니다."

제독이 씁쓸한 얼굴로 부인했다. 그도 제이가 인더스트리 사람이 아니란 사실이 한없이 안타깝다.

제독의 말에 귀족들은 다시 혼란에 빠졌다. 이제 귀족들은 제이의 정체에 대해서 더 알 수 없다. 귀족들의 고정관념으로는 현 상황이 납득되지 않았다. 그들이 다시 자기들끼리 수군거렸다.

"중요한 건 당신들 주머니에서 부대 운영비를 꺼낼 필요가 없다는 거지. 그것으로는 궁금증이 풀리지 않는가? 원한다면 좀 더 자세한 정보를 얻게 해줄 수도 있다. 대신에 그만큼 비용을 지불해야겠지. 비공정 몇 대의 임대비라도 내라."

제이가 부하 귀족들을 향해 말했다.

귀족들이 재빨리 고개를 저었다.

"궁금하지 않습니다."

대부분의 귀족이 단호하게 거절했다. 사안이 작으면 돈 좀 내고 진실을 알아보겠다고 나섰을지도 모른다. 그러나 단 한 척의 비공정이라도 전쟁터에서 임대하려면 꽤나 많은 돈을 잡아먹는다. 더구나 그것이 병력 수송용이라면 단 몇 대 만으로 귀족 하나를 파산시켜 버릴 수 있다. 호기심을 해소하겠다고 그런 엄청난 돈을 내놓고 싶은 귀족은 없다.

제이가 만족한 얼굴로 전 부대를 돌아보았다. 다시 목소리에 마나를 실었다.

"이제 모두 비공정에 탑승한다."

제이의 말에 이번에는 제독이 당황했다.

"죄송하지만 정원 초과입니다. 충분한 수량을 확보하지 못했습니다."

제독이 작은 목소리로 말했다. 제이는 그 말을 무시하고 계속해서 병사들에게 지시했다.

"비공정의 정원은 제한되어 있다. 크루저 급의 예를 들자면 저것은 정상 수송 인원이 백 명이다. 그러나 그건 제대로 된 병력이 쾌적한 환경으로 탑승할 때의 이야기지. 너희들은 전부 경보병이다. 가진 무기는 작고 갑옷도 거의 없다. 꽉꽉 끼어 탄다면 실내에 몇백 명이라도 탈 수 있다."

"그렇게 해도 모자랍니다."

제독이 다시 옆에서 보충했다.

"물론, 그렇게 해도 타지 못할 병력이 많다. 그 인원은 비공정의 갑판 위로 올라타라. 갑판은 실내보다 훨씬 많이 탈 수 있다. 대신에 짐짝처럼 꽉꽉 미어터져야 한다. 편한 이동은 아니지만 목적지까지 제국군과 싸우면서 걷는 것보다는 훨씬 낫다."

제이가 여전히 병사들을 보며 말했다.

병사들은 상관하지 않았다. 그들은 이제 자신들이 난생처음 비공정을 타본다는 것에 들떴다.

그러나 일단 비공정에 탑승하고 나자 사정이 조금 달라졌다.

실내에 탑승한 병사들은 정말 비좁음을 느꼈다. 복도를 포함한 모든 내부 공간에 사람들이 찡겨 앉았다. 눕는 것은 상상도 할 수 없었다.

하지만 그나마 그들은 상황이 낫다. 상부 갑판 위에 탑승한 병사들도 실내 못지않게 공간이 부족했다. 그러나 그들은 거기에 더해서 떨어지면 죽는다는 공포를 추가로 감수해야 한다.

더구나 갑판에는 문제가 하나 더 있다. 비행 중인 비공정은 높은 곳에서 공기를 가르고 날아가게 된다. 당연히 바람이 심하게 분다. 아차 하면 추락한다. 갑판의 병사들은 떨어지지 않기 위해서 모두 몸을 끈으로 단단히 묶었다. 서로 묶은 끈을 비공정 상부 갑판과 다시 연결하여 실수로 추락하는 사람이 없도록 했다.

"날 수 있겠습니까?"

이번 작전에 단 한 대가 제공된 배틀쉽 급의 함교에서 제이가 질문했다. 병력을 태운 비공정들의 내부에서 여유가 있는 유일한 공간이 조종실이다.

"현재 모든 비공정에는 최대 수용 인원을 훨씬 초과하는 인원이 탑승하는 중입니다. 물론 비공정의 비행 능력은 그 정도를 감당할 수 있습니다만 다른 문제가 있습니다."

"원활하게 움직이지는 못하겠군요?"

"그렇습니다. 떠오르는 것은 가능합니다만 그다지 높이 올라갈 수가 없습니다. 고도가 높아질수록 에너지를 더 많이 소모하기 때문에 함부로 상승하면 원하는 기동을 할 수 없습니다. 속도 역시 마찬가지입니다. 워낙 무거운 상태라 제대로 가속할 수 없습니다. 그렇다고 무리해서 가속했다가는 방향 조정을 제대로 할 수 없게 됩니다. 따라서 속도에는 한계가 있습니다."

제독이 미안한 듯이 말했다.

"괜찮습니다. 다 태울 수 있다는 것만으로도 만족합니다. 속도는 어느 정도만 나와도 충분합니다. 조용히 갈 수만 있으면 됩니다. 고도는 어차피 구름 위로 올라가지 못할 바에야 의미없습니다. 적의 눈을 피하기 위해서는 다른 방법을 쓰면 되니까요."

제이가 제독에게 웃어주며 말했다. 그리고 시선을 창밖으로 돌렸다.

"지금부터 우리 블루 드래곤 공중 강습 부대는 야간에만 이동하도록 하겠습니다. 콜벳 급 비공정을 정찰용으로 충분히 풀어 제국군이 없는 코스를 잡겠습니다. 제국은 우리의 존재를 알지 못할 겁니다."

"하지만 야간에는 다른 비공정의 위치를 파악키 조금 어렵습니다. 이런 거대한 함대가 움직이다 보면 실수로 충돌할 우려가 있습니다. 위험합니다."

제독이 경고했다.

"조심해야지요. 어차피 낮에 이동하다 적에게 발각되는 것보다는 훨씬 안전합니다. 그리고 속도가 그리 빠르지 않은 것이 오히려 그런 면에서는 도움이 됩니다. 원래 비공정 간의 피아 식별 방법이 있을 것 아넙니까? 지금 주변 감시 인원은 넘치도록 있습니다. 최악의 경우에는 상부 갑판에 조그마한 발광체라도 하나 설치하도록 합시다."

제이가 말했다. 야간 비행이 위험해도 어쩔 수 없다. 제국군이 미리 알면 작전은 시작도 못해보고 끝난다. 그러면 양쪽에서 얼마나 많은 병사가 죽을지 짐작도 할 수 없다.

"알겠습니다. 그럼 목적지는 어디로 하시겠습니까?"

제독이 각오를 다지며 질문했다.

"비밀입니다."

제이의 말에 제독이 잠시 당황했다.

"죄송합니다만 꼭 비밀이라고 말씀하시는 것 같았습니다."

"맞습니다. 비밀입니다. 이 작전의 핵심은 사전에 노출되지 않는 것입니다. 제국군은 우리의 스무 배입니다. 십만이 많은 것 같지만 이백만에 비하면 아무것도 아닙니다. 잘못하면 단숨에 몰살당합니다. 죄송합니다."

제이가 사과했다. 하지만 정말 아무에게도 가르쳐 줄 수 없다. 그의 계획은 연합군의 것과도 다르다. 연합군은 제이가 제국군을 유인해 줄 것이라고 믿고 매복 작업을 진행 중이다. 제이는 미끼가 될 생각이 없다.

이 작전에는 너무 많은 목숨이 걸려 있다. 누구는 의심하고 누구는 안 할 수 없다. 어느 쪽으로든 정보가 새면 끝장이다. 그럴 바에야 차라리 아무도 모르게 하는 것이 낫다.

제이의 미안해함과는 달리 제독은 금방 납득했다.

"알겠습니다. 다른 분도 아니고 제이님의 판단입니다. 우리 인더스트리는 제이님을 절대적으로 지지합니다."

제독이 확신에 찬 얼굴로 말했다.

"믿어주셔서 감사합니다. 공중 강습 부대는 전 대원의 탑승이 끝나면 일단 북북서로 가겠습니다."

"알겠습니다. 전 부대 북북서 방향으로 이동하도록 지시해 놓겠습니다. 야간 비행을 위한 안전표지 확보도 걱정 마십시오."

제독이 큰소리쳤다.

"제국군과 연합군 양측의 정찰에는 충분히 신경 쓰고 계시겠지요?"

"걱정 마십시오. 제이님의 말씀대로 오십 척의 콜벳 급 비공정이 정찰 임무에 활동하고 있습니다. 그리고 오십 척은 유사시 정찰용으로 사용할 수 있도록 대기 상태입니다."

비공정들이 병사들의 옆으로 날아가 탑승을 도왔음에도 불구하고 모든 병사들이 올라탄 때는 이미 날이 어두워져 있었다. 지펴놓은 모닥불들을 다 끈 후 비공정들이 하나둘씩 서서히 떠오르기 시작했다. 약간의 빛을 머금은 하늘로 검은 비공정들이 사라져 갔다.

"와아! 뜬다, 떠."

난생처음 비공정을 탄 병사들이 탄성을 질렀다.

비공정이 어느 정도 고도를 확보하자 상부 갑판에 앉아 있는 병사들은 자신들의 머릿결을 가르는 바람을 느끼며 입을 히쭉 벌렸다. 비좁은 문제는 당장의 홍분에 비하면 별것 아니다.

"이야아! 내 팔자에 비공정을 다 타보다니. 이런 날이 올 줄은 몰랐구만."

"내 말이 그 말 아이가. 이건 우리 영주 그 개새끼도 못 타보던 거란 말이지."

"고럼고럼. 우리 공중 부대니까 가능한 일 아니겠어?"

"공중 부대가 아니라 공중 강습 부대."

"아, 그려그려. 공중 강습 부대. 뭐면 어떠냐. 그냥 이 인원이 어딘가를 꽉 덮쳐서 무질러 버리고, 다시 다른 놈들 나타나기 전에 냅다 날아버리면 그만인 거잖어. 하하하."

서로 출신이 같은 병사들끼리 새로운 경험에 들떠서 희희낙락했다.

모든 비공정들이 고도를 확보했다. 비공정의 상부 갑판은 대공 애로우 런처 주위에 흰 천을 둘둘 감았다. 흰색이라 밤중에 별빛 속에서도 그나마 조금 눈에 띄었다. 충돌을 방지하기 위한 식별 표시였다.

"그런데 우리 몸을 왜 이렇게 꽉 묶으라고 했을까?"

"아, 바람이 많이 분다잖여."

"이만큼 크고 편편하면 바람이 쪼까 많이 불어도 안 떨어질 것 같은데."

"내가 보기엔 여기 꽤 든든하구만. 불편한데 끈 풀어버릴까?"

병사들이 명령에 따라 몸을 묶은 끈을 만지작거리며 중얼거렸다.

배틀쉽 급 대형 비공정을 시작으로 함대가 서서히 전진하기 시작했다.

"우와아아아! 간다, 가!"

"달려라아아!"

병사들의 함성과 함께 비공정들이 가속을 시작했다. 탑승 인원이 너무 많아 고속으로 항해하지는 못했지만 그래도 말이 달리는 것 정도의 속도는 나왔다.

"이아아! 바람 시원하다아아!"

병사들은 처음에는 시원한 바람을 즐겼다. 야밤에 하늘에서 맞는 바람은 신기한 경험이었다.

하지만 시간이 지나자 상황은 점점 변했다. 바람은 가만히 있는 것이 아니다. 언제나 이리저리 돌아다니고 있다. 비공정이 하늘을 날자 곧잘 맞바람이 날아왔다. 비공정은 그 바람을 가르며 날았다. 그럴 때마다 상부 갑판의 병사들의 반응은 장난이 아니었다.

"우와아! 조심해!"

"꽉 잡아! 꽉!"

맞바람을 제대로 맞은 병사들이 아우성을 쳤다. 바람이 그들을 떨어뜨릴 만큼 강한 것은 아니지만 몸이 조금씩 밀리는 느낌을 준다. 그래서 병사들은 겁을 집어먹었다.

"씨발. 이러다가 떨어지면 어떻게 되는거?"

"패대기친 개구리처럼 되는 거지 뭘 어떻게 돼?"

"아 꽉 좀 잡아요. 놓치지 말라고요!"

병사들이 서로를 단단하게 잡으며 말했다. 특히 가장자리에 앉은 병사들의 얼굴이 심하게 창백해졌다. 땅 쪽을 힐끗 보면 새까만 어둠 속에 저 멀리 그림자 같은 것이 보였다. 그것이 괴물의 아가리처럼 보였다. 그럴 때마다 옆의 병사들을 더 꽉 움켜쥐었다.

병사들의 수난은 그것으로 끝나지 않았다. 아직 날씨는 그다지 쌀쌀한 편은 아니다. 하지만 병사들의 옷 역시 현재 날씨에 맞춰져 있다. 그런 상태로 한참 동안 바람을 맞으며 야간 비행을 하자 모두 추위를 느끼기 시작했다.

"으으으. 요새 추운 게 말이 되냐고."

"말도 시키지 마요. 난 이러다가 얼어 죽을 거 같으니까."

"나 죽거들랑 장렬히 싸우다 전사했다고 해줘. 바람 맞아 죽었다고 하지 말고."

병사들이 추위에 떨며 연신 떠들었다.

병사들이 크게 떠드는 소리가 조종실까지 들릴 지경이었다. 제이는 내일부터는 이동시 조용히 시켜야겠다고 결심했다. 야간에는 소리가 멀리 퍼진다. 쓸데없는 곳에서 실수할 수는 없다.

지금 상황에서는 제이를 위해 별도의 공간을 내줄 여유는 없다. 대신에 조종실의 한 켠을 차지했다. 거대한 비공정답게 조종실은 제법 넓었고 그 덕분에 릴리나 다른 일행도 편하게 있을 수 있었다.

제이는 커다란 지도를 펼쳐 놓고 보고 있었다. 지도라고 하기보다는 입체적으로 만든 지상의 모형이다. 더구나 그것은 양국의 국경 지대를 아우르는 규모를 자랑했다.

제이는 이것이 드워프의 솜씨라는 것을 알고 있다. 지도에서는 지구의 모형 기술로도 따라갈 수 없는 정밀함이 보였다.

그리고 지상 모형 위 곳곳에는 여러 모양의 색깔 조각들이 올려져 있었다. 조각은 모양과 크기에 따라 천인대 또는 군단이나 그 이상 규모의 부대를 의미했다.

이 지도와 부대 배치는 인더스트리가 콜벳 급 비공정을 화끈하게 풀어 조사해 준 정보다. 양측 전력의 배치 상태가 자세히 기록되어 있다. 그리고 각 군 지휘소와 그 후방 보급 기지 상태까지 빠짐없이 파악되어 있다.

"정찰 금지 구역 설정 계약을 요구했을 텐데 비공정이 돌아다니면 의심하지 않았겠습니까?"

제이가 인사 삼아 말했다.

"물론입니다. 정찰 금지는 다른 나라에 발견된 정보를 전해주지 않는 것이지 비행 자체를 못하는 것은 아닙니다. 원래 큰 전쟁에는 우리도 관심이 많아 비공정을 자주 날려왔습니다."

제독이 웃으며 대답했다. 정찰 금지 계약이 되어 있다면 인더스트리가 정찰을 한다 해도 보통은 신경 쓰지 않는다. 인더스트리와 싸울 것이 아니라면 상관없는 일이다. 지금까지는 아무도 그 사항을 문제 삼지 않았다.

"지도 업데이트 주기는 어떻게 됩니까?"

"하루 한 건의 업데이트를 하고 있습니다. 정찰용 콜벳들은 메시지 마법 스크롤을 잔뜩 싣고 돌아다니고 있습니다. 우리도 통신 중계 기지를 통해서 매일 확인을 합니다."

"비용이 제법 나가겠군요."

"제이님이 하시는 일은 우리 인더스트리의 존망과도 관계되어 있다고 들었습니다. 인더스트리의 모든 돈을 쏟아 부어도 상관없을 판에 그깟 마법 스크롤 정도는 아무것도 아닙니다."

"벽에도 귀가 있습니다. 그런 말은 이제 그만 해주십시오."

제이가 얼굴을 조금 찌푸리며 말했다. 첩자가 어느 선까지 남아 있을지 모른다. 나름대로 철저한 재조사를 거쳐 이제 최고회의 의원들까지는 그나마 믿을 수 있다. 하지만 아는 사람이 늘어날수록 비밀 유지는 어려워진다. 작은 꼬투리라도 흘리지 않는 것이 좋다.

"이 속도로 아침까지 간다면 어디쯤 되겠습니까?"

제이가 지도 모형을 보며 질문했다.

"현 위치가 여기입니다. 현재 속도라면 여기까지 가는 것이 가능합니다."

제독이 지휘봉으로 시작점과 끝점을 가리켰다.

"좋습니다. 이곳이 주변에 적 병력도 없고 분지 형태라 숨기도 좋겠군요. 여기에 착륙한 후 휴식을 취하도록 하겠습니다. 착륙지를 확보해 주십시오."

"알겠습니다. 콜벳 급 비공정들을 먼저 투입하겠습니다."

함대에서 작은 크기의 콜벳 급 비공정들 중 일부가 일제히 전진하기 시작했다. 다른 것들과는 달리 상부 갑판에 아무도 태우지 않은 비공정들이다. 콜벳 급의 승객 탑승은 화물을 전혀 싣지 않아도 적정 인원이 다섯 명이다. 그 공간에는 몬스터 헌터들과 발빠른 기사들이 타고 있다. 그들의 임무는 야영지에 대한 사전 정찰이다.

여명이 밝아오기 전에 비공정의 함대들은 제이가 지정한 장소에 서서히 착륙했다.

"이제 착륙했으니 모두 내려오시오."

비공정에서 승무원들이 나와 사다리를 걸쳐 놓고 상부 갑판의 병사들에게 이야기했다. 병사들이 몸을 벌벌 떨면서 하나둘씩 아래로 내려왔다.

"옴팡지게 춥네."

"이거 앞으로도 계속 타야 하는 거야?"

"너무 추워서 잠도 안 와."

"으으으. 니들은… 말이나… 나오지."

병사들이 추위에 떨며 조심조심 바닥에 내려왔다. 새벽 나절은 원래 하루 중에서 제일 춥다. 추운데 꼼짝 않고 앉아 있어야 한다면 더 괴롭다. 한여름 땡볕이 내리쬐는 계절만 아니라면 어디든 마찬가지다. 그래도 병사들은 이제 몸을 움직일 공간이 생겼다. 다들 종종걸음을 뛰면서 몸을 데우려고 노력했다.

"주변 경계는 완벽한가?"

제이가 군단장들을 둘러보며 말했다.

"사전 정찰조로 투입한 몬스터 헌터들과 기사들이 이 지역은 안전함을 보고했습니다."

"헌터 군단을 모두 투입해서 인근을 수색하게 하라. 적은 물론이고 민간인이라고 하더라도 소규모라면 발견 즉시 모두 생포하라."

제이가 명령을 내렸다. 그러기 위해서 비공정 내부의 상대적으로 편한 공간에서 지난밤을 보낸 헌터들이다. 그들은 앉은 자세나마 밤새도록 늘어지게 잤다.

"알겠습니다."

"선내에서 이동한 모든 병력을 풀어 주변 경계에 철저히 임하라."

"옛."

선실에는 정예병과 기사들 위주로 탑승시켰다. 공중 강습 부대는 레인저의 비중이 높다. 그중에서도 특히 적진 수색과 경계에 능숙한 부대순으로 실내에 할당했다. 기사들은 보통 그런 병사들보다도 적을 감지하는 능력이 뛰어나다.

제이는 그들을 모두 밤새 잘 재우고 낮에는 경계 임무를 수행하도록 했다.

"갑판에서 이동한 병사들의 상태는 어떤가?"

"대부분 간밤의 추위에 떨고 있습니다. 제대로 잠도 못 잔 것 같습니다. 잘못하면 단체로 병이 날지도 모르겠습니다."

"그들은 앞으로도 계속 갑판에 탑승한다."

제이가 말했다.

"병사들의 전투력이 저하됩니다."

"일단 아침부터 따뜻하게 만들어서 배부르게 먹여라. 하룻밤 사이에 상태가 안 좋아진 병사들에게는 포션을 조금씩 나눠 줘라."

"그렇게 하면 병 문제는 예방이 되겠지만 다른 문제가 있을 수 있습니다."

"선내의 병사들과 갈등이 생기겠지?"

"그렇습니다. 누구는 따뜻하게 잘 자고 누구는 춥게 바람 맞으면서 지낸다는 것은 확실히 내부 분란을 일으킬 만한 차별입니다."

군단장들의 말에 제이가 피식 웃었다.

"맞다. 분명히 차이가 있지. 나라도 화가 날 거야."

"그러니 교대로 선내 탑승을 하게 해주던지 해야 하지 않을까 합니다. 실내 탑승자보다 선외 탑승자가 세 배입니다. 돌아가면서 쉰다면 사 일에 한 번은 실내에서 밤을 보낼 수 있습니다. 그래야 더 잘 써먹을 수 있습니다."

"허락할 수 없다."

제이가 단호하게 말했다.

"선내의 이동 병력은 처음부터 정예병이다. 레인저나 수색병들은 각종 침투에도 능하다. 하지만 갑판 상부에 둔 병력들은 상대적으로 훈련 상태가 덜하다. 그 상태로 침투 작전에 투입했다가 실수하면 몰살이다. 아군끼리 오인하고 전투나 하지 않으면 다행이다. 다른 건 훈련시킬 시간이 없으니 인내심 강화 훈련이라도 해야 한다."

"야간 전투를 하실 계획이십니까?"

“단지 가능성 중 하나일 뿐이다. 중요한 건 지금 고생 좀 하면 살아 남을 확률이 약간이라도 는다는 거지.”

“알겠습니다. 쓸모가 적은 자들이 고생하는 것은 당연합니다.”

귀족들이 금방 자기들 기준으로 이해하고 대답했다.

“닥쳐라. 그 사람이 가진 재주로 그 인간의 가치를 평가하지 마라.”

제이가 귀족들을 노려보며 말했다. 귀족들의 기준으로는 제이의 생각을 이해할 수 없다. 병사들을 함부로 굴리는 것 같더니 또 존중하라 한다. 하지만 제이가 주먹을 쥐었다 폄을 반복하자 긴장한 귀족들이 목을 움츠렸다.

“실력이 부족하면 훈련하면 된다. 그래도 부족하면 지휘관인 너희들이 해결해야지.”

제이의 말에 지휘관들은 더 이상 뭐라 항의할 말이 없다.

“모든 병사들을 배불리 먹여라. 아침을 먹이고 잠을 재워라. 눈가리개와 담요를 충분히 지급하라. 저녁을 먹이고 나면 우리는 다시 출발한다. 식사 준비는 실내에서 편하게 이동해 온 부대가 담당한다. 모포 배급 등의 모든 잡일도 마찬가지다. 갑판의 병사들은 밥숟가락 드는 일 이외에는 아무것도 하지 않게 해라.”

제이가 명령했다.

“모포는 저녁에 회수합니까?”

군단장 중 하나가 조심스럽게 질문했다.

“아니. 첫날은 밤의 추위가 어떤 것인지 알게 하기 위해서 그냥 태웠다. 둘째 날부터는 담요를 지급한다. 첫날에 비하면 따뜻하게 느낄 거다. 대신에 확실히 전달해라. 담요의 추가 보급은 없다. 밤에 바람에 담요가 날아간 자는 앞으로 추위에 떨어야 한다. 그걸 움켜쥐고 지내는 것도 훈련이다. 나 같으면 담요를 몸에 단단히 묶겠다."

제이가 말했다. 그는 계속 당당하게 큰소리를 쳤다. 하지만 그의 속마음은 그렇지 않다.

'편하게 태울 자리가 없으니 원. 비공정 좀 더 쓰지.'

제이가 속으로 툴툴거렸다. 군단장들에게는 그렇게 말했지만 사실은 제이도 병사들을 모두 실내에 태우고 싶다. 하지만 수면 환경이 계속 바뀌는 생활을 하면 컨디션을 최상으로 조절할 수 없다.

제이의 지시대로 갑판을 타고 온 병사들은 하루종일 아무 일도 하지 않았다. 대부분은 밤을 샜기 때문에 곯아떨어졌다. 하지만 갑판에서도 자리가 좋아 바람을 별로 맞지 않아 조금이라도 잤던 일부 병사들은 오후가 되자 잠이 깼다. 그러나 그들은 특별히 하는 일 없이 제자리에서 뒹굴었다.

저녁때가 되자 제이는 모든 병사들을 깨워 밥을 먹이고 출발 준비를 서둘렀다. 비공정의 갑판에 걸쳐진 사다리를 본 병사들의 얼굴이 자연스럽게 일그러졌다.

"또 여기 올라가야 하냐?"

병사 하나가 툴툴거렸다.

"우리가 힘이 있냐. 그래도 이번에는 담요도 있고, 또 내일 낮에는 하루종일 늘어지게 잘 것 아냐."

"그래도 난 비공정 속에서 편히 지내는 놈들이 부럽다. 나도 낮에 일하고 밤에 자고 싶다."

"누가 아니라냐."

병사들은 모두 불만이 가득했다. 하지만 명령은 명령이다. 밤이 고통스러웠지만 못 견딜 만큼은 아니다. 상태가 안 좋은 병사들은 잘 먹였고 그래도 안 되면 실내의 담요를 실었던 자리에 태웠다. 더구나 낮에 워낙 늘어지게 잔 덕분에 지금은 모두 컨디션이 최고였다.

"담요나 단단히 감아. 이거 인더스트리에서 만든 아주 고급 담요라잖아. 그리고 전쟁 끝나면 이거 우리 건데 바람에 날아가면 얼마나 큰 손해냐."

"팔면 많이 비쌀 거야?"

"그럼. 인더스트리에서 만든 건 뭐든지 비싸니까."

병사들이 나름대로 기대에 들떠서 말했다. 상업을 교육받지 못한 그들이 수요와 공급을 알 리가 없다. 이번에 풀린 담요가 수만 장이다.

모든 병사들이 자신의 몸을 상부 갑판에 단단히 묶자 비공정들이 다시 떠오르기 시작했다. 가장 마지막까지 주변 경계를 하던 헌터들이 콜벳에 탑승했다.

제이는 업데이트된 정보에 기반한 제국군의 배치를 보고 비공정의 이동 경로를 결정했다. 공중 함대가 움직이는 곳은 제국군들이 배치되지 않은 곳이다. 그리고 비공정들의 이동 속도는 전날과 마찬가지였다.

"야, 어제처럼 춥지는 않다."

"어제도 처음에는 별로 안 추웠어."

"아냐. 어제는 안 추웠지만 지금은 오히려 포근하단 말이야."

"진짜. 담요 이거 진국인데?"

"진짜루 비싸겠다."

병사들은 이제 잡담을 할 여유까지 생겼다. 진짜 추위에 떠는 것은 첫날 경험했다. 같은 추위를 대비해 마음을 모질게 먹었지만 실제로는 담요 때문에 훨씬 낫다. 마음가짐이 다르니 꽤 견딜 만했다.

"첫날부터 담요 주지 말이야."

"내 말이 그 말이라니까."

낮에 푹 잔 덕분에 새벽녘이 되더라도 생생한 병사들이 군것질용으로 지급된 마른 음식을 주워 먹으며 조용히 잡담을 했다. 어두운 하늘이지만 밤새도록 눈을 뜨고 있으니 사물이 완전히 익었다. 이젠 옆에서 날고 있는 다른 비공정도 눈으로 확인할 수 있을 정도였다.

둘째 날 야영지에 도착했을 때 병사들은 더 이상 불만이 없었다. 새벽녘에는 꽤 쌀쌀했다. 평소라면 불평이 터져 나올 만했다. 하지만 전날의 극심한 추위에 비하면 이제 이 정도는 못 견딜 것도 없다. 그리고 이제 하루종일의 휴식이 보장되어 있다.

"병사들의 반응이 나쁘지 않습니다."

군단장 하나가 보고했다.

"다행이군."

제이가 반갑게 말했다. 진심이었다.

어차피 몇 번에 나눠서 이동하는 것은 불가능하다. 그렇게 대충 해도 되는 상황이 아니다. 시간은 기다려 주지 않는다.

2

연합군 백사십만은 거대한 산악 지역을 통째로 에워싸는 중이다.

"매복이 순조롭게 진행되고 있습니다."

전술가들의 대표로 리처드 후작이 일곱 왕에게 보고했다.

"잘했군. 이제 슬슬 미끼가 적을 끌고 오는 것만 기다리면 되는 건가?"

"그렇습니다. 적의 병력이 얼마가 쫓아오든 블루 드래곤 십만을 제압할 만큼은 될 것이 틀림없습니다. 우리는 그들이 이 지역으로 들어오면 퇴로를 차단, 포위 섬멸하겠습니다."

"좋아, 좋아. 그런데 적 이백만이 다 몰려오면 어떡하지? 그들을 다 포위해서 죽일 수 있으면 더 좋을 텐데."

왕 하나가 쓸데없는 기대감에 히죽 웃으며 말했다.

"얼마가 오든 상관없이 오십만에서 끊어야 합니다. 그 후 후속 부대를 저지하며 포위한 병력을 섬멸하겠습니다. 관문 역할을 하는 지역은 일단 막아서면 대규모 적에 대한 방어가 가능한 험지입니다. 차단 작전에 적합합니다.”

“그렇지. 거기에는 상당한 정예군을 배치했지?”

다른 왕이 아는 체를 했다.

“그렇습니다. 이미 보고드린 바와 같이 트론 왕국의 소드 마스터인 라이언 후작이 관문 지휘관을 맡았습니다. 경보병 외에도 중장보병과 기사단을 다수 배치했습니다. 관문의 병력 수는 사십만 명입니다.”

그 사실을 왕들이 모를 수 없다. 자기네 나라 사람에게 병사 사십만 명의 지휘권을 주기 위해서 왕들은 꽤나 심한 신경전을 벌였었다. 그 경쟁의 최종 승리자가 트론 국왕이다. 하지만 다들 자존심 때문에 그 사실을 내색하지 못했다.

“오오, 라이언 후작. 그렇지, 그의 실력은 유명하지. 역시 그곳은 믿을 수 있겠군.”

왕들은 보통 만 명의 병사보다 소드 마스터 하나를 더 신뢰한다. 대외적인 명분을 포함한 전략적인 값어치는 실제로 소드 마스터 하나가 더 크다. 한쪽이 소드 마스터를 내보내면 다른 쪽은 그 상대를 해줘야 한다. 상대국 왕도 그 소드 마스터를 높게 평가하기 때문에 그에 어울리는 전력을 들이붓는다.

“그나저나 관문의 손해가 작지 않겠지?”

왕 하나가 손익 계산을 하며 말했다. 기왕이면 트론 왕국 사람인 라이언 후작이 망신을 당했으면 하는 마음이 있다.

“물론입니다. 적의 주력을 막는 일입니다. 우리 예상만큼의 부대만 왔다면 큰 피해가 없지만 적의 대부대가 따라온다면 거기서만 최소한

십만 명 정도는 죽을 걸 감수해야 합니다."

리처드 후작이 대답했다.

"좋아. 그 정도면 예상보다 적군. 그리고 가둔 먹이를 섬멸하는 데 십만 명이라고 했던가?"

"그렇습니다. 이건 최소한 두 배의 병력으로 포위 섬멸하는 작전입니다. 포위당한 적은 심적으로 패배한 상태가 되기 때문에 아군의 피해는 확실히 줄어들게 됩니다. 하지만 아무리 피해가 적다고 하더라도 섬멸전에서 십만 명 정도는 감수해야 합니다. 예상되는 적의 수가 너무 많습니다."

"괜찮아. 그만하면 대승인데 뭐. 이십만을 버려서 적군을 오십만이나 죽인다며? 잘하는 거야. 이거 기대되는걸? 열심히 해보라고."

왕들이 상상만 해도 즐겁다는 듯이 말했다.

"알겠습니다."

리처드 후작이 고개를 숙이며 말했다.

'나도 귀족이지만 당신들은 정말 너무하는군. 죽을 사람 목숨이 칠십만 명인데 참 쉽다, 쉬워. 제이가 왕이었다면 어땠을까? 그러면 좀 더 나은 결과를 냈을까?'

리처드 후작의 머릿속에 제이에 관한 생각이 스치고 지나갔다. 그리고 그것이 의미하는 바를 깨닫고 깜짝 놀랐다.

'조심하자, 리처드. 단지 가능성없는 상상이라고는 하지만 이런 생각이 입 밖으로 나가면 반역이다. 그리고 그자는 이 섬멸전의 가장 큰 역할을 맡으러 이미 떠난 상태다. 그라고 해도 다른 방법은 없어. 왕국이 살아남으려면 이 길뿐이다.'

리처드는 속으로 다짐했다. 잠시나마 했던 상념을 머릿속에서 재빨리 지웠다.

"이제 미끼 부대가 적의 선두와 접촉할 시간이 머지않았습니다. 예정대로라면 적당한 교전을 펼친 후 적의 병력을 끌고 올 겁니다. 얼마나 유인해 올지는 그의 능력에 달린 것이니 우리는 기다리기만 하면 됩니다."

리처드가 왕들에게 계속 보고했다.

"그래. 우리는 이제 기다리기만 하면 되지. 작전이 새나가지 않도록 주의에 주의를 기울이라고."

"예. 실전 부대들도 현재 다른 부대와의 연계에 대해서 모르고 있습니다. 관문에 투입된 부대 역시 진짜 작전은 라이언 후작만이 알고 있습니다. 기밀 유지는 확실합니다."

리처드가 확신을 했다.

스트릭 제국은 황제가 지배한다. 황제의 아래에는 수많은 귀족들이 있다. 그리고 그 거대하고 강력한 제국의 공작쯤 되면 왕국의 왕들보다 더한 권력을 누린다. 권력에는 돈이 따른다.

제국의 귀족쯤 되면 당연히 고가품을 공급하는 상인들이 달라붙는다.

"하하하! 브론 후작 각하, 그간 안녕하셨는지요?"

여러 희귀한 물건들을 취급하는 상인이 브론 후작을 찾아와서 반갑게 말했다.

"오! 오피 아닌가? 반갑군."

브론 후작이 눈을 반짝이며 말했다. 고위 귀족을 상대하는 상인답게 오피는 진귀한 물건을 뇌물로 잘 뿌린다.

그 눈빛을 본 오피가 속으로 비웃음을 지었다. 하지만 겉으로는 조금도 그런 내색을 하지 않았다.

"축하드립니다. 이번에 제국의 국방을 책임지시게 됐다고 들었습니다."

"어허. 이 사람, 큰일날 소리를 하는군. 국방의 책임은 당연히 황제 폐하 아니겠나? 실무 책임자도 총리대신이신 론즈 공작 각하이시고. 나야 단지 국방 부대신인 것을 잘 알지 않나?"

"그야 그렇지만 공작 각하는 지금 전장에 나가신 폐하 곁에 계시다고 들었습니다. 국방대신 각하는 다른 지역의 부대 상황을 돌아다니며 확인하시느라 바쁘시고. 그럼 이 수도에서 지금 제국의 국방 업무를 책임지시는 건 부대신이신 후작 각하 아니십니까?"

"험. 험. 그게 그렇게 되나?"

브론 후작이 헛기침을 하며 말했다. 그의 얼굴에 살짝 미소가 떠올랐다. 확실히 당장 제국의 국방 관련 업무는 자신이 결재한다.

"그런데 자네 우리 제국의 상황을 꽤나 자세히 알고 있군?"

브론 후작이 한번 슬쩍 찔러보았다. 오피처럼 고위 귀족을 상대로 장사하면 그 정도 아는 것은 이상한 일도 아니다. 하지만 오피는 찌르면 찌른 만큼 보답한다.

아니나 다를까, 오피는 살짝 움찔거렸다.

"이건 약소하지만 제 성의 표시입니다. 후작님을 드리기 위해서 특별히 준비했습니다. 이것으로 행운을 얻어 더욱 승진하시기 바랍니다."

오피가 미소를 지으며 조그마한 상자를 내밀었다.

"뭘 이런 걸 다 가져왔나. 그냥 빈손으로 와도 될 것을."

브론 후작이 얼굴에 떠오르는 웃음을 다 감추지 못하고 말했다. 그는 내심 잔뜩 기대를 했다. 오피는 인더스트리에서 만들어진 여러 고급품들을 공급한다. 그런 자가 특별히 선물이라고 챙겨줬으니 얼마나 대단한 것이 들었을지 기대가 제법 크다.

하지만 상자를 연 브론 후작의 얼굴이 굳었다. 그 안에는 금으로 만들어진 팔찌가 하나 들어 있었다. 보석도 살짝 들어가 나름대로 비싼 물건이다. 하지만 제국의 후작에게는 그다지 귀한 물건도 아니다. 금 팔찌 정도는 집에 쌓여 있다. 혹시나 마법 아이템인가 싶어 뒤집어봤지만 마법 문양이 없다.

"크음. 정말 약소하구만."

브론 후작이 불만을 표했다. 기대가 컸으니 실망도 크다.

오피가 상자의 바닥을 슬며시 손가락으로 짚었다. 바닥에는 하얀 종이가 한 장 접혀 있었다.

브론 후작의 눈빛이 변했다. 그도 이제야 그 종이가 진짜 선물임을 눈치챘다. 그리고 심상치 않은 내용인 것 역시 짐작했다. 그래서 조심스레 종이를 집어 펴보았다.

"호오."

종이를 읽으며 브론 후작의 얼굴에서 짜증이 사라졌다. 대신에 작은 웃음이 배어 나왔다. 그 모습을 긴장하며 보고 있던 오피의 얼굴도 환해졌다.

'됐다.'

속으로 쾌재를 부른 오피가 양념을 더 치기로 했다.

"아시다시피 제가 여러 왕국을 다니잖습니까? 타 왕국에서 꽤 비싸게 주고 얻은 정보입니다. 아, 혹시 정보원이 어딘지 궁금하시더라도 참아주십시오. 도의상 그건 말씀드릴 수가 없습니다. 다만 이 정보를 이용하면 앞으로 후작님의 앞날에 큰 도움이 되지 않을까 해서 가져왔을 따름입니다. 그저 저의 약소한 성의라고 생각하고 적극 활용해 주십시오.”

오피가 자랑스럽게 말했다.

“하하. 이건 왕국 놈들의 작전 계획이군. 우리 군을 어떻게 유인할지에 대한 계획. 제법이야. 와우! 자세한데? 이 정도면 멋지게 반격도 할 수 있겠어.”

후작이 웃으면서 말했다.

“그렇습니다. 그런데 그걸 그냥 믿으시는 겁니까? 서둘러 진위 여부를 확인하셔야 하지 않겠습니까?”

오피가 후작에게 충고를 했다. 제국이 무슨 동네 패싸움 하는 것도 아닌데 일개 상인의 말을 듣고 이 정보가 진짜라고 믿을 리는 없다. 그래서 선수를 쳤다.

“아, 이 정보는 진짜야. 틀림없어.”

후작이 확신에 차서 말했다.

“저를 그렇게까지 신뢰해 주신다니 몸 둘 바를 모르겠습니다.”

오피가 굽신거리며 말했다.

‘후작에게 평소에 뇌물을 바쳐 둔 것이 큰 몫을 하는군. 나는 정말 이 일에 재능이 있나 봐. 이제 이런 현장 일은 그만두고 좀 더 고위직으로 올라가야 할 텐데.’

오피가 속으로 회심의 미소를 지었다.

“자네를 신뢰해서가 아니라네. 겨우 상인인 자네 말을 뭘 보고 믿나?”

후작이 오피를 보고 웃어주며 말했다.

“네?”

오피가 당황해서 후작을 쳐다보았다. 오피의 눈에 후작의 입가에 걸린 것이 비웃음처럼 보였다.

"이 정보는 우리 제국에서 이미 확보한 내용과 일치하거든. 우린 그 정보를 신뢰하고 있지. 아, 물론 나도 정보원이 어딘지 밝힐 수는 없어. 그나저나 자네도 참 대단허이. 비록 뒷북이지만 원래 이거 정말 특급 정보인데."

후작의 말에 오피의 얼굴이 울상이 되었다. 그는 말단 첩보원이라 자세한 사항을 전달받지 못했다. 제국 쪽으로 정보가 미리 샜을 수 있다는 소식 역시 기밀이므로 전해 듣지 못했다. 오피는 인더스트리의 첩보원답게 제국이 미리 아는 현 사태에 대해서 어떻게 처리해야 할지 몰랐다.

"그런고로, 자네가 가져온 선물은 여전히 정말 약소하군. 축하를 하려거든 뭔가 좀 더 쓸 만한 걸 내놓게."

"제, 제가 가진 정보는 더 없습니다. 그게 전부입니다. 저는 겨우 상인인걸요."

오피가 당황한 얼굴로 말했다.

"없다니. 하나 있지. 우리가 이걸 안다는 사실을 자네도 알았으니 그것만 해도 또 하나의 정보 아닌가? 그래서 말인데, 자넨 작전이 끝날 때까지는 이 건물에 좀 있어야겠네. 나쁘게 생각하지 말게나. 다 잘되자고 그런 것 아닌가? 아, 콩 수프 좋아하나? 전장에 있는 병사들의 마음을 좀 느껴보라고 우리 군은 요새 영창의 죄수들에게 콩 수프를 먹인다네."

후작이 여전히 유쾌한 얼굴로 말했다.

공중강습함대가 이동한 지 이미 며칠이 지났다. 그 시간에 공중강습함대는 제국군의 후방 안전한 곳까지 이동해 숨어 있었다.

"지금까지 확보한 포로가 천여 명이군요?"

제이가 보고서를 보며 이마를 찌푸렸다.

"그렇습니다. 헌터들이 잡은 적 보병들이 약 백여 명, 그리고 민간인이 팔백여 명입니다. 그리고 탈영병 백여 명이 헌터 군단과 기사들에게 발각되어 잡혀 있습니다. 그중에는 기사도 몇 명 있습니다. 모두 비공정 내부에 가둬놓았습니다. 하지만 더 이상 포로를 가둘 공간이 부족합니다. 이젠 정말 남는 자리가 없습니다."

제독이 심각한 얼굴로 말했다.

"괜찮습니다. 목표가 코앞입니다. 더 이상의 포로 확보는 없습니다. 곧 최종 작전입니다."

"작전 시작을 할 때 포로들의 처리는 어떻게 하실 생각이신지……."

백작 하나가 조심스럽게 질문했다. 지금은 비밀 유지를 위해서 이동 중에 발견한 민간인들까지 모조리 체포해서 이동 중이다. 백작이 생각하기에 그들을 그냥 풀어준다면 그 고생을 한 이유가 없다.

"최종 집결지에서 풀어줍시다. 민간인들의 경우 고향으로 돌아갈 여비를 확실히 지급해야 합니다. 이번 작전에 들어가는 비용은 인더스트리에서 내놓기로 했으니 알아서 해주십시오. 제국 군인들에게도 자기네 부대로 복귀할 여비 정도는 들려서 풀어줍시다. 탈영병은, 뭐 데리고 다니다가 나중에 영창에라도 넣지요."

제이가 자기 생각을 말했다. 제독은 당연히 고개를 끄덕였다.

"알겠습니다. 예산은 충분히 확보하고 있으니 그 정도 비용쯤은 추가로 써도 표시가 나지 않습니다."

제독의 말에 구경하던 백작 하나가 손을 들었다.

"그런데 인더스트리는 어째서 이 작전에 참여하시는 겁니까? 그것도 공짜로. 내가 아는 인더스트리라면 황금으로 산을 쌓아야 이만한 지원을 하는 곳이란 말입니다. 이젠 정말 궁금해서 참지 못하겠습니다."

"제이님께서 하시는 일은 곧 인류를 위한 일이라고 말한 것 같소만?"

제독이 귀찮다는 듯한 표정으로 말했다. 인더스트리의 인간들은 어떤 면에서는 자존심 덩어리다. 그들은 지상의 인간보다 더 우수한 존재라고 자부하면서 산다. 비록 그 차이가 귀족이 평민 보듯이 극심하게 나는 것은 아니지만 그래도 깔보는 마음이 조금은 있다.

그리고 그런 인더스트리에서도 군부 최상층의 인물이 제독이다. 그는 비공정군에서는 몇 손가락 안에 꼽히는 고위 인사다. 평소라면 지상에 사는 인간 중에서 백작 작위를 가진 군단장 하나와는 말상대도 해주지 않는다. 그러니 자연히 대답이 퉁명하고 짧다.

"자세한 일을 알고 싶습니다. 우리는 백작입니다. 귀족이란 말입니다. 군단장이기도 하고요. 이제 작전을 알아도 되지 않겠습니까? 모든 것을 제이님 혼자 알고 있는 것은 옳지 않습니다. 이제 진실을 밝히고 우리와 작전 회의를 해주십시오."

백작 하나가 항의했다.

제이를 걸고 들어가자 불만에 차 있던 제독이 마침내 폭발했다.

"이 작자들이 말 상대를 해주니 오만방자하기가 이를 데 없구나. 감히 당신들의 머리로 제이님을 도울 수 있다고 하는 것이냐? 제이님이 그렇다고 하면 그런 것이지 뭔 말이 그렇게 많앗!"

제독이 화를 버럭 냈다. 그는 제이를 절대적으로 신뢰한다. 또한 이 작전은 개나 소나 알면 안 된다는 것을 인지하고 있다. 그리고 그 역시 인간 귀족들을 신뢰하지 않는다. 그래서 그는 제이를 대신해서 백작들을 얼렀다.

"우리는 귀족이란 말입니다. 나는 인펌 왕국의 스카티 백작입니다. 그런 내가 평민의 지휘를 받는 것까지 감수하고 있습니다. 그러니 들을 자격이 있습니다."

백작 하나가 물러서지 않고 항의했다.

인더스트리에는 귀족이 없다. 때문에 제독에게 백작이든 뭐든 모두 하위 인간 군대의 군단장일 뿐이다. 인더스트리에서도 몇 손가락 안에 들어가는 고위 장교인 그가 보기에는 별것 아닌 직위다.

'하위 인간의 군단장 따위가 어디서 감히 나서, 나서길.'

제독은 가소롭다는 듯이 그런 귀족들을 쳐다보았다.

"나는 트루먼 제독이다. 알다시피 인더스트리 비공정군 소속이지."

제독이 자신의 이름을 귀족들에게 밝혔다.

"그러시군요. 앞으로 트루먼 제독이라고 부르겠습니다. 하지만 이건 우리 하위 인간 사이의 일입니다."

스카티 백작은 여전히 물러서지 않았다.

그러나 다른 백작들 중 일부는 반응이 달랐다. 그중 한 백작이 제독을 떨리는 손으로 가리켰다.

"이름이 트루먼이라고? 인더스트리에 트루먼 제독이 몇 명입니까?"

"나밖에 없지. 장교나 병사들까지 찾으면 몇 명 있겠지."

트루먼이 툭 던지듯이 말했다.

"트루먼 제독. 세상에. 정말 트루먼 제독이란 말입니까?"

질문한 백작이 믿어지지 않는다는 듯이 다시 물었다.

"트루먼 제독이 누군데요?"

스카티 백작이 그 백작에게 다가가 작게 질문했다.

"트루먼 제독을 몰라요? 오, 맙소사. 당신은 백작이나 되면서 국제 정세에 관심은 있는 거요? 저 사람이 바로 인더스트리 비공정군의 총 참모장이란 말이오!"

그 백작의 말에 스카티의 얼굴이 창백해졌다.

그 모습을 본 제독의 얼굴에 작은 미소가 걸렸다.

'진즉에 이럴걸.'

군단장 직위를 맡고 있는 백작들은 이제 제독에게 함부로 할 생각이 없어졌다. 제독은 인더스트리의 유명 인사다.

일반 왕국의 경우 인더스트리와 사이가 나빠지면 큰 손해를 입게 된다. 인더스트리의 물품을 공급받지 못하면 특히 귀족들이 더 불편하다. 그리고 제독 정도 되는 고위직이라면 왕국 한두 군데에 대한 물품 판매를 방해하고도 남는다. 그런 사태가 벌어지게 되면 겨우 백작 정도로는 책임질 수 없다.

제이가 그 모습을 보고 쓰게 웃었다. 그도 특별히 귀족들을 편들어 주고 싶은 마음은 없다.

마족이던 군단장은 이미 잡아 죽였다. 그 자리에는 천인대장 자리에 있던 이름 없는 백작 하나를 채워 넣었고 남은 군단장들은 마족이 아님을 확인했다.

하지만 이들은 뼛속까지 귀족이다. 제이가 혹시 어딘가의 명망있는 귀족이라고 알려진다면 사정이 달라질 수 있다. 그러지 않는 한 기회만 있으면 제이를 무시하고 싶어한다.

더구나 제이는 귀족을 믿지 않는다.

"작전 내용은 실행 직전에 알려준다. 당신들이 미리 아는 것은 적절치 못하군.”

제이가 백작들의 요구를 단숨에 거절했다.

백작들의 얼굴이 붉어졌다. 차마 대놓고 화를 내지는 못했다. 그중 하나가 제독의 눈치를 보며 제이에게 항의했다.

“우리를 믿지 못한다는 뜻입니까?”

“이건 우리에 대한 모독이군.”

“백작이라는 작위가 그렇게 우습게 보이시오?”

군단장들이 항의했다. 그들의 말이 곱지 않아졌다. 제이의 눈이 날카로워졌다. 이쯤에서 이 문제에 대해서는 더 이상 언급하지 못하도록 쐐기를 박을 필요가 있었다.

“이 작전 내용은 관계자 외에는 너네 나라 공작이라고 하더라도 모른다. 백작이 공작보다 높던가?”

제이의 말에 백작들의 입이 다물어졌다.

“그리고 너희들은 지금 내 부하들이다. 내 권한은 너네들이 그렇게 좋아하는 귀족 체계의 최정점. 왕들이 준 것이지. 그게 싫으냐?”

제이가 백작들을 노려보며 말했다.

백작들은 더 이상 할 말이 없다. 감히 싫다고 말할 수 없다. 여기서 싫다고 하면 자기네 나라 왕의 권위에 대한 도전이다. 왕은 도전을 용납하지 않는다.

“때가 되면 알려준다. 오늘은 이만 해산하지.”

제이가 축객령을 내렸다. 백작들이 기운없이 선실에서 나갔다.

제독이 그들의 뒷모습을 보며 투덜거렸다.

“참으로 버르장머리가 없군요. 무능한 귀족들이란 것들이 원래 다 그렇다고 알고 있기는 하지만요. 마족의 수작에 넘어가 병력을 모으는

데만 열을 올린 놈들이 이제 와서 뭘 잘했다고 큰소린지. 가만 놔두면 마족의 계략에 빠져 모조리 당할 놈들. 제놈들 살려주겠다는 뜻도 모르고."

트루먼 제독이 투덜거렸다.

"그렇게 배우고 자랐으니까요. 귀족의 피는 평민보다 고귀하고 그만큼 대우받아야 한다고 배웠으니까요."

제이가 안쓰럽다는 듯이 웃었다.

"그런데 제이님, 저자들의 방자함은 알겠습니다만, 사실 전술적으로 본다면 이쯤에서 목표를 가르쳐 줘도 되는 것 아닐까 합니다. 병사들이 작전에 대해 알아야 마음의 준비라도 할 텐데."

제독이 인더스트리적인 전술 관점에서 말했다. 귀족들에게 호통을 친 것은 제이를 대신해서지만 그도 작전 내용이 궁금하다.

"상대가 평범하면 그럴 수 있지요."

제이가 고개를 저었다.

"역시 제국이라서입니까?"

"아니지요. 마족이라서지요."

"헛! 무슨 말씀이십니까? 저들 중에 아직 마족이 남았다는 말씀이십니까? 어떤 놈인지 짚어주십시오. 이번에는 우리 비공정군이 그놈을 처치하겠습니다."

제독이 깜짝 놀라서 말했다.

"마족은 아닙니다. 하지만 마족에게 매수됐을 수는 있습니다."

"마족에게? 이런 쳐 죽일 놈들. 어찌 인간으로서 그런 짓을! 그럼 그놈이 누구인지 말해주십시오. 제 손으로 없애 버리겠습니다."

제독이 눈에서 불을 뿜었다.

"다만 조그마한 가능성일 뿐입니다. 저도 그렇게 믿지는 않아요. 그리고 설사 저들 중에 매수된 자가 있다고 해도 상대가 마족인지 모르고 넘어갔겠지요. 하지만 그 가능성은 무시하십시오. 지금 더 위험한 건."

제이가 씁쓰레한 표정을 지었다.

"저들은 완전한 귀족입니다. 자기들이 누리는 이익을 지키기 위해서 필사적입니다. 작전을 듣고 나면 저들 중에 일부가 겁을 먹을지 모릅니다. 그리고 그들 중 하나라도 제국에게 항복하려고 할지도 모릅니다."

"설마 그렇게까지 하겠습니까?"

"어차피 제국군이 이긴다고 생각한다면 그러고도 남지요. 가진 것 없는 하위 병사들이야 자기 하나 달아나고 그만이지만 저들은 영지를 유지하고 싶을 테니까요."

"그런 자가 있으려고요?"

"귀족이라면 얼마든지 가능한 일입니다. 직속 기사나 병사들을 동원해 현재 타고 있는 비공정을 탈취, 제국으로 달아나 버릴 수 있습니다. 제국이 그 대가로 줄 수 있는 것이 설마 현재 영지를 유지하는 것으로 끝나겠습니까? 일곱 왕국이 패망하는 대신에 자기는 아들 손자까지 부귀영화를 누릴 수 있을 겁니다."

"정말로 그런 자가 나타나면 우리 인더스트리가 가만있지 않을 겁니다."

제독이 마치 그런 일이 일어나기라도 한 것처럼 흥분하며 말했다.

"다만 그런 가능성이 있으니 미연에 방지하자는 것뿐입니다. 그래서 작전 내용은 디데이 직전에 발표해야 합니다."

"디데이요?"

"작전 개시일이라는 뜻입니다."

"아, 예."

'어감이 마음에 드네. 나도 나중에 써먹어야겠군.'

제독은 잘 모르는 말이지만 머릿속에 기억해 두었다.

"제독님, 그런데 제국 병력의 이동 상황이 다행히 우리가 의도한 대로군요."

제이가 지도를 살피며 말했다.

"그렇습니다. 정말 좋은 일이지요. 만약 병력 이동 방식이 예상과 달라졌다면 제국에 맺어놓은 인맥들을 동원하느라 애 좀 먹었겠지요."

"인더스트리 측에서 연합군의 작전 계획을 제국 측에 넘겨주느라 수고한 덕분입니다. 그들이 미끼를 물었어요."

제이가 공치사를 했다.

"웬걸요. 제국 국방 부대신에게 그 정보를 가져간 바보 녀석은 그대로 억류돼 버렸습니다. 짧게 내보낸 비상 통신문에는 '제국은 이미 다 알고 있었다. 젠장' 이라고 적혀 있었다고 하더군요."

제독이 어이없다는 듯이 말했다.

"그래요? 허 참. 역시 미리 샜군요. 그럼 어느 선에서 흘렀으려나……."

제이가 피식 웃으며 말했다.

"제가 듣기로 연합군의 최고 작전 회의에 참가한 사람은 얼마 없다고 알고 있습니다. 그럼 아마 거기 참가한 고위 귀족이겠지요."

"아니, 어쩌면 왕 중 하나일지도 모릅니다."

제이가 고개를 저었다.

"에? 설마 왕이 그랬겠습니까? 하위 인간의 왕국은 왕의 것입니다만?"

제독은 쉽게 믿지 않았다.

“그렇지요? 설마 왕이 그랬겠습니까… 하지만 이 전쟁, 이미 졌다고 생각하는 왕이 있다면 그럴 수도 있습니다. 제국에 정보를 넘기고 자기네 왕국을 보전하려고 들 수도 있지요.”

제이가 맘에 안 든다는 얼굴로 말했다.

*   *   *

마계에는 한다 하는 마족들은 다 모여 있다. 당연히 그들 중 제일 대장은 마왕이다. 그는 다른 고위 마족들보다 압도적으로 강력한 힘을 가지고 있다. 그래서 마왕은 기분이 좋아지거나 흥분하면 고위 마족들을 똘마니 대하듯이 한다.

“야, 크랙. 일은 제대로 진행되는 거겠지?”

마왕이 조금 들떠서 말했다.

“그렇습니다. 큰 놈이 이백만, 작은 놈들 모인 것이 백오십만입니다. 삼백오십만이 붙는 멋진 전쟁입니다.”

크랙도 흥이 나서 말했다.

“크으. 정말 멋지다, 멋져. 지겹도록 많은 숫자구만. 삼백오십만. 그거 다 죽는 거지?”

마왕이 신이 나서 말했다.

크랙은 마왕의 말에 조금 당황했다.

“죄송합니다. 부하들이 그렇게 되도록 최대한 공작을 하고 있습니다만… 모두 몰살시키는 건 좀 어렵습니다.”

“모두 못 죽여? 뭐야, 이거?”

마왕이 실망한 얼굴로 변했다.

46

"그래도 아마 이백만 이상은 죽일 수 있을 겁니다. 그러면 백에서 백오십만 정도만 살아남습니다."

"엥? 뭐가 그리 많이 남아?"

마왕의 얼굴이 점점 불만스럽게 변했다.

"인간들의 전쟁은 우리 마족들과 다릅니다. 전쟁에서 진다 싶으면 달아나는 놈들이 워낙 많다 보니, 양쪽 부대 다 녹여 버리려고 아무리 애써도 그만큼은 도망갑니다. 이건 어쩔 수 없습니다."

크랙이 급히 변명했다.

"이거 실망인데? 우리가 여기에 쏟아 부은 게 얼만데? 겨우 반이 뭐야, 반이?"

마왕은 이제 슬슬 화를 낼 준비를 했다.

"걱정 마십시오. 아시다시피 인간들의 전쟁은 이제 겨우 시작입니다. 그놈들이 자기들끼리 싸우고 싸우고 또 싸우도록 하겠습니다. 마지막에 인간들 중에 병사로 쓸 만한 놈들은 한 줌밖에 안 남을 겁니다."

크랙이 마왕을 달랬다.

제법 단순한 마왕의 얼굴이 확 밝아졌다.

"크하하하! 그렇지, 그렇게 돼야지. 야, 크랙. 나 사실 처음에 니들 가문 연합에서 이 계략을 만들어왔을 때 그다지 신뢰가 가지 않았다. 서로 싸우다가 다 죽도록 만든다니. 그런 바보짓은 우리 마족들도 안 하는 거니까 말이야."

"믿어주셔서 감사합니다."

"안 믿었다니까. 어차피 지상에 침투한 놈들도 니들이 주로 구해다가 투입한 거잖아. 성공하면 좋지만 만약 니들이 실패하면 내가 준 오리하르콘은 이자까지 쳐서 받아내려고 했지. 마법 아이템 만들 줄 아는 놈들 빌려준 값도 제대로 쳐서 말이야. 니들 껍데기도 안 남겨놓고 다 벗겨먹으려고 했는데 다행히 일이 이렇게 잘되는군. 앞으로 내가 너희 가문 연합은 팍팍 밀어주겠어. 으하하!"

마왕이 크게 웃었다.

크랙의 얼굴에 경련이 살짝 일었다.

'독한 새끼. 나보다 더 독한 새끼. 마왕만 아니라면 당장 쳐 죽이고 그 피를 쪽 빨아먹었을 텐데.'

크랙이 속으로 욕을 퍼부었다. 상상 속에서는 마왕을 있는 대로 두들겨 팼다. 그러나 현실의 상대는 최강의 마족이다. 크랙으로서는 감히 어떻게 할 수 없다.

"만약 실패했다면 당연히 우리 가문 연합이 가진 것을 마왕님께 바쳐서 사죄를 했어야지요."

크랙이 마음에도 없는 소리를 했다.

그런 크랙을 보면서 다른 고위 마족들은 꽤나 언짢은 표정이다.

'이거 이러다가 정말로 이번 일이 잘되어 천족까지 무찌른다면 앞으로 저놈들 기고만장한 꼴을 어떻게 봐주지?'

'크랙 저 자식. 마왕을 등에 업고 여러 가지 압력을 가하겠군. 미리 줄을 대놔야 하나?'

'이번만 날이냐. 이 계략, 콱 망해 버려라.'

고위 마족들은 각자 여러 가지 상상을 하며 크랙과 마왕을 쳐다보았다.

*　　　　　*　　　　　*

천족 최고 의결기관인 십이평의회에는 열두 천족이 모두 모여 있었다.

“흐음, 인간들이 너무 많이 서로 싸우는데요?”

천족 하나가 걱정이라는 듯이 말했다.

“걱정 마십시오. 그래 봐야 전체 인간 수에 비하면 얼마 되지도 않습니다. 가끔은 저렇게 화끈하게 붙어봐야 우리도 구경하는 맛이 있지요.”

아직 아무 생각 없는 천족도 있다.

“그나저나 인간 병사들이 저렇게 많아지다니. 이거 우리한테는 큰 이익이지요?”

“그럼요. 지금 모인 숫자를 보십시오. 저런 식으로 지상 전체에서 군대를 끌어모은다면 얼마나 많이 모을 수 있겠습니까?”

“저런 식이라니요? 꼭꼭 쥐어짠다면 더 많이 모으겠지요. 이거 그야말로 우리 전력의 전성 시대군요.”

“우리 힘이 이렇게 세지면, 이 기회에 마계를 정벌해 버리는 건 어떨까요?”

천족 하나가 농담 삼아 말했다. 그 말에 다른 천족들이 일제히 눈을 빛냈다.

“마계 정벌이라…….”

천족 몇이 군침을 삼키며 생각에 잠겼다.

“그렇지요. 그 엘프가 그랬잖습니까? 마족 놈들이 신마대전을 일으키려고 뭔가 수작을 부린다고요. 그러니 아예 우리가 먼저 쳐 버리는 건 어떨까요? 군대가 저렇게 많은데…….”

“아, 그런데 그건 제이가 그렇게 말했다고 전해준 것이 전부잖습니까? 그걸 어떻게 믿습니까? 그놈이 인더스트리를 속여서 뭘 좀 얻어보려고 한 짓일지도 모르지요.”

“그놈. 어쨌든 인더스트리에게 스스로 문제를 해결할 계기를 준 놈.

그놈을 지상에 풀어놓는 것이 아니었는데. 내가 처음에 죽이자고 했을 때 그냥 죽였어야 했어요."

천족 하나가 아쉽다는 듯이 말했다.

"아니, 그를 풀어준 것은 잘한 일이에요."

대화를 구경만 하던 천족이 즉시 반론을 제시했다.

"인더스트리가 문제를 해결했으니 이제 전력이 더 강력해지겠지요. 하지만 마더는 여전히 우리 손에 있습니다. 놈들이 그걸 무시할 수는 없어요. 그러니 우리는 시간을 가지고 그놈들을 제어할 방법을 찾으면 됩니다. 그리고 어차피 우리가 마계 정벌을 시작하면 그놈들도 우리 편을 들 수밖에 없어요. 우리가 지면 마족이 인더스트리도 몰살시킬 테니까."

"그렇지요."

천족들이 고개를 끄덕였다.

"지상의 인간들도 병력이 저렇게 열심히 늘어나고 있으니 이 또한 좋은 거지요. 그 힘을 더 바짝 쥐어짜서 한껏 키워놓는 겁니다. 그리고 한 방에 마계로 쳐들어가는 거지요. 압도적인 힘이 생기면 전쟁을 반대하는 놈들도 더 이상 뭐라 못하겠지요."

"오오, 그럴듯하군요."

"마족 놈들이 무슨 계획을 하고 있는지는 아직 모르겠습니다. 그 엘프를 시켜서 좀 더 자세히 알아내라고 해야겠네요."

"가만, 그럼 지금 싸우려는 저놈들도 우리 병사가 되겠군요. 너무 많이 죽으면 안 되겠네."

천족들은 신이 나서 중구난방으로 떠들어댔다.

"부하들을 좀 보내서 적당한 선에서 끊읍시다."

"그럽시다. 뭐, 다른 문제도 아니니까. 우리는 인간들한테 신들의 대리인을 자처하고 있잖습니까? 그러니까 이런 건 좀 대놓고 개입해도 될 것 같네요. 수백만 명의 목숨이니까."

"그래도 전혀 안 싸우면 재미없지요."

"그럼요. 인간계에서 오랜만에 빅 이벤트가 벌어진다고 기대하는 동족들이 꽤 많습니다. 그런데 우리가 초를 쳐버리면 되겠습니까?"

"맞아요, 맞아. 그러면 안 되지. 당장 나도 이 싸움이 꽤 기대되니까."

"그러면 한 오십만 정도 죽게 하면 될까요?"

"에이, 쪼잔하게 오십만으로 되겠습니까? 한 백만 씁시다."

"그래요, 백만. 백만이 죽으면 부하들을 보내는 겁니다. 이제 그만 하라고 하는 거지요."

"그러지요. 인간들은 우리가 나타났다 하면 신의 뜻인 줄 알고 약효 직빵 아닙니까?"

"그런데 제이한테는 어떻게 소식을 전하죠? 그놈에게 좀 미리 지시를 해두면 좋겠는데요."

"글쎄요. 그 엘프도 지금은 제이 곁에 없는데. 제이 놈 어디 있는지도 모르잖습니까?"

"그 녀석이 데려간 마법사들 중에 우리랑 선이 닿은 놈이 설마 하나도 없을까요?"

"모르겠어요. 있다고 해도 그것도 그 녀석이 먼저 연락하기 전에는 어려우니까요."

"아, 아. 걱정 마십시오. 제이 그놈이 영웅검에 새겨진 세 가지 마법을 동시에 모두 발동시키면 위치 파악을 할 수 있잖습니까?"

"아, 그렇지요. 하하하. 그럼 그때 소식을 전합시다. 너무 무리하지 말라고."

"자, 자, 자, 여러분."

왁자지껄하게 떠들기만 하는 천족들을 진정시키기 위해서 하나가 나섰다.

"그럼 그렇게 알고 추진하겠습니다. 모두 이번 빅 이벤트를 기대해 주십시오. 그리고 그 후의 마계 정벌도."

그 천족의 말에 나머지 열한 마리의 천족이 눈을 반짝반짝 빛냈다.

*　　　*　　　*

일곱 왕과 핵심 고위 귀족들은 막사에 모여 앉아 있었다.

"현재 배치는 완료 상태입니다. 이제 미끼 부대가 제국군을 끌어들이기만 하면 됩니다."

리처드 후작이 작전 지도를 펼쳐 놓고 설명했다.

"그래, 제이는 어떻다던가? 잘될 것 같다던가?"

"예. 마법 통신으로 보고받은 바에 의하면 그간 숲을 걸어서 열심히 전진했다고 합니다. 강행군 끝에 이제 제국군과 접촉 직전이랍니다. 내일쯤 습격하겠다고 연락이 왔습니다."

"좋았어."

왕 하나가 손뼉을 치며 반갑게 말했다.

"그럼 이제 우리는 기다리는 것만 남았군."

"그렇지요. 입을 벌리고 있다가 들어오는 먹이를 꿀꺽 삼켜 버리면 그만입니다. 하하하."

다른 왕이 맞장구를 쳤다.

"어서 내일이 왔으면 좋겠습니다. 어서 제국군들을 무찌르는 걸 보고 싶어요."

왕들이 다 이긴 것처럼 호들갑을 떨었다.

"리처드 경, 정말로 준비는 완벽하오?"

아뱃 국왕이 자기 부하인 리처드 후작을 띄워주기 위해서 이름을 불렀다.

"물론입니다. 우리의 모든 부대는 자기 위치를 완전히 지키고 있습니다. 우리 전술가들은 같은 결론에 합의했습니다. 일단 제국군들이 덫에 걸리기만 하면 예상 승률은 90퍼센트입니다."

리처드 후작이 당당한 얼굴로 말했다.

"90퍼센트! 그거 정말 좋군. 열 번 싸우면 아홉 번은 성공한다는 뜻 아닌가?"

"그리고 보면 이 작전을 처음 꺼낸 건 제이 그 친구잖아. 그 친구가 아주 큰 공을 세우는 거네? 이거 그 친구에게 아주 큰 상을 내려야겠소이다. 으하하하!"

기분이 좋아진 트론 국왕이 제이에 대한 친근감을 실컷 표시하며 말했다. 그 말에 몇 명의 국왕이 얼굴을 조금 굳혔다.

"마치 자기 사람이 된 것처럼 말하지 맙시다. 우리도 못지않게 준비하고 있으니."

앙숙인 아뱃 국왕이 기분 나쁘다는 듯이 말했다.

그들 모두 제이가 제국군을 꼬셔올 것임을 조금도 의심하지 않았다.

스트릭 제국군은 트론 왕국의 국경에 바짝 접근해 있다. 그러나 실제로 국경에 붙어 있는 것은 그 거대한 군대의 한쪽 면뿐이다.

이백만 명이라는 숫자의 사람을 꽉꽉 몰아넣는다면 1평방킬로미터 정도도 안 되는 공간에 모두 세울 수 있다. 그러나 그건 마네킹 세우듯이 쌓는 개념이다. 제대로 부대의 형태를 가지고 다양하게 늘어서면 수십 킬로의 땅덩어리도 우습게 잡아먹는다.

지금의 제국군이 그런 형태이다. 국경을 넘기 위해 준비하고 있지만 배치한 부대와 부대 사이의 공간은 넉넉하다. 국경 지대가 모두 평지인 것도 아니라 이런 식으로 공간이 남는 것은 어쩔 수 없다. 그리고 그 대병력의 후방에는 제국의 황제가 있다.

이것은 황제가 직접 지휘하는 전쟁이다. 황제를 따라 제국의 고위 관료들이 즐비하게 쫓아왔다. 그중에는 궁정 마법사도 포함되어 있다.

제국의 궁정 마법사는 7서클의 고위 마법사이다. 7서클이면 전 세계에 몇 명 없는 수준이다. 7서클 마법사는 3서클 공격 주문을 시동어만 가지고 남발한다. 7서클에 있는 마법 중 주문이 특히 긴 범위 공격 마법 몇 가지는 부대 하나를 통째로 섬멸할 수 있는 위력이 있다.

그리고 그 외에 다양한 분야의 마법사들이 황제를 호위한다.

황제의 주변에는 신관들도 여럿 모여 있다. 그들 중 최고위 신관은 신성력의 힘이 장난이 아니다. 마족 하나쯤은 단숨에 잡아 죽일 수 있다. 그 정도의 신성력으로 회복을 시키면 잘려 나간 팔다리마저 후유증없이 붙는다.

그 외에 제국이 몇 명이나 보유하고 있는 소드 마스터 중 하나가 언제나 황제 곁에서 호위한다.

제국 근위기사단 역시 황제의 근처에서 눈을 부라린다. 근위기사단은 전원이 검기를 다루는 기사로 구성되어 있으며 그 출신 성분도 꽤나 따지기 때문에 모두 귀족 자제이거나 귀족이다.

황제가 있는 곳의 조금 외곽을 지키고 있는 것은 두 개의 근위군단이다. 하나는 기병, 다른 하나는 중장보병이다. 이들은 제국 최정예 군단이다. 백인대장까지는 최소한 기사로 채워져 있다. 심지어 근위군단 내 특수 부대들은 십인대장을 기사가 맡는다.

근위군단은 그 대우가 일반 부대와는 차원이 다르다. 갑옷은 모두 고급의 쇠로 된 것이며 지급되는 검이나 창 역시 질 좋은 쇠를 쓴 비싼 것이다. 가족이 편안히 살고도 남을 만큼의 급료가 지급된다. 부대원이 간단한 폭력 사건을 일으켜도 근위군단이라는 신분을 내밀면 경비병들은 알아서 물러난다.

근위군단까지가 이번 전쟁에서 황제를 근접 경호하는 부대이다. 그 외에 열여덟 개 군단 구만 명의 부대가 외곽 경비를 하고 있다. 그 부대들 역시 일반 부대보다는 잘나간다고 알려진 곳들이다.

따라서 현재 황제가 있는 곳은 보통의 전투 부대 가지고는 절대로 뚫고 들어올 수 없다. 설사 소드 마스터가 암살자로 들어온다고 하더라도 이만한 보호막을 뚫고 황제를 죽이는 것은 불가능하다.

그리고 설사 그 모든 것을 뚫고 황제를 공격하는 데 성공한다고 하더라도 문제는 또 있다. 그 상황에서 두 번의 공격이 가능할 리가 없다. 그러니 단번에 심장이나 목을 잘라 죽여야 한다. 그러지 못하면 즐비하게 늘어선 고위 신관들이 신성력을 맘껏 쏟아 부어 즉시 회복시킨다. 아무리 큰 부상도 황제로서는 한번 호되게 아프고 끝나는 일이다.

심지어 이번 작전에는 제국의 비공정도 한 대 동원되어 있다. 아무리 황실의 비상시에나 사용되는 비공정이라고 해도 이 정도 되는 일에까지 아껴둘 수는 없다. 다만 워낙 낡은 물건이라 이동시를 제외하고는 지상에 숨겨두었다.

비공정의 위치는 비밀이다. 잘 숨겨져 있고 황제가 이동해서 거리가 너무 멀어지면 한 번씩 따라온다.

황제는 호화로운 전신 갑옷을 걸치고 있다. 그가 입은 것은 마치 장식용 갑옷처럼 지나치게 화려하고 무거워 보였다. 그러나 이 갑옷은 제국의 보물 중 하나로 하나의 능동형 마법과 하나의 수동형 마법이 걸려 있다.

수동형인 방어 마법은 착용자의 마나만 충분하다면 소드 마스터의 오러 블레이드라고 하더라도 몇 번은 막아낼 만큼 강력하다. 방어 마법은 위험을 느낄 때 갑옷에 마나를 주입하는 것만으로 발동한다. 또한 능동형 경량화 마법은 전체 무게를 가죽 갑옷만큼으로 줄여준다.

이 두 가지 마법이 동시에 걸려 있는 갑옷이라면 황제라고 하더라도
보물로 삼을 만하다.

황제는 검을 한 자루 차고 있다. 이 검 역시 제국의 보물이다. 마나
를 조금 불어넣으며 휘두르면 칼날 위로 화염이 솟아오른다. 거기에
스트렝스 마법이 같이 걸려 있어 적은 힘으로도 적에게 타격을 줄 수
있다. 이 두 가지만 더해져도 검기를 능숙히 다루는 기사의 검과 맞먹
는 파괴력을 낸다.

검의 재질 또한 미스릴을 듬뿍 섞은 극히 단단한 합금이다. 그 검은
소드 마스터의 오러 블레이드와 부딪쳐도 잘려 나가지 않는다. 검사라
면 누구나 가지고 싶어하는 명검이다.

황제는 이제 이십대 초반으로 피가 끓는 나이다.

"어이, 론즈 공작. 잘되고 있다고?"

황제가 론즈 공작에게 질문했다. 황제의 손이 금방이라도 뽑고 싶다
는 듯이 검자루를 쓰다듬었다.

"예, 폐하. 장거리 정찰대를 파견해서 조사한 결과 접촉되는 적의 배
치는 우리가 입수한 정보와 유사합니다."

"오호, 장거리 정찰대가 적의 배치를 모두 알아왔나?"

황제가 장하다는 듯이 말했다.

"아닙니다. 적도 대비가 만만치 않은지라 많은 정찰조들이 발각되어
날아갔습니다. 하지만 적의 방어를 뚫고 정탐에 성공한 정찰조들의 정
보를 모았습니다. 알아낸 일부 적의 위치들이 우리가 가진 정보와 일
치합니다."

"일부?"

“일부라고 하지만 들어온 정보가 모두 일치합니다. 우리가 적이 있을 거라고 예상한 곳에는 항상 그놈들이 있었습니다. 그만하면 이 정보는 신뢰해도 괜찮다고 판단됩니다. 뭐, 만에 하나 이 정보가 잘못됐다고 하더라도 전시 상황에 따라 계획을 바꾸면 그만이니 크게 상관은 없다고 생각합니다.”

“그래? 그 정도라면 믿어도 되겠지. 그나저나 우리가 나머지 나라에 깔아놓은 그 많은 정보망들은 이번 작전에 대해서 아무것도 알아낸 것이 없어?”

“죄송합니다. 그자가 넘겨준 것이 전부입니다.”

론즈 공작이 자기 잘못이라는 듯이 사과했다.

“에잉, 식충이 같으니라고. 허구한 날 우는 소리로 예산만 잔뜩 타가더니.”

황제가 불평했다.

“하지만 새로운 소식이 하나 들어왔습니다. 본국의 브론 후작으로부터입니다.”

“그래? 쓸 만한 이야기인가?”

“예. 고위 귀족만을 상대로 귀중품을 판매하는 고급 상인이 하나 있습니다. 오피라고 하는데 꽤나 유명한 자입니다. 아마 황후마마도 가끔 그자를 이용하실 겁니다.”

“이번 전쟁에 상인 이야기가 갑자기 왜 나오나? 무기라도 팔아먹겠대?”

황제가 고개를 갸우뚱거렸다.

“아닙니다. 그자가 얼마 전에 왕국 놈들의 작전을 알아냈다고 하면서 문서를 한 장 가져왔습니다. 어느 왕국에서 얻었다고 하더군요. 그런데 그 문서에 적힌 작전 내용이 우리가 얻은 것과 일치합니다.”

공작의 말에 황제가 인상을 찌푸렸다.

“에잉. 이봐, 론즈 공작. 수상하잖아. 이건 우리가 그 많은 돈을 퍼부어서 깔아놓은 정보망을 총동원해서 겨우 하나 얻은 거라고. 그것도 우리 선은 일개 귀족이 아니야. 그런데 일개 상인이 그걸 입수해서 가져왔다고? 정말 그걸 믿어? 아무리 우리가 제국이라지만 그렇게 어리버리하게 일 처리를 하면 다 이긴 전쟁도 지겠다.”

황제가 공작을 구박했다.

“간단한 심문을 했지만 그의 말에는 특별히 문제가 없었습니다. 하지만 더 중요한 이유 때문에 군 정보부는 그의 말을 신뢰하고 있습니다.”

“그게 뭔데?”

황제는 이제 심드렁해져 있었다. 황제는 이제 자신들이 빼온 연합군의 작전 계획이 진짜인지 확신이 없어졌다. 이걸 믿고 이대로 밀어붙여도 되는 건지 슬슬 의심이 들었다.

“그는 우리 군 정보부의 블랙리스트에 들어 있는 인물입니다. 지금까지 그에 대한 자료는 특별 관리 해왔습니다.”

“블랙리스트? 아니, 그딴 놈이 돌아다니도록 놔뒀어? 콱 잡아서 족쳐야지.”

“잡기에는 좀 그렇지만 좀 위험하다 싶은 자입니다.”

“도대체 어떤 놈인데?”

“그는 상위 인간입니다. 인더스트리의 어설픈 정보부는 우리 제국 정보부의 눈을 피할 수 없습니다.”

론즈 공작이 자신있게 말했다.

“호오, 그래? 그렇다면 그 정보도 믿을 만하겠구먼.”

황제가 반색을 했다.

“그렇습니다. 이익에 밝은 인더스트리가 왕국 편을 들어 우리에게
가짜 정보를 줄 이유는 없습니다. 그의 신분을 모르는 척하고 다그쳐
본 결과 그는 이 정보를 제공하고 우리에게 더 긴밀히 접근하려 했다
고 합니다.”

“그 말을 그대로 믿을 수는 없지만 안 믿기도 그렇군. 인더스트리가
은근히 우리 편을 든다? 이유가 뭘까?”

황제가 고개를 갸웃거렸다.

“이 전쟁은 당연히 우리의 승리입니다. 그건 의심할 여지가 없습니
다. 다만 얼마나 적은 손해를 입고 저들을 점령하느냐가 중요할 뿐입
니다. 인더스트리는 아마 우리가 이긴 후의 이익을 노리고 있지 않을
까 합니다.”

“우리가 땅을 먹는데 그놈들이 무슨 이익이 있어?”

“일곱 왕국을 점령하면 우리 제국의 부가 급격히 상승합니다. 귀족
들의 주머니도 그만큼 넉넉해지지요. 귀족들이 돈이 많아지면 어딘가
써야 하지 않겠습니까?”

“크흠, 내가 고생해서 번 돈을 그놈들이 먹어치우는군.”

황제가 불쾌한 듯이 말했다.

“폐하, 세상이 원래 그런 거지요.”

“할 수 없지. 돈이야 쓰라고 있는 거니까. 까짓거 좀 쓴다고 무슨 문
제가 있으려고. 중요한 건 우리가 얻은 정보가 진짜라고 인더스트리가
확인해 줬다는 거 아냐?”

“그렇습니다. 모든 정보가 같은 내용을 가리키고 있습니다.”

"좋아. 그럼 뭐가 걱정인가? 어서 왕국 놈들의 뒤통수를 쳐야지."

황제가 조금 신이 난 얼굴로 말했다.

공중 강습 부대에는 스무 명의 군단장이 있다. 그중에 몬스터 헌터인 벌크를 제외한 열아홉의 백작이 한군데 모였다.

"이거, 사령관이 너무한 거 아니오?"

백작 하나가 불평을 했다.

"사령관은 무슨. 사기꾼이지, 사기꾼."

"아니야. 아첨꾼이야. 폐하들에게 아첨을 해서 지금 자리를 맡은 놈이지."

"빽이오, 빽. 인더스트리와 친한 놈이잖소? 분명히 트루먼 제독에게 돈을 써서 빽으로 부리고 있을 거요. 아님 사기를 쳤던가."

백작들은 제이의 욕을 하며 자신들의 불만을 달랬다.

"그나저나 우리 이대로 있어서야 되겠습니까?"

군단장 중 하나인 스카티 백작이 말했다.

"에휴, 그럼 어쩌려고요? 그 작자가 국왕 폐하에게서 사령관 직위를 받은 것은 사실인데요."

다른 백작이 한숨을 쉬었다.

"당연히 항의해야지요. 우리가 겨우 평민인 자의 명령을 듣고 있을 수는 없잖소이까?"

스카티 백작이 주먹까지 쥐어가며 말했다.

"그놈에게 우리 항의가 먹히기나 하겠습니까? 내 팔자에 평민의 명령이나 듣고 사는 날이 올 줄이야."

백작의 말에는 푸념까지 섞여 있다.

“아니요. 할 수 있습니다. 우리가 힘을 합치면 됩니다.”

스카티 후작이 말했다.

“힘을 합치다니요?”

다른 백작들이 관심을 보였다.

“우리는 모두 군단장입니다. 우리가 일제히 그놈의 말을 무시한다면 어떻게 되겠습니까? 그놈 손에는 무식한 몬스터 헌터들만 남을 겁니다. 아, 그놈이 예전부터 부렸다는 것들이 한 천 명 되지요? 그것들도 남겠군요. 그뿐입니다. 더 이상은 아무것도 할 수 없습니다.”

스카티 후작은 자신있게 말했다.

“오호라. 하긴, 우리가 병력들을 다 쥐고 있으면 지가 어쩌겠습니까?”

“그래요. 지까짓 게 마검사면 마검사지. 전쟁은 혼자 하는 게 아니니까. 우리가 없으면 그놈이 할 수 있는 일은 없어요.”

백작들이 신이 나서 떠들어댔다.

하지만 모두 그런 반응을 보인 것은 아니다.

“그래도 폐하에게 권한을 받은 사령관입니다. 마음에는 안 들지만 우리가 어쩔 수 없습니다.”

백작 하나가 고개를 저으며 반대했다.

“아니, 그럼 다이버 백작은 명예로운 귀족이면서 평민의 명령을 계속 듣겠다는 거요?”

스카티 백작이 짜증스러운 얼굴로 말했다.

“이건 군사 작전이오. 이번 전쟁은 왕국의 운명이 걸린 것이고. 비공정까지 타고 이동하는 걸 보면 그 임무의 중요성도 짐작이 가고. 더구나 그는 일곱 분의 국왕 폐하 모두가 임명한 사령관이오. 그러니 명령을 들어야 하지 않겠소?"

다이버 백작도 목소리가 거칠어졌다.

"그래도 평민이라니까. 평민의 천한 피는 우리의 몸속에 있는 것과는 다르단 말이오!"

"그의 명령을 듣는 것이 아니오. 이건 폐하의 명령을 듣는 것이오. 이 전쟁은 엄청나게 중요하오. 함부로 대했다가 우리 때문에 전투를 망치면 복귀 후에 뒷감당을 어찌하려 하시오!"

"귀족이 있고서 백성이 있는 것이오. 귀족의 권위가 무너지는 판에 그걸 보고만 있겠다고요?"

"전쟁은 이기고 봐야 할 것 아니오! 그가 지휘관인데 그걸 무시하면 우리가 어떻게 이기겠소?"

"우리는 주력 부대가 아니잖소! 우리가 좀 대충 한다고 해서 뭐 그리 큰일이 나겠소?"

두 백작이 으르렁거렸다.

둘 다 같은 백작이다. 그러나 다이버 백작은 세가 부족함을 느꼈다. 나머지 대부분의 백작들은 스카티에 동조하는 태도를 보이고 있었다.

"어쨌든 내 의견은 그렇다는 거요. 기억해 주시오."

다이버 백작은 자기가 밀렸음을 인정했다.

"흠, 흠. 알았소. 그럼 우리가 하는 일에 군소리 말고 따라오기나 하시오."

스카티 백작이 기쁜 목소리를 억지로 감추며 말했다.

"그래서 이제 어떻게 해야 하겠습니까?"

다른 백작 하나가 스카티 백작을 향해 환하게 웃음 띤 얼굴로 질문했다.

“앞으로 그 작자가 명령을 내리면 거부하는 겁니다.”

“네? 그럼 비공정에서 내리잔 말이십니까? 여기는 적진 한가운데요?”

한 백작이 깜짝 놀라며 말했다.

“그럴 수야 없지요. 대신에 그가 적을 공격하라는 명령을 내리면 거부합시다.”

스카티 백작이 제의했다.

“호, 그것도 좋군. 하지만 쉬운 목표를 잡자고 하면 그냥 해도 되지 않을까요? 예를 들면 적의 보급 기지 같은 것을요.”

“그래요, 그래. 이렇게 후방으로 왔으니 아마 보급 부대나 약한 부대를 노리지 않겠습니까? 그런 쉬운 상대는 잡아주고 강한 놈을 치자 그러면 반대합시다.”

백작들이 다시 떠들어댔다.

“어허! 아직 상황을 모르시는군!”

스카티 백작이 탁자를 쳤다. 백작들의 시선이 스카티 백작에게 집중됐다.

“생각들을 해보십시오. 그놈이 쉬운 상대를 공격하라고 명령할 때 무슨 생각을 하겠습니까? 우리끼리 서로 공을 탐해서 더 열심히 싸울 거라고 생각할 겁니다. 우리는 그런 녀석의 허를 찌르는 겁니다.”

“허를?”

“그렇지요. 공을 세우기 좋은 전투를 하라고 하는데도 못한다고 버텨보십시오. 말을 듣게 하려고 어르고 설치겠지요. 그래 봐야 무슨 소용이 있습니까? 우리는 안 움직일 텐데. 그러면 평민 놈이 할 수 있는 건 더 이상 없습니다. 평민의 무력함을 느낄 겁니다.”

“오호, 그렇군요.”

스카티 백작의 말에 다른 백작들이 고개를 끄덕였다.

“그렇게 우리의 힘을 보여줘야 합니다. 힘을 보면 트루먼 제독도 생각을 달리하겠지요. 그리고 평민 놈이 우리에게 사죄를 하면 그때부터 움직여 주는 겁니다. 그사이에 트루먼 제독과의 관계도 돈독히 하고. 앞으로의 작전도 우리 뜻대로 하고.”

스카티 백작은 이제 눈까지 빛내며 열변을 토했다.

“하하하, 그것참 좋습니다. 사실 트루먼 제독을 우리 편으로 만드는 것이 뭐 어렵겠습니까? 그 평민 놈이 제독에게 뭘 해줬는지 모르겠지만 우리가 더 주면 되는 것 아닙니까?”

백작들이 그 의견에 환영했다.

헌터 군단의 임무 중 하나는 탈영병 감시다. 마물 사냥으로 실력을 갈고닦은 그들은 공중 강습 부대가 착륙하기 전에 먼저 목표 지점에 도착한다.

주변 정찰을 먼저 실시해 공간을 확보한 후에는 외곽에 다양한 함정을 설치한다. 적의 습격이 있다면 경보의 효과를 내고, 탈영병이 달아나려고 하면 저지하는 이중 목적의 함정들이다.

그리고 매번 철수시에는 마지막까지 남아 그 함정들을 싹 걷어낸 후에야 비공정에 탑승한다. 그 함정들은 다음 도착지에서 다시 사용해야 하는 물건들이다.

제이는 스무 명의 군단장들을 막사로 불러 모았다. 그들은 헌터 군단의 벌크를 제외하고 모두 귀족인 백작이었다.

"모두 오래 기다렸다. 우리의 작전은 내일 시작한다."

제이가 선언했다. 그 말을 들은 백작들은 꽤나 황당한 표정을 지었다.

'옳다구나. 이제 시작이구나.'

스카티 백작은 속으로 쾌재를 불렀다. 그러나 표정은 일부러 굳혔다.

"사령관, 이건 해도 해도 너무하는 것 아닙니까? 우리는 모두 백작이고 군단장입니다. 그런데 내일 작전 개시라니요? 오늘 낮에 준비를 끝내겠다는 겁니까? 그런 중요한 작전을 왜 지금 가르쳐 주는 겁니까?"

스카티 백작이 노골적으로 불만을 터뜨렸다. 트루먼 제독이 그 모습을 보고 눈을 부라렸다.

평소라면 제독의 행동이 백작들에게 먹힌다. 그러나 지금은 백작들도 꿍꿍이가 있다. 당연히 물러서지 않았다.

제이가 입을 열었다.

"당신 말이 맞아. 확실히 너무 늦었지. 같이 목숨을 걸고 싸우려면 당연히 서로 믿어야지. 그리고 믿는 사람들과 미리 의논해야지. 이런 일에는 믿는 사람들의 목숨도 걸려 있는 거니까."

제이가 순순히 동의했다. 의외의 반응에 스카티 백작이 오히려 어리둥절한 얼굴이 되었다.

'이렇게 쉬웠나? 진즉에 일을 벌일 것을.'

스카티 백작이 살짝 후회했다.

"아시는 분이 왜 그러셨습니까?"

다른 백작 하나는 제이가 약한 모습을 보이자 즉시 기가 살아서 나섰다.

"그러게 말이오. 진즉에 이렇게 나오셨으면 서로 좋잖소?"

말투마저 거칠어지는 백작도 있었다.

"시끄러!"

갑자기 제이가 탁자를 거칠게 내려쳤다. 깜짝 놀란 백작들이 모두 입을 다물었다.

"당신들을 믿을 수 없으니까. 믿지 못하는 자에게 알려줄 수는 없으니까. 그러니까 지금까지 못 가르쳐 준 거다."

제이가 백작들을 노려보며 말했다.

"무슨 뜻입니까? 혹시 지금 우리를 모욕하는 겁니까?"

여러 명의 백작이 제이를 마주 노려보았다.

"나는 당신들을 믿을 수 없어. 신뢰할 수 없어. 내 등을 한순간도 맡길 수 없어."

제이가 냉정하게 말했다. 이제 백작들도 장난이 아니다. 그들은 단순히 주도권 싸움을 하려는 것이 아니라 정말 화가 났다. 모두 그 사실을 감추지 않았다.

"군단장들 중에 일부는 제국을 상대로 정말 제대로 싸워보려는 사람일 수도 있어. 소중한 것을 지키기 위해서 목숨을 걸 사람이 있을 수도 있어. 운이 좋으면 거의 다 그런 사람일 수도 있지."

"당연하오. 그것이 귀족이거늘."

귀족 하나가 비웃음을 띤 얼굴로 제이를 노려보며 말했다.

"하지만 나는 당신들 전부가 그런 제대로 된 사람이라고는 조금도 믿을 수 없어. 절대로 못 믿지. 작전 내용을 듣고 나서 당신들 중에 어떤 자들은 다른 생각을 할지 모르지. 아마 한둘이 아닐걸?"

제이가 마주 비웃었다.

“다른 생각이라니? 무슨 생각을 한다는 말이냐? 아무리 네가 사령관이라고 해도 평민이 감히 귀족을 모욕해?”

백작 하나가 검을 잡으며 소리쳤다.

“목표를 알고 나면 말이다. 잡생각을 하는 자가 있을 거야. ‘이 비밀을 제국에게 팔아먹고 내 영지를 지키자. 아니면 전쟁이 끝난 후 더 큰 영지를 얻자’. 일부가 아니라 단 한 명만 그런 생각을 하고, 그 생각을 현실로 만드는 자가 나온다면 십만 명이 다 끝장나.”

제이가 그 백작의 모습을 가소롭다는 듯이 보며 말했다.

“잘못되면 우리 공중 강습 부대가 전투에서 패배할 거라는 겁니까?”

다이버 백작이 조금 겁먹은 얼굴로 말했다.

“패배? 우리 십만 명은 불경죄에 걸려. 제국은 생포하려고 들지 않을걸? 몰살시키려고 하겠지. 특히 귀족들은 단 하나도 못 살아남아. 그리고 우리가 실패하면 연합군도 첫 전투에서 확실히 깨지겠지.”

제이가 엄포를 놓았다. 사실 그는 이번 작전을 실패해도 연합군 자체에게 큰 타격은 없다고 생각했다.

제국이 현재 입수한 연합군의 작전은 미끼를 이용한 유인 작전이다. 그런데 제이가 이런 식으로 뒤를 쳐 버리면 그들은 자기네가 가진 정보가 잘못된 것임을 깨닫게 된다. 그쯤 되면 모든 것을 의심하고 움직임을 더 조심하게 된다.

습격 후에도 연합군의 배치는 제국이 가진 정보대로다. 그러면 당연히 함정이라고 생각한다. 그러면 연합군은 어떻게 되든 한숨 돌릴 시간을 번다.

하지만 그 사실을 백작들에게 말할 수는 없다. 그는 이 특권 의식 자체인 귀족들을 얼러서 쓸 만한 놈들을 골라내야 한다.

죽는다는 협박은 왕이나 고위 귀족도 넘어가게 만들었다. 일개 백작들이라고 해서 다른 건 아니다. 그들의 얼굴이 창백해졌다.

"도대체 작전이 뭐길래……."

백작 하나가 겁먹은 얼굴로 질문했다. 제이가 씨익 웃었다.

"우리는 제국 황제를 직접 친다."

"커억!"

제이의 말에 백작들이 일제히 비명을 질렀다. 그들의 얼굴은 모두 흙빛으로 변했다.

"사, 사령관, 불가하오."

"절대로 안 됩니다, 절대로."

"나는 못해. 차라리 나를 죽여."

헌터 군단의 벌크를 제외한 열아홉 명의 백작이 일제히 들고일어났다.

"어차피 우리는 제국과 싸워야 한다. 뭐든지 머리가 잘리면 죽는다. 머리를 노리는 것이 뭐가 문제냐?"

제이가 백작들을 보며 말했다. 성난 백작들은 이제 살기마저 피우고 있었다.

하지만 제이에게 저항하기로 앞서서 주장하던 스카티 백작은 오히려 반응이 달랐다. 그는 황제를 공격한다는 말에 겁이 와락 난 상태다.

'참자. 참고 좋은 말로 달래는 거야. 이거 미친놈이 틀림없다. 잘못하면 말려든다.'

백작은 환한 얼굴로 제이를 보았다.

"상대는 그 강력한 스트릭 제국입니다. 그것도 그곳을 지배하는 황제입니다. 이번 전쟁에서 황제가 경호 부대만 십만을 데려간다고 아주 자랑이 대단했습니다."

말까지 부드러웠다.

"우리도 십만이다."

제이가 콧방귀를 뀌며 말했다.

스카티는 일그러지는 얼굴을 억지로 펴면서 말했다.

"수준이 다르잖습니까? 수준이! 상대는 제국 최강의 부대입니다. 근위기사단이나 근위군단 등이 즐비하고 그 외에도 제국에서 잘나가는 군단들입니다. 전부 중장보병이나 기병입니다. 그런 놈들이 십만입니다. 이따위 허접한 경보병 부대로는 절대로 이길 수 없습니다."

스카티의 생각을 눈치챈 백작 하나가 지원 사격을 나섰다.

"그렇습니다. 그나마 우리는 짜깁기 아닙니까? 이 나라 저 나라에서 한 군단씩 모았습니다. 어디 감히 제국의 황제 직속 부대들과 싸운다는 말입니까?"

"나는 부대를 선택함에 있어 제대로 훈련받은 군단들을 골랐다. 내가 모은 것은 농민군이 섞인 부대가 아니다. 군인이 직업인 정예병들이다."

제이는 조금도 물러서지 않았다.

"그래도 경보병 아니오? 누군 이런 부대를 담당하고 싶어서 맡았는지 아시오? 나도 공을 세워 기병을 지휘하고 싶었소. 최소한 중장보병이라도 원했소."

마침내 더 참지 못한 백작 하나가 거칠게 외쳤다.

"네 부하들의 실력을 믿지 못한다는 거냐? 그들은 너희들이 키워온 부대 아니냐?"

제이가 반문했다.

"못 믿소. 당연히 못 믿지. 경보병을 어떻게 믿어. 레인저니 뭐니 하는 건 장비 갖춰줄 돈 아끼느라 몸으로 때우게 하는 짓 아니오?"

"내가 키운 적 없어. 난 배치받았지. 훈련이야 부하들이 알아서 하는 것이야. 중장보병쯤 된다면 모를까 경보병 부대를 내가 왜 직접 훈련시켜?"

"제기랄, 공작 각하한테 뇌물을 더 써서 좀 더 제대로 된 부대를 맡았어야 했어. 그랬어야 이런 말도 안 되는 작전에 끌려 나오지 않지."

"그렇지, 그랬어야 했어. 아아, 국왕 폐하 직속의 제육군단을 내가 지휘할 수 있었는데. 칼튼 백작이 쓴 것보다 돈을 조금만 더 바쳤으면 그 중장보병 군단은 내 거였는데."

일부 백작들이 서로 신세 한탄까지 시작했다.

"가관이구나."

제이가 한심한 표정으로 백작들을 보며 말했다.

"사령관, 당신은 어차피 뜨내기니까 모르지."

"그래, 당신은 이미 떴지. 평민이 이런 큰 부대도 지휘하고. 당신에게 군단을 맡기려는 나라도 많다는 소문 들었어. 하지만 우리 처진 달라. 우리는 겨우 경보병 군단 하나에 쩔쩔매는 신세란 말이오."

"그렇소. 경보병 군단이나 지휘해서는 평생 백작으로 끝날 거요."

"우리 가문의 영광을 위해서도 그러면 안 되지."

백작들은 이제 당당해지기까지 했다.

"너희들은 조금도 부끄러워하지 않는군."

제이가 고개를 저으며 말했다.

"지금 상태로 양측의 군대가 붙으면 수백만 명이 죽는다. 민간인의 피해까지 포함하면 얼마나 많이 죽을지 셀 수도 없어.”

제이가 눈을 매섭게 뜨며 말을 이었다.

“그래서 우리는 제국의 황제를 잡는다. 우리가 황제를 잡아버리면 이 전쟁은 여기서 끝난다. 제국군은 물러날 수밖에 없다. 그러면 더 이상 사람들이 죽지 않아도 되지. 우리 십만 명이 목숨을 걸면 수백만 명을 살릴 수 있다. 나와 같이 황제를 잡을 사람은 나서라.”

동의하는 귀족은 없었다.

“정말이냐? 정말 아무도 없느냐? 모두를 위해서 목숨을 걸어볼 사람은 없느냐? 그런 사람이 있으면 앞으로 나오라.”

제이가 다시 말했다. 머뭇거리던 백작 셋이 앞으로 걸어나왔다.

“나와 함께하겠느냐?”

제이가 그들의 신분을 확인했다.

첫 번째는 아뱃 왕국의 다이버 백작이다.

“뭐, 아무래도 국왕 폐하께서 임명하신 사령관이시니까요. 그리고 사령관님이 아주 우수한 전술가라는 소문은 들었습니다. 우리 리처드 후작 각하가 극찬을 하실 정도였으니. 그래서 한번 믿어보겠습니다.”

두 번째는 트론 왕국의 하지 백작이다.

“아무리 평민 것이라지만 하도 많은 목숨이 걸려 있으니 그냥 물러서기가 좀 그렇네요. 잠자리가 뒤숭숭할 것 같아서요. 우리 국왕 폐하의 당부도 있고.”

세 번째도 트론 왕국 소속으로 루미 백작이다.

“성공하면 한순간에 뜨는 거 아닙니까? 가문의 영광을 위해서라면 모험해 볼 가치가 있으니까요. 나한테도 우리 국왕 폐하께서 한말씀 당부하셨고요.”

세 백작의 이유는 조금씩 다르지만 제이는 그것으로 만족했다. 더구나 셋 다 자신의 영입에 가장 적극적이던 트론 왕국와 아뱃 왕국 소속이다. 일단 믿어도 될 것 같았다.

"더는 없는가? 이 전쟁을 끝낼 자, 더는 없는가?"

제이의 말에 나머지 군단장들이 고개를 저었다.

"홍! 없소. 바보짓하는 자가 셋이나 나온 것도 대단한 일이니까."

스카티 백작은 좋은 말로 하려는 생각을 버리고 코웃음을 치면서 말했다.

"벌크, 너는?"

제이가 몬스터 헌터 군단의 군단장인 벌크에게 질문했다.

"저야 형님이 거시기로 밤송이를 까라고 하셔도 까야죠. 당연한 걸 묻고 그러시네."

벌크가 웃는 얼굴로 대답했다.

"좋아. 그럼 네 군단이 나왔군. 열여섯 군단이 빠지고. 이만 명으로 이번 작전은 확실히 어렵겠어."

제이가 아쉽다는 얼굴로 말했다.

"그렇소. 우리의 생각은 아주 확고부동하니 절대로 바꾸지 못할 거요. 그러니 이만 포기하고 돌아갑시다."

스카티 백작이 자신감 넘치는 얼굴로 말했다. 그걸 보면서 제이가 피식 웃었다.

"그럴 수는 없지. 나는 십만 명이 필요하거든."

제이는 여유만만한 모습이다.

"우리의 결심은 변하지 않는다니까."

스카티 백작도 단호하게 말했다. 그의 뒤에서 열다섯 백작이 고개를 끄덕였다.

"변할 필요 없다. 너희 모두는 직위 해제니까."

제이가 손가락으로 탁자를 두드리며 말했다.

"뭣이라!"

열여섯 백작들의 얼굴이 분노로 새빨개졌다.

"우리의 직위는 국왕 폐하께서 임명하신 것이오. 당신이 해임할 수 없소."

스카티 백작이 손가락을 뻗어 제이를 가리키며 소리쳤다.

"바로 그 국왕들이 나에게 모든 권한을 위임했다."

"당신에게 임명한 것은 지휘권이지."

"직위 해제 권한도 지휘권이다."

"받아들일 수 없소! 어디 감히 평민이 귀족을 능멸하는가!"

백작들이 화를 버럭 냈다. 그중 일부는 자신의 검 손잡이를 잡고 당장이라도 뽑을 것처럼 움찔거렸다.

"저항하는 거냐?"

제이가 의자에 앉은 상태로 백작들을 꼬나보며 말했다.

"거부하는 거요. 굳이 강요한다면 우리도 가만있지 않겠소."

스카티 백작이 대표로 말했다.

"으하하하!"

제이가 크게 웃었다.

"가만있지 않으면? 나에게 저항하는가? 겨우 당신들 열여섯의 실력으로? 지금 여기서? 그러고 싶었으면 부하들을 다 끌고 왔어야지."

제이가 비웃었다.

제이의 말에 스카티 백작은 뜨끔함을 느꼈다.

‘확실히 이 작자는 대단한 실력자다. 하지만…….’

“우린 열여섯이오. 검기를 다루는 사람도 수두룩하오. 아무리 당신이라고 해도 상대할 수 없소.”

“그럼 해봐. 너희들의 알량한 실력으로 나를 이기면 인정해 주마.”

제이가 일어서며 검을 뽑았다. 검에 새겨진 것 중 스턴 마법 하나에만 마나를 주입했다. 검에 새겨진 문양이 빛을 반짝였다.

마법검의 발동 모습을 눈앞에서 본 백작들은 정신이 번쩍 들었다. 특히 스카티 백작은 속이 다 떨렸다.

“저, 저기, 사령관님. 사실 그게 아니라…….”

스카티 백작의 말투가 다시 조심스러워졌다.

백작들은 시퍼런 검날을 보자 제이의 실력을 새롭게 깨달았다. 그들의 눈앞에서 마족 다섯을 단숨에 쳐 죽인 제이다. 배에 기름기가 긴 백작들 한 무더기로 어떻게 할 수 있는 상대가 아니다. 백작 하나가 대형 천막의 입구 쪽으로 슬금슬금 물러섰다. 제이의 검이 그 백작을 향했다.

“너부터 죽고 싶냐?”

제이의 말에 그 백작이 펄쩍 뛰며 뒤로 물러섰다.

“아, 아닙니다. 저는…….”

“닥쳐라. 너희들에 대한 명령권은 나에게 있다. 공중 강습 부대 십만 명은 내가 지휘한다. 이 권한은 너희들의 왕이 나에게 준 것이다. 그러니 모두 내 말을 따르라.”

백작들은 말을 못하고 찌그러들었다. 제이의 검이 무서워 아무도 더 이상 따지지 못했다. 그렇다고 받아들이는 것도 아니다.

‘부대로 복귀하기만 해봐라. 내 주위에 오천 명을 깔아놓은 상태에

서도 니가 나를 이렇게 핍박할 수 있는지 어디 두고 보자.'

백작들은 속으로 이를 갈며 생각했다.

그 눈치가 빤히 보이는지라 제이는 이쯤에서 당근을 하나 제시하기로 했다. 눈치를 보니 왕들에게 이번 작전 계획에 대해서 들은 귀족은 없어 보인다.

"왜 거부하지? 우리가 제국 황제를 공격하는 것은 이미 결정된 작전이다. 일곱 왕도 동의했다."

제이가 거짓말을 했다.

그러나 그 말에 넘어간 백작들의 눈이 동그래졌다.

"그러니, 차라리 여기서 직위 해제되면 제국의 황제를 상대하지 않아도 되잖나?"

제이의 말에 백작들의 눈이 번쩍 뜨였다.

"무슨 말이시오? 우리의 목을 치거나 영창에 가두지 않는다는 말이오?"

스카티 백작이 믿어지지 않는다는 듯이 말했다.

"원래 전시에 해임될 정도의 잘못을 했다면 최고 처벌은 당연히 참형이고 최소한이라면 억류 정도로 끝내겠지. 하지만 난 너희들을 그대로 풀어주겠다."

제이가 선심 쓰듯이 말했다. 당근은 당근이되 그 속에 독이 들어 있는 당근이다.

"그, 그럼, 우리가 돌아갈 수 있도록 비공정도 제공해 주는 것입니까?"

멋모르는 백작들의 말투가 조금 고와졌다. 제이가 입꼬리를 올리며 제독을 쳐다보았다. 제독이 버럭 화를 냈다.

"내 함대를 당신들에게 내어줄 수는 없다. 콜벳 하나도 안 돼!"

제독의 단호함에 백작들은 뭐라 말을 할 수 없다.

"하나쯤은 우리가 돈을 모아서 임대비를 지불하겠습니다. 대금은 돌아가면 꼭 드리지요."

스카티 백작이 대표로 협상을 시도했다.

"남는 것 없다. 우리 함대는 이 작전을 수행한다."

제독은 단호했다.

안 되겠다 싶은 스카티 백작이 대신 제이를 붙들고 늘어졌다.

"그럼 우리보고 이 제국 땅에서 어떻게 돌아가라는 말씀이시오? 사방에 적인데."

"알아서 해라. 여기는 제국 측 전선의 후방이라 본격적인 전쟁터 분위기는 아니다. 모든 것은 정상적으로 돌아가는 지역이니 적당히 마을 같은 곳을 찾아서 여객마차라도 얻어보던가."

"그런 위험한 일을 하란 말이오? 그러다 신분이 발각되어 적의 포로가 되면 어떻게 하라고!"

"싫으면 나와 같이 황제를 잡던가."

제이의 말에 백작들은 입을 닫았다. 그리고는 곧바로 자기들끼리 의논을 하기 시작했다.

'한심하군.'

제이가 고개를 저으며 생각했다. 그의 표정을 본 제독도 같은 생각인지 혀를 찼다. 그러나 백작들은 이미 주변 사람들의 시선에는 관심이 없다.

한참을 자기들끼리 의논한 백작들이 마침내 결정을 내렸는지 제이 쪽으로 돌아섰다.

"좋습니다. 우리는 사령관이 직위 해제했기에 어쩔 수 없이 본대로 복귀하겠습니다. 이것으로 우리들과 사령관 사이의 문제가 모두 정리됐기를 바랍니다."

스카티 백작이 책임을 제이에게 미루기 위해서 말했다. 제이가 고개를 저었다.

"아니, 당신들은 아직 할 일이 하나 더 있지."

"뭘 또 해야 한다는 말이오? 그것이 위험한 것이라면 우리는 단호히 거절하겠소."

백작들이 기가 살아 발끈했다. 어차피 직위 해제돼서 돌아갈 처지다. 이젠 더 이상 제이의 말은 듣지 않겠다는 기세다.

"당신들만 살겠다고 돌아가면 어떻게 하나? 다른 지휘관들에게도 기회를 줘야지. 벌크, 백인대장 이상은 전원 집합시켜라. 한 천 명 될 거다."

"알겠습니다."

제이의 명령에 벌크가 즉시 대답하고 막사를 뛰쳐나갔다.

"그들을 다 데려가라는 말이시오?"

백작 몇의 얼굴에 귀찮다는 듯한 표정이 떠올랐다.

"발상을 전환하라고. 그들은 당신들보다 작위가 낮아. 백인대장들은 대부분 평민이야. 돌아가는 길에 몬스터라도 만나면 누군가 대신 싸워줘야 하잖아? 그리고 당신들 잔심부름할 사람들도 필요하고. 지휘관의 대부분이 돌아가는 일이 벌어지면 나중에 나한테 책임을 씌우기도 좋지. 안 그래?"

제이의 말에 백작들은 귀가 솔깃했다.

"확실히 나쁜 생각은 아닌 것 같습니다. 하긴, 우리가 명색이 백작

아닙니까? 우리끼리만 돌아가면 영 체면이 안 서지요."

스카티 백작이 재빨리 나머지 사람들을 둘러보며 동의를 구했다. 다른 백작들도 그 말을 듣고 고개를 끄덕였다.

선별 작업은 빠르게 진행되었다. 벌크는 천여 명의 지휘관들을 재빨리 모았다. 제이는 군단장들에게 했던 것과 같은 말을 간부들에게 했다. 그리고 그들 역시 군단장들과 비슷한 반응을 보였다. 직위가 낮아 대놓고 항의는 못하지만 수가 많으니 사방에서 시끄러울 정도로 불만을 웅성댔다. 더구나 이번에는 수를 믿고 설치는 자들도 있었다.

"그러니까 황제를 잡아 이 전쟁을 끝낼 사람은 남아라. 다른 사람들 목숨은 알 바 아닌 자들, 그 쥐새끼 같은 목숨이나마 건져 보겠다고 생각하는 놈들은 얼른 저 백작들과 같이 서라."

제이가 조금 거칠게 말했다.

제이를 따라 황제를 공격하기로 결정한 사람들은 그 말에 웃음을 터뜨렸다.

달아날 생각인 사람들은 안색이 나빠졌지만 특별히 항의하지 않았다. 그들은 그 정도 욕 들어먹고 살아남을 수 있다면 그것도 좋다고 생각했다. 그저 조용히 백작들의 곁으로 걸어갔다.

제이가 백작들 쪽을 둘러보았다. 귀족과 기사, 평민들이 따로 서 있었다. 그리고 같은 귀족이라도 천인대장들은 백인대장들과 또 따로 서 있었다.

"어디 보자. 백작이 열여섯. 그 아래 귀족 나으리들이 백오십 정도인가? 그중에 천인대장들이 팔십이라. 헌터 군단은 천인대장이 따로 없으니 빼고 계산하더라도 열다섯은 남았군. 이야, 백인대장을 한 남작도 꽤 많구나. 칠십 명은 되겠네. 그리고 일반인 백인대장이 사백? 쯧쯧. 이거 원… 예상은 했지만 귀족들이 도망가는 비율이 엄청나게 높군.”

제이가 혀를 찼다. 그리고 그들에게 손을 저었다.

“그만 가봐라.”

제이의 말에 오백여 직위 해제자들의 안색이 일제히 변했다.

“무슨 말이십니까? 지금 가라니?”

“가려고 모였잖아? 그러니 가라고.”

“아니, 이게 무슨 황당한 말이오? 비록 비공정은 지원되지 않는다 하더라도 우리가 본대로 돌아가려면 필요한 것이 한두 가지요? 식량이나 모포, 돈, 그 외에 필요한 것들을 줘야 갈 것 아니오?”

스카티 백작이 대표로 항의했다.

“식량? 너희들에게 줄 식량은 없다. 너흰 이제 내 부대 사람들도 아니잖느냐?”

“무슨 소리요. 나는 제일군단장이오.”

“너희는 이미 직위 해제됐다. 내 부대가 아니니까 살려주는 거다. 만약 아직도 내 부대 소속이라는 놈이 있으면 명령 불복종으로 참형에 처하겠다. 당장 꺼지지 못하겠냐! 나와라. 발칸 파이어! 나와라. 발칸 아이스!”

제이가 양손을 들며 소리를 버럭 질렀다. 한쪽 손 앞에 수십 발의 파이어 볼트가 만들어졌다. 그리고 다른 쪽에는 아이스 애로우 한 무더기가 생성됐다.

그 무식할 정도로 많은 양의 마법 생성물을 본 오백여 명이 주춤거리며 물러섰다.

“벌크, 헌터 군단을 불러 저들을 쫓아내라! 지휘관들은 모든 병력을 집결시켜라! 저들 중 집결이 끝날 때까지 남아 있는 자들을 모두 잡아서 참형에 처해라!"

제이가 소리쳤다.

그 말에 오백여 명은 깜짝 놀랐다. 하지만 당장 어떻게 할 방법이 없다. 그들은 점점 뒷걸음질을 치더니 서서히 물러서기 시작했다.

"내가 이 수모는 잊지 않겠소!"

백작 하나가 자존심을 세우느라 소리를 버럭 질렀다. 제이가 양손에 모아놓은 마법들을 일제히 날렸다. 파이어 볼트와 아이스 애로우 무더기들이 물러서는 사람들의 뒤쪽 땅을 무수히 때렸다.

"히익!"

사람들은 그 공격에 겁을 먹고 뒤도 돌아보지 않고 달아났다.

제이가 손을 가볍게 털었다.

"아저씨, 식량은 좀 나눠 줘도 많이 남을 텐데……."

릴리가 걱정스레 말했다. 제이가 릴리의 머리를 쓰다듬었다.

"저들 중에는 검술에 능한 자들이 많다. 검기를 다루는 자들도 수두룩하지. 마을을 만날 때까지 뭘 잡아먹든 끼니는 때울 수 있을 거다. 귀족들이 많으니 사람 사는 곳까지 가면 알아서 사 먹겠지."

"제이님, 저만한 인원이 그냥 돌아다니면 제국에 걸리지 않겠어요? 여긴 제국 땅이잖아요."

페넬이 대단한 것을 발견한 듯이 말했다.

"운이 아주 좋지 않으면 걸리겠지. 하지만 당장은 아냐. 가까운 곳에는 제국군은 고사하고 마을도 없으니까. 잡혀도 우리가 황제를 잡은 다음이다. 그전에는 설사 제국에 정보를 넘기려고 해도 방법이 없어."

"아저씨, 제국에 잡히면 저 사람들은 어떻게 되는 건데요?"

"그때는 이미 전쟁이 끝난 후다. 고생을 좀 화끈하게 하고 풀려난다."

제이가 릴리에게 웃어주며 말했다.

"자, 이제 부대를 재편성해야겠군. 어디 보자. 군단장은 넷이 남았군. 벌크는 따로 할 일이 있으니 빼고, 나머지에게 부대를 셋으로 나눠 맡기겠다. 셋 다 기동 부대장으로 승진이다."

제이가 말했다. 갑작스런 감투에 놀란 세 백작이 고개를 숙이며 감사했다. 이 작전이 정말 성공한다면 앞으로 그들은 새로운 기동 부대를 맡을지 모른다. 다시 군단을 지휘하더라도 강병을 맡을 수 있다. 기동 부대를 지휘해 큰 공을 세웠는데 오히려 직위를 낮출 리는 없다.

"남은 천인대장이 이십 명이라. 헌터 군단은 천인대장이란 것 자체가 없지. 그럼 남는 군단이 열아홉 개. 전원 군단장으로 승진! 남는 한 명은 제독님에게 연락 장교로 배치."

그 말에 천인대장들의 얼굴이 환해졌다. 그들도 같은 이유로 기뻐했다. 어차피 이번 작전에 실패하면 죽은 목숨이라고 생각했다. 각 왕국에 군단장 자리는 기동 부대보다 훨씬 많다. 살아남기만 하면 앞으로 최소한 군단장이다.

"백인대장이 오백 명 이상 남았군. 천인대는 구십오 개라. 군단장들이 알아서 구십오 명을 뽑아 천인대장으로 승진시켜라. 병사들에게 지지받는 자를 골라라. 나머지 빈자리도 알아서 채우게 하고. 기사들은 따로 할 일이 있으니 자리를 주지 마라."

"알겠습니다."

신임 군단장들이 즉시 대답했다.

"저… 사령관님, 그런데 병사들에게는 선택의 기회를 주지 않으십니까?”

백인대장 하나가 조심스럽게 질문했다. 그는 평민이다.

“그랬으면 좋겠지만… 그러면 작전을 수행할 수 없다. 몇만 단위로 빠져나가 버리면 제국의 눈을 피할 수 없어. 작전도 성공하기 어려워지고. 그만한 인원이 돌아다니면 제대로 요격당한다. 다 죽을 거야. 도망간 자들에게 기회를 준 게 아니라 그들을 걸러낸 거야.”

제이가 조금 씁쓸한 얼굴로 말했다. 그러다가 얼굴을 억지로 환히 폈다.

“그렇게 되지 않기 위해서 제대로 해야지. 우리의 목표는 전쟁도 끝내고 우리도 살아남자는 거다. 자, 이제 갈 놈들은 다 갔으니 진짜 작전 회의를 한번 해볼까?”

제이가 웃으며 말했다.

작전 회의는 신임 백인대장 이상 전 간부들을 모아놓고 벌였다.

"제국은 황제가 절대 권력을 가진다. 황제만 잡으면 이 전쟁은 이것으로 끝이다. 반드시 황제를 잡는다."

제이의 말에 간부들이 웅성거렸다. 황제를 친다는 이야기는 이미 들은 상태다. 그들은 군인이지만 또한 인간이다. 제이가 다시 한 번 황제를 친다는 것을 강조하자 겁이 나는 것은 어쩔 수 없다.

한 사람이 손을 들었다.

"그럼 십만 명이 동시에 황제를 습격하는 것입니까? 비공정을 이용해서 대비할 시간을 주지 않고 단숨에 습격합니까?"

"좋은 작전이다. 그리고 물론 아니다. 비공정 함대가 황제가 있는 곳으로 직접 날아갔다가는 뒷감당을 할 수 없다. 한두 척이 가면 무슨 일인지 알아나 보겠지. 이만한 숫자가 나타나면 원거리에서부터 요격당한다. 황제의 곁에는 대공 공격이 가능한 마법사들이 많다. 그들 중 상당수는 고위 마법사다. 피해가 너무 커."

"그래도 가능은 할 겁니다. 피해는 크겠지만 십만 명의 목숨으로 황제를 잡는다면 손해 보는 장사는 아닙니다."

"쫄딱 망하는 장사다. 그렇게 해도 황제는 잡을 수 없다."

"어째서입니까?"

"다시 말하지만 습격에서 꽤 많은 비공정이 격추된다. 탑승자는 전원 사망이다. 일단 그게 싫다. 물론 훨씬 많은 숫자의 비공정이 살아남아서 황제를 습격할 수 있다. 하지만 황제 곁의 대부대가 반격하겠지."

"황제의 머리 위에서 직접 떨어지면 됩니다."

"비공정은 원래 고공 공격 무기야. 가까운 거리로 접근하는 비공정은 고위 마법사의 우선 공격 대상이다. 그렇게 가까운 근거리로 접근하면 마법 스크롤만 써도 다 죽어. 제국에 설사 파이어 볼 마법 스크롤이 부족하겠어?"

"그래도 살아남는 병력으로 황제를 잡을 수 있습니다."

"설사 살아남아서 병력을 내려놓는다고 하더라도 근위기사단이나 근위군단이 먼저 달려들 거야. 그것만으로도 벅찬데 상대는 명색이 제국의 황제다. 우리의 습격에 대비해서 뭘 마법적 방법이 없겠냐?"

제이의 말에 4서클 마법사 하나가 참견했다.

"설마 텔레포트 같은 고급 마법을 말씀하시는 겁니까? 제 소견으로 볼 때 그건 그리 걱정하지 않으셔도 될 것 같습니다. 텔레포트는 준비하는데 시간이 무척 많이 걸립니다."

"마법은 나도 조금 알아. 물질이 공간의 한계를 넘어 다른 장소로 이동하는 것은 보통 어려운 문제가 아니지. 원소 조절만 잘하면 되는 공격 마법과는 차원이 달라. 나 정도만 돼도 파이어 애로우 같은 쉬운 건 소나기처럼 쓸 수 있으니까."

제이의 말에 마법사는 금세 얼굴이 붉어졌다. 여기 모인 마법사들은 제이가 캐스팅없이 2서클 마법을 남발하는 것을 봤다. 그 때문에 6서클이라고 추측하고 있다. 4서클과 6서클의 마법 능력 차이는 늑대와 사자만큼 크다. 4서클 마법사가 파이어 애로우를 만들려면 짧게나마 주문을 읊어야 한다. 소나기는 꿈같은 소리다.

"죄송합니다."

"의견 제시가 매번 죄송해서야 작전 회의 할 필요가 있겠나? 그럴 바에야 내 마음대로 하면 되지. 내 의견에 문제가 있으면 걱정 말고 반박해라. 그럼으로써 좀 더 살아남기 좋은 작전이 나오겠지. 우리의 목적은 황제를 잡아 이 전쟁을 끝내는 것만이 아니다. 가능한 한 우리도 살아남는 거야. 다들 집에 돌아가고 싶지 않나?"

제이의 말에 사람들이 고개를 크게 끄덕였다.

"황제를 잡을 수 없는 이유에는 시간도 들어간다. 비공정이 그렇게 단체로 달려들면 적은 일찌감치 상황을 파악한다. 황제에게 시간을 벌어주지. 미리 준비가 어느 정도 되어 있었다면 텔레포트도 가능할 거야. 도착용 마법진만 가까운 거리에 만들어져 있다면 준비 시간이 그렇게 오래 걸리진 않으니까."

"하지만 이동 중 계속해서 그런 걸 만들 리가 없습니다. 텔레포트 도착용 마법진은 만드는 데 들어가는 비용이 너무 큽니다. 거리가 가까워서 싸게 먹히는 경우도 하급 마정석이 필수로 사용된단 말입니다."

"황제는 돈이 워낙 많으니 그런 미친 짓을 할지도 모른다. 지금 동원한 병력에 비하면 마정석 정도는 오히려 싼 물건이지. 그래서 나는 가능성이 제법 있다고 생각한다. 그리고 그게 아니더라도 황제가 몸을 숨길 방법은 널리고 널렸다. 변장도 할 수 있고 후퇴를 할 수도 있다. 옷을 갈아입고 투구라도 써버리면 어떻게 구분하나? 가짜 황제 몇 명만 나타나도 우리는 병력을 나눠야 한다. 지금 전면에 나선 것이 진짜 황제인지 어떻게 확신하지?”

제이의 말에 마법사는 대답하지 못했다.

“그 외에도 우리가 예상 못한 어떤 탈출 방법이 준비되어 있는지 모른다. 스트릭 제국의 황제 정도라면 어떤 어마어마한 마법 아이템을 가지고 있을지 모르니까.”

사람들의 얼굴이 조금 침울해졌다.

“그럼 어떤 방법을 생각하고 계십니까?”

군단장 한 명이 질문했다.

“성동격서.”

제이가 한국어로 사자성어를 말했다.

“네?”

제이의 말이 무슨 뜻인지 사람들은 이해하지 못했다.

“일부 병력으로 적의 수비대를 유인한다. 최소한의 병력이 남아 황제를 지킬 때 친다. 시간만 잘 맞추면 마법사는 걱정하지 않아도 될 거야.”

제이의 말에 사람들이 그 개념만 이해하고 고개를 끄덕였다. 그렇다고 모두 납득한 것은 아니다.

“소수의 병력으로 유인하는 거군요. 하지만 유인 병력을 쫓는 데 황제의 근위군이 모두 움직인다고 볼 수는 없습니다.”

"물론이다. 말도 안 되는 소리지. 그래서 우리는 왕을 팔아먹는다."

제이의 앞에는 천여 명의 병사들이 늘어서 있다. 제이와 함께 몬스터를 사냥했던 특임대의 이백여 명, 그리고 아뱃 왕국과의 전투에서 제이를 따랐던 병사 팔백여 명이다.

"작전 개시는 내일부터다. 그건 모두 알고 있지?"

제이가 병사들을 돌아보며 말했다.

"그렇습니다!"

병사들이 일제히 대답했다.

"너희는 오늘밤에 출발한다. 너희가 가는 곳은 다른 부대들과는 다르다."

제이의 말에 병사들이 의아한 얼굴로 추가 설명을 기다렸다.

"비공정이 오늘밤에 너희들을 어떤 장소로 데려다 줄 것이다. 거기는 제국 시골 남작의 성이다. 성이라고 하기도 부실한 작은 곳이지. 수비 병력은 약 백 명. 기사도 몇 명쯤 있을 거다. 그곳을 점령해라."

제이가 명령했다.

"알겠습니다, 대장님. 그런데 말씀하신 정도면 우리 특임대만으로도 충분할 거라고 생각합니다."

기사 하나가 말했다. 그 정도라면 특임대만 투입해도 쉽게 점령할 수 있다.

"알아. 하지만 그곳이 워낙 중요한 곳이라 확실히 하고 싶다. 시간 여유를 조금도 주지 않고 단숨에 점령할 필요가 있거든."

제이가 웃으면서 말했다.

"너희는 특작 부대다."

"평민 자식이 눈에 뵈는 게 없어. 본부로 돌아오기만 하면 반드시 목을 쳐 버릴 테다."

스카티 백작이 넘어진 나무 위에 앉은 채 화를 냈다.

"내가 도와주겠소. 필요하다면 암살자를 구해서라도 제거해 버립시다."

다른 백작이 말했다.

"암살이라니. 공개적으로 모욕을 주고 쳐 죽여야지, 암."

백작들은 곱게 넘어갈 생각이 없다.

"그나저나 이쪽으로 가도 되는 거 맞소이까?"

한 백작이 불안한 듯 말했다.

"할 수 없지요. 그래도 제국에서 여행해 본 적이 있다는 놈들을 앞장세웠으니 믿어봅시다. 만약 길을 잘못 들면 저놈들을 엄히 처벌하고 나서 배상을 시킵시다."

"하하, 그거 좋군요."

"그나저나 이거 배가 고픈데. 사냥을 하겠다고 나선 놈들은 왜 안 돌아오는 거야?"

스카티 백작이 투덜거렸다.

"그러게요. 심하게 배고프네."

다른 백작도 맞장구를 쳤다.

그때 한쪽에서 나무 부스럭거리는 소리들이 들렸다. 몰려 있던 사람들은 모두 긴장했다. 그리고 이내 안도의 한숨을 쉬었다.

"사냥 간 놈들이군."

스카티 백작의 얼굴에 어느새 웃음꽃이 피었다. 그의 눈에 돌아오는 사람들이 메고 오는 작은 노루가 한 마리 보였다.

“이리 가져오너라.”

스카티 백작이 느긋한 손짓을 했다. 사람들이 노루를 가져왔다.

“작구나.”

스카티 백작은 불만 섞인 말투로 말했다.

“꿀꺽. 작은 것이 원래 더 야들야들하고 맛있는 법이지요.”

다른 백작이 군침을 삼키며 말했다.

“그래도 지금처럼 허기가 지면 한 마리 통째로도 먹을 수 있을 것 같으니 그러지요. 여봐라. 어찌 한 마리밖에 없느냐?”

백작의 말에 사냥을 해온 백인대장이 머리를 긁적였다.

“천천히 사냥감을 찾을 시간이 없었습니다. 많은 인원을 풀어 요란하게 몰이를 하면 좀 더 잡았겠지만 그럴 수도 없는 처지입니다. 겨우 몇십 명이 잠깐 나서서 이만큼이라도 잡았으면 성공적인 사냥입지요.”

백인대장의 말에 스카티 백작도 고개를 끄덕였다.

“하긴. 그 망할 제이라는 작자 때문에 우린 지금 제국 땅에 있지. 알았다. 이걸 빨리 요리해 오거라.”

스카티 백작이 이해한다는 듯이 말했다.

“알겠습니다. 그런데 요리를 어떻게…….”

“가진 재료가 없을 테니 통구이로 해오거라. 그 정도는 이해한다.”

스카티 백작이 그렇게 말하고는 주변 백작들을 둘러보았다.

“안 그렇습니까?”

스카티 백작의 말에 백작들도 얼른 동의했다.

“네놈은 빨리 구워오기나 하지 뭐 하고 있는 게냐?”

다른 백작이 백인대장을 다그쳤다.

“저, 그럼 분배는?”

“분배? 우리가 알아서 나눌 테니 신경 끄거라.”

“아니, 그게 아니라, 다른 분들에게는 노루를 얼마나 나눠 줘야 할지를 여쭙는 것입니다요.”

백인대장의 말에 스카티 백작이 눈을 부라렸다.

“이놈! 네놈이 겁을 상실했구나!”

백작의 호통에 백인대장이 급히 땅에 엎드렸다.

“저, 저는 단지 다른 귀족 분들 때문에…….”

“이놈. 귀족도 서열이 있는 것이다. 백작이 배가 불러야 그 다음 자작이 배를 채우는 것이다. 자작이 배가 불러야 남작도 배를 채우는 것이고. 귀족들이 다 배가 불러야 너희 평민들에게도 먹을 것이 떨어진다. 이놈. 백작과 자작의 지위가 같다면 내가 왜 백작을 한단 말이냐!”

스카티 백작이 불같이 화를 냈다. 배고파 죽겠는데 나눠 먹자니 더 짜증이 났다.

“죄송합니다. 살려주십시오.”

생명의 위협을 느낀 백인대장은 이제 개구리처럼 납작하게 땅에 붙은 채로 사정했다. 자존심이 상하지만 평민이 백작의 앞에서 살아남으려면 할 수 없다.

“네놈이 노루를 잡아온 공이 있으니 이번 한 번만 용서를 해주겠다. 어서 구워오너라. 시간을 끌거나 고기를 빼돌리면 네 목을 치겠다!”

스카티 백작이 다시 호통을 쳤다.

백인대장은 백작의 마음이 바뀔까 두려워 급히 물러섰다.

특작 부대의 작전은 두 척의 크루저, 네 척의 디스트로이어, 여덟 척

의 콜벳이 동원되었다. 정원을 훨씬 넘는 숫자였지만 그래도 지금까지
에 비해서 엄청나게 넉넉한 탑승 공간이 확보되었다. 다리 뻗고 앉을
공간이 얼마나 좋은 것인지 느끼는 기사와 병사들은 잡담까지 나눌 여
유가 있었다.

"야. 이거 정말 전형적인 시골 성이구나."

새벽 해가 뜨기 전 모든 사람이 잠든 시간의 성을 기사 하나가 비공
정의 창으로 내다보며 중얼거렸다.

"그냥 큰 건물에 담을 둘러놓은 거 같군. 남작의 성이라기에 별 기
대는 안 했지만 그래도 이 지방은 국경에서 멀지 않은데 이 지경이라
니."

"그럴 법도 하지. 누가 감히 제국을 침공하겠나? 제멋이 겨운 귀족
들이나 준비성이 지나친 자는 성처럼 쌓을지 몰라도 말이야."

"그렇지? 여기 쓸 돈이 있으면 차라리 뇌물을 바치고 더 좋은 영지
로 옮겨가거나 아니면 금고에 쌓아두는 것이 낫겠지?"

"암. 암."

기사들은 표적에 대해서 잡담에 가까운 의견을 나누었다.

"그나저나 여기에 그게 있는 줄은 어떻게 알았대?"

"몰라. 대장님께서는 워낙 신출귀몰하시니 신탁을 받으셨다 해도 나
는 믿겠어."

"설마. 인더스트리의 도움을 받았겠지. 이 사람들 정찰하러 다니느
라고 바쁘다 했단 말이야. 안 그렇습니까, 함장?"

기사가 자신이 탄 배의 함장을 돌아보며 말했다. 제이는 특작 부대
의 임무가 워낙 중요하다며 함장들에게 최대한의 공간 확보를 부탁했
다. 제이가 직접 하는 부탁을 들은 함장들은 감동에 빠져 조종실의 일

부까지 내주었다.

"물론입니다. 여기가 맞는지 확인하기 위해서 연일 고공 비행을 한 콜벳이 꽤 많습니다. 고도 차이 때문에 탈진해서 병을 얻은 선원들도 많이 나왔으니까요."

함장은 그가 나선 임무가 아니었음에도 정말 힘들었다는 듯이 말했다.

"저런. 그럼 그 병사들은 후송됐습니까?"

"이걸 찾아내지 못하는 한 후송은 불가능했습니다. 몸이 안 좋아지면 회복 포션을 물처럼 마셔가면서 버텼지요. 다들 고생이 정말 심했고 그 결과 여길 잡아냈습니다."

함장이 자랑스럽게 말했다.

"꿀꺽. 회복 포션을 물처럼?"

"그 귀한 것을……."

기사들이 침을 삼켰다.

"혹시 그럼 오늘 우리가 임무 수행 중에 다치면 그거 좀 줍니까?"

"아, 회복 포션요? 이번 작전은 신의 손께서 특별히 부탁하신 임무입니다. 걱정 마십시오. 열 병 정도 무상 제공하겠습니다."

함장이 선심 쓰듯이 말했다.

"여, 열 병이요? 우리는 천 명인데?"

기사가 얼굴을 찡그리며 말했다.

"뭐, 이번 일에 큰 손해가 나겠습니까? 전력이 압도적이라면서요? 추가 소요가 발생하면 그 부분에 대해서는 대금을 좀 지급해 주셨으면 합니다. 우리도 땅 파서 하는 일도 아니고……."

"파신다고요. 에휴."

회복 포션 열 병을 잘만 팔면 시가로 금화 오십 개까지도 받을 수 있다. 하지만 제이의 성품을 아는 특임대 출신 기사들은 열 병이 누구에게 갈지 짐작하고 있었다. 그건 살 돈이 없는 병사들 몫이다. 금화 몇 개를 동원할 능력이 있는 기사들은 포션이 부족하면 사 먹어야 한다.

"그래도 돈만 내면 살 수 있는 게 어딥니까? 하하하."

기사 하나가 억지웃음을 터뜨렸다. 정말 목숨이 경각에 달하는 상황이라면 그 몇 배의 금화라도 낼 사람은 널려 있다.

"그런데 왜 대장님을 신의 손이라고 부르십니까?"

한 기사가 계속 궁금했다는 얼굴로 함장에게 질문했다.

"신의 손이란 우리 인더스트리가 그분을 부르는 호칭입니다."

함장이 존경심 가득한 얼굴로 대답했다.

"하긴, 대장님의 손은 신의 손이지."

'단 하루의 전투에 이끈 것만으로 우리 실력을 그만큼 올려주셨고 앞으로 나아갈 방향까지 제시해 주셨으니. 그만하면 신의 손이라고 불러도 될 거야.'

기사와 함장이 서로 다른 의미로 신의 손을 해석했다.

그들의 잡담 중에도 비공정은 서서히 남작의 성으로 내려갔다.

"작전대로 하자, 작전대로. 긴장 풀고. 적당히 내려가면 콜벳들이 경비병을 먼저 처치할 거야. 그 다음에 우리가 내려가면 기사들부터 뛰어."

조금 직급이 높은 기사가 자기가 탑승한 비공정의 사람들에게 말했다.

여러 척의 비공정이 서서히 내려서는 동안 잠에 빠진 남작의 성은 조용했다. 몇 명의 경비병도 새벽녘의 피곤함을 참느라 졸린 눈을 억지로 뜨고 있었다. 그나마 그들이 보는 곳은 앞이지 위가 아니었다.

비공정이 전진할 때는 후미의 모터에서 동작음이 발생한다. 그것은 속도가 빠를수록 커진다. 그러나 비공정을 공중에 띄우는 힘을 가진 안티그라비스스톤은 기계적으로 동작하는 물건이 아니라 소음이 들리지 않는다. 지금처럼 천천히 하강할 때의 비공정은 상당히 조용하다. 특히 크기가 작은 콜벳 급 비공정의 경우 졸음에 빠진 경비병 몇 명이 접근을 알아채기는 어렵다.

비공정들이 경비병의 머리 위나 건물의 옥상 등으로 그 넓적하고 어두운 배를 깔고 내려왔다. 비공정이 아직 조금 높다 싶을 때 한 척의 콜벳에서 기사 한 명이 뛰어내렸다. 사람 키의 몇 배가 넘는 높이였지만 검기를 다루는 그에게는 문제되지 않았다.

땅에 발을 디디는 순간 기사의 무릎이 와락 구부러졌다. 바닥에 부딪치는 소음이 들리지 않을 리 없다. 밤늦은 시간의 그 소리는 적어도 돌멩이 떨어지는 것보다는 컸다.

갑작스런 소리에 놀란 경비병이 재빨리 돌아보았다.

그와 동시에 기사가 주먹을 뻗었다.

"컥!"

목을 얻어맞은 경비병은 낮은 신음 소리만 내고 고꾸라졌다. 기사는 확인 삼아 경비병의 배를 걸어찼다. 경비병이 정신을 잃고 떼굴떼굴 굴렀다.

"운 좋은 놈. 적병의 목숨도 아끼라는 대장님의 명령이 없었으면 칼로 끝냈을 거야."

기사가 마무리로 중얼거리며 무릎을 만졌다. 확실히 충격이 제법 심하게 왔다. 무릎이 영 뻑적지근했다.

"포션 남으면 조금 얻어서 바를 수 있으려나."

기사가 히죽 웃으며 생각했다. 이번 작전은 인원은 넘친다. 그는 자기 임무는 완벽하게 끝냈다고 생각하고 절룩거리며 걸음을 옮겼다.

다른 기사들은 난리가 났다.

"저 미친 새끼! 왜 이렇게 높은 데서 뛰는 거야!"

"뜨고 싶어서 환장한 새끼!"

"제기랄. 다른 경비병들이 소리를 들었나 보다. 움직임이 이상하다. 일단 뛰어내려!"

경비병을 제압하기로 했던 나머지 콜벳들은 난리가 났다 그러나 이미 작전은 시작됐다. 소리를 들은 경비병들의 움직임이 심상치 않다.

어쩔 수 없이 콜벳에서 기사들이 하나씩 뛰어내렸다. 아직 고도가 제법 높지만 할 수 없다.

경비를 서던 병사들은 처음에 무슨 귀신이라도 본 줄 알았다. 옆에서 소리가 나서 쳐다보면 없던 사람들이 무릎을 잡은 채 땅을 뒹굴고 있었다.

"너 정체가… 컥!"

그러나 미처 몇 마디 말도 꺼내지 못하고 모두 제압됐다. 일어서기 힘든 기사는 병사의 다리를 붙잡고 쓰러뜨린 후 깔아뭉개서 제압하는 경우도 있었다.

경비병들이 먼저 제압되고 나자 나머지 비공정들이 좀 더 바짝 내려섰다.

"저 친구들, 용기백배군. 나라면 저 높이에서 못 뛰었을 텐데."

"군기가 바짝 들어 있군요. 하하."

"역시 기사님들입니다. 저라면 다리가 부러졌을 겁니다."

크루저나 디스트로이어의 특작 부대원들이 콜벳들을 보며 농담을 지껄였다.

그러는 사이에 비공정들은 건물 바로 위까지 도착했다.

"가자!"

기사들이 건물 지붕으로 조용히 내려섰다. 상당수의 기사들이 건물에 침입하자 비공정들이 이제 완전히 땅으로 내려섰다. 기사와 병사들이 우르르 몰려나왔다. 뒤에 내린 사람들의 목표는 영주의 성안에 있는 모든 인간의 제압이었다.

카이플링 남작은 잠결에 들리는 소리에 눈을 떴다. 실내는 아직 어두웠지만 남작은 뭔가 잘못됐음을 깨달았다. 그는 몸을 일으키려고 했다. 하지만 목에 닿는 싸늘한 감촉에 그럴 수 없었다.

"움직이지 마시오. 당신쯤 되는 사람이 저항하면 나도 죽일 수밖에 없어. 댁이 무슨 수작을 부릴지 모르니까."

나직한 목소리에 남작은 침을 꿀꺽 삼켰다.

"누군지 모르나 잘못 왔다. 여기가 어딘 줄 알고 함부로 쳐들어왔느냐?"

카이플링 남작이 긴장한 채 말했다.

"알아."

목소리가 시큰둥하게 말했다.

"알 리가 없다. 네놈들, 여기서 일을 저지르면 제국군의 추격을 받게

된다. 여기는 황제 폐하의 보호를 받는 곳이다. 이만 물러나라. 그런다
면 눈감아주겠다."

남작이 나름대로 협박이라고 했다. 적어도 남작이 생각하기에 그의
말은 진실이었다.

"우리가 잘못 찾아온 건 아니군."

특작 부대 기사가 즐거운 듯 말했다. 그 소리에 남작의 얼굴이 어둠
속에서 참혹하게 일그러졌다.

침투한 기사들은 방 하나하나를 조심스레 열었다. 방에 사람이 있으
면 즉시 제압했고 없어도 철저히 수색했다.

기사 네 명이 제법 커다란 방문을 조심스럽게 열었다. 갑자기 귀를
찢는 듯한 날카로운 소리가 요란하게 들렸다.

"알람 마법이다!"

특작 부대 기사 하나가 소리쳤다. 그와 동시에 근처의 다른 방에서
제국 기사와 병사 몇 명이 튀어나왔다. 방심하고 있었는지 갑옷조차
입지 않은 사람들이었다.

"들켰다!"

기사 하나가 긴장한 얼굴로 말했다.

"여긴 내가 막는다. 마법사가 먼저야. 너희들은 마법사를 쳐!"

한 기사가 문을 막아서며 소리쳤다. 그가 든 검이 검기로 퍼렇게 빛
났다.

나머지 세 명의 기사들은 방 안으로 뛰어들어 갔다. 그곳에는 마법
사 한 명이 수정구를 앞에 두고 멍한 얼굴로 그들을 쳐다보았다. 아직
사태 파악을 못한 눈치였다. 근처의 침대에는 또 다른 마법사 하나가

꿈나라에 빠져 있었다. 그리고 제국 기사 하나가 막 검을 빼 들고 있었다.

"저놈이다!"

특작 부대 기사들이 소리치며 몸을 날렸다.

마법사가 공격을 하기 위해서는 캐스팅 시간이 필요하다. 따라서 이런 근접전에서는 몸빵을 해줄 기사나 전사가 반드시 있어야 한다.

그 역할을 하는 제국 기사가 마법사의 앞을 막아섰다.

"어서 연락을 하십시오!"

제국 기사가 검을 거칠게 휘두르며 소리쳤다.

"이건 수신용 마법 수정구요. 기다리시오!"

마법사가 급히 송신용 마법 수정구를 아래쪽에서 꺼내며 소리쳤다.

"씨팔. 못 기다려!"

제국 기사가 비명에 가까운 목소리로 외쳤다. 그러면서 죽을 각오로 검을 휘둘러 특작 부대 기사들의 공격을 막았다. 그는 침입자는 넷이 전부라고 생각했다. 조금만 기다리면 동료들이 올 거라고 믿었다. 그 때까지 버티기 위해서 그가 가진 모든 것을 검에 쏟아 부었다.

특작 부대 기사들도 다급하기는 마찬가지다.

"저 새끼가 메시지 날리면 끝장이다."

"안 돼! 대장님을 무슨 면목으로 봐!"

"이 새끼가 만만치 않은데?"

세 기사는 한마디씩 질러대며 검을 휘둘렀다. 그러나 죽을 각오로 버티는 기사는 좀처럼 뚫리지 않았다. 온몸에 상처가 급격히 늘어나며 피를 뿌려댔지만 끄떡없이 버텼다.

특작 부대 기사들은 등 뒤에서의 싸움 소리도 신경 써야 했다. 이 성 전체에는 특작 부대의 전력이 압도적으로 강하다. 그러나 이 지점에서 그들의 등 뒤는 제국군이 우세하다. 더구나 시간은 제국 편이다.

"저 새끼 마법 쓴다아!"

특작 부대 기사 하나가 마법사를 보고 악을 썼다. 그와 함께 그는 제국 기사를 향해 몸을 날렸다.

"이 미친놈이!"

제국 기사가 놀라 소리치며 몸을 슬쩍 피했다. 그와 동시에 검을 쭉 뺐었다. 평소에 수련한 동작이 자연스럽게 나왔다. 특작 부대 기사는 무모한 공격의 대가로 그 검에 배를 꿰뚫렸다. 치명상이다.

"막, 막아!"

검에 꽂힌 특작 부대 기사가 두 손으로 자기 배를 관통한 칼날을 꽉 잡으며 소리쳤다.

"놔!"

제국 기사가 발작적으로 외치며 검을 잡아당겼다. 그러나 특작 부대 기사 역시 죽을 각오다. 그가 꽉 움켜쥔 칼날은 빠질 줄을 몰랐다.

다른 기사가 뒤따라 접근하며 검을 뺐었다. 제국 기사는 그 공격을 막고 싶었지만 검을 뽑을 수 없다.

"크억!"

저항하던 제국 기사가 비명을 지르며 물러섰다. 특작 부대 기사의 검이 그의 어깨를 뚫었다.

"…이다. 나와라. 메시지!"

그사이에 마법사가 짧은 주문을 끝내며 메시지 마법을 발동시켰다. 송신용 수정구에서 빛이 뿜어져 나오기 시작했다.

마법사의 눈앞에 빛이 번쩍였다. 송신용 수정구의 가운데에 기다란 선이 생겼다. 수정구가 서서히 둘로 갈라졌다. 특작 부대 기사가 검을 휘둘러 수정구를 쪼개 버린 것이다.

일단 마법적 효과가 사라진 수정은 발동 중인 마법의 힘을 버티지 못하고 산산이 부서졌다.

특작 부대 기사가 마법사의 목을 움켜쥐었다.

"허튼수작하면 죽인다!"

기사가 살기를 뿜으며 말했다.

"켁! 사, 살려주십시오."

마법사가 숨 막히는 소리로 사정했다.

기사는 고개를 돌려보았다.

제국 기사는 오른 어깨가 검에 찍혀 완전히 무력화되어 있었다. 문을 막고 있던 특작 부대 기사도 한숨 돌렸다. 온몸이 상처투성이였지만 어느새 다른 기사들이 몰려와 제국군을 제압하는 중이다.

"아이솔! 괜찮나?"

특작 부대 기사가 마법사를 끌고 배가 뚫린 기사 앞으로 다가가며 소리쳤다. 괜찮을 리가 없다. 한눈에 봐도 중상이다. 심지어 입가에까지 피를 흘리고 있었다. 기사가 마법사의 멱살을 끌어당겼다.

"힐링 마법 쓸 줄 아나? 모르면 죽는다!"

기사의 호통에 마법사가 깜짝 놀랐다.

"압니다! 당연히 압니다!"

"그럼 당장 써서 살려!"

기사가 고함을 치며 마법사를 바닥에 눌러 앉혔다. 마법사가 힐링 마법을 준비했다.

그런 마법사를 쓰러진 기사가 피 묻은 손을 내밀어 저지했다.

"왜 그래? 살고 싶으면 힐링 마법을 받아야 한단 말이다. 왜 거부하는 거야!"

놀란 기사가 악을 썼다. 쓰러진 기사가 뭐라고 중얼거렸다.

"뭐라고? 다시 이야기해 봐."

기사가 귀를 가까이 가져갔다.

쓰러진 기사가 힘에 겨운 듯 조그마한 목소리로 말을 시작했다.

"인더스트리가 제공한다는 회복 포션 열 개. 나 이 정도 공을 세웠으면 두 개 쯤은 먹을 수 있을 거야. 그거 얻어다 줘."

그 소리에 기사가 어이없다는 듯이 몸을 일으켰다.

"힐링 마법 안 받고?"

"힐링 마법의 부작용이 싫어. 대장님을 본 이후로 내 꿈은 꽤 높아졌다고."

쓰러진 기사가 죽어가는 소리로 말했다.

"별로 안 아프냐?"

"너도 배때지에 칼을 꽂아봐라. 바늘에 찔린 거 만 배는 아프다. 그러니까 어서 포션 얻어줘. 이러다가 나 진짜 죽겠다."

그 소리를 들은 기사가 어이없는 표정으로 일어섰다. 주변을 둘러보니 싸움은 이미 완전히 끝나 있었다. 침대에서 자고 있던 마법사만이 아직도 무슨 일이 벌어졌는지 모르고 꿈길을 헤매고 있었다.

이백만 대군의 최후방에는 스트릭 제국의 황제가 있다. 전장에서도 황제는 호화로운 생활을 하고 있다. 그리고 그의 곁에는 소드 마스터와 근위기사단 하나, 그리고 근위군단 둘이 버티고 있다. 그 바깥에는 구만 명의 병력이 좁은 지역에 바글거리고 있다.

그리고 먼 곳의 숲에 삼만 명의 병사들이 숨어 있다. 임시 편성된 제일 기동 부대다.

"사령관님, 어떻게 하시겠습니까?"

부관이 제일 기동 부대장인 다이버 백작에게 질문했다. 다이버 백작의 얼굴이 심하게 일그러졌다.

"제기랄. 어쩌긴 뭘 어째? 작전대로 해야지."

"하지만 정예병으로 구성됐다는 황제의 친위군을 이렇게 직접 보니

오금이 저립니다. 잘못 붙으면 우린 몰살 아닙니까? 저도 그냥 달아날 걸 그랬나 봅니다."

자작인 군단장 하나가 후회한다는 듯이 말했다.

"불평하지 마시오. 그래도 우리는 쉬운 일을 맡은 거니까. 자, 그럼 슬슬 가봅시다. 왕도 준비하시오."

다이버 백작이 일어서며 옆을 보고 말했다. 그의 옆에는 화려한 옷으로 치장된 사람이 서 있다. 머리에는 금빛 왕관까지 썼다.

"하하. 잘 어울립니까?"

왕 복장을 한 사람이 신난다는 얼굴로 말했다.

"그럼요, 함장님. 트론 국왕 폐하 역할이 꽤나 잘 어울리십니다. 다이버 백작님이 하셨으면 더 어울렸을지도 모르는데요."

군단장 하나가 긴장을 풀어볼 셈으로 농담을 했다.

"어허. 이 사람, 큰일날 소리를. 그러다 역적으로 몰리면 큰일나네. 일가족이 처형당해. 백작 정도는 왕의 권력에 비하면 아무것도 아니니까."

다이버 백작이 기겁을 하며 말했다.

"뭐 어떻습니까? 다이버 백작님이 트론 왕국 사람도 아닌데요."

"그래도 찜찜하네. 오해받을 말은 하지 말게나. 이분은 인더스트리의 주민이시니까 이래도 괜찮지. 하지만 나는 다르단 말일세. 땅에 발을 디디고 살아야 해."

다이버 백작이 정색을 하고 말했다.

그들이 노닥거리는 사이에 삼만 명의 병사들이 준비를 마쳤다.

"좋아, 가자. 천천히 전진해. 너무 바짝 가진 말고."

다이버 백작이 긴장된 얼굴로 말했다.

황제가 있는 곳 외곽 곳곳에 병사들이 숨어 있다. 기본 경계병 외에 숨어서 적의 침투를 감시하는 레인저들이다.

"조장님, 저쪽에서 뭔가 움직임이 보입니다."

최외곽을 경계하는 제국 레인저 조의 병사 하나가 소곤거렸다.

"여긴 최후방이다. 몬스터나 다른 동물들이겠지."

뒹굴거리던 조장이 별일 아니라는 듯이 말했다.

"뭔가 이상합니다. 숲이 움직이는 것 같은 느낌이 들 정도입니다."

"짜식. 다른 조원들은 다 가만있는데 혼자 설치고 난리냐."

조장이 몸을 슬쩍 일으키며 그 조원이 가리킨 곳으로 고개를 돌렸다. 그리고 그의 몸이 딱딱하게 굳었다.

"제기랄. 다들 짱 박혀!"

조장이 낮은 목소리로 급히 말했다.

"왜 그러십니까?"

"씨팔. 방금 쇠가 반짝이는 걸 봤다. 아군은 이쪽 방향에서 올 리 없어. 어서 짱 박혀."

조장의 말에 조원들이 다급히 위장된 곳에 몸을 깊숙이 묻었다.

"조장님, 분위기가 어째 개 떼같이 몰려오는 것 같은데 이렇게 묻혀 있으면 들키지 않겠습니까?"

"아무래도 그렇지?"

조장이 얼굴을 일그러뜨리면서 말했다.

"당연히 그렇죠. 저기서 본대 쪽으로 가려면 우리가 있는 곳으로 곧바로 지나가는데."

"제기랄. 할 수 없지. 신호하고 튀자."

조장이 마법 스크롤을 꺼내면서 말했다.

"조장님, 그거 지금 쓰게요? 그럼 적들이 우리 위치를 알 건데요?"

"그러니까 죽도록 튀란 말이다."

조장이 스크롤의 면을 하늘로 향하고 찢었다.

스크롤의 찢어진 단면에서 붉은 빛이 새어 나왔다. 빛은 그 밝기가 점점 강해졌다. 곧바로 붉은 불덩어리로 변하면서 하늘로 솟아올랐다. 2서클 공격 마법 중 그나마 쉽다는 파이어 볼트가 높이 솟아 사람들에게 자신의 모습을 뽐내고는 사라졌다.

"텨! 본대에서 신호를 봤을 거다! 우리 일은 끝났어!"

조장이 소리치고는 위치를 숨기는 것은 생각도 않고 죽어라 뛰기 시작했다. 그 뒤를 따라 아홉 명의 조원들이 따라붙었다. 그들 역시 살기 위해 뛰었다.

"황제 폐하, 적의 습격입니다."

후궁과 노닥거리는 황제에게 총리대신 론즈 공작이 급하게 다가와 보고했다. 황제가 후궁을 밀치며 벌떡 일어섰다.

"놈들이 선수를 쳤다? 역시 짐작대로 미끼 부대의 활동이냐? 어디야? 국경 지대 어디야?"

기대에 가득 찬 얼굴로 황제가 말했다.

"여기입니다."

"여기라니 무슨 소리야?"

"놈들이 이곳을 공격해 왔습니다."

"뭣이라!"

황제의 얼굴이 와락 일그러졌다. 그의 손이 살짝 떨렸다.

"이거 이야기가 다르잖아? 그럼 우리가 알던 정보는 그들의, 그들의 함정이란 말이냐? 이럴 수가. 내가, 황제인 내가 위험해졌다. 얼마나 왔냐? 나를 노리고 얼마나 쳐들어왔어?"

"폐하, 관측 결과로는 약 삼만 명 정도로 추정됩니다."

"삼만, 삼만이나 왔다고? 나를 노리고 왔으니 전원 기사겠지? 기사가 삼 만이면 막을 수 없잖아! 내 경호 병력을 더 늘렸어야 했어. 이백만이나 모았잖아. 날 지키려면 오십만은 있었어야지. 어떤 새끼가 십만이면 충분하다고 했어?"

황제가 호들갑을 떨었다.

"폐하, 적이 기사를 삼만이나 모을 수 있을 리가 없잖습니까? 발견된 놈들은 전부 경보병입니다."

"경보병? 기사단이 아니라고?"

"그렇습니다."

황제의 얼굴이 점점 밝아졌다.

"기병대도 아니고?"

"전원 보병입니다."

"중보병도 아니고 경보병?"

이제 황제의 얼굴에는 비웃음이 가득했다.

"그렇습니다. 무장 상태로 볼 때 틀림없이 경보병입니다."

론즈 공작의 말에 황제가 의자에 털썩 주저앉았다.

"휴우. 그럼 별것 아니구나. 가서 모조리 죽여라. 구경이나 하자."

황제가 손을 저으면서 말했다.

"하지만 아무래도 수상합니다. 겨우 경보병 삼만으로 폐하를 노린다는 것은 말이 되지 않습니다. 그리고 그 선두에는 트론 국왕이 서 있습니다."

론즈 공작이 조언했다.

"트론 국왕? 그놈이 왔다고? 진짜냐?"

"그렇습니다. 멀어서 얼굴을 확인하기는 어렵지만 복장으로 보면 틀림없습니다. 더구나 그놈은 자기가 트론 국왕이라고 소리치고 있습니다."

"하긴, 감히 다른 놈이 왕을 사칭할 수 있을 리가 없지. 그러고도 버틸 만큼 목이 질긴 놈이 있을 리가 없으니까. 왕이 허락할 리도 없고."

"그렇습니다. 더구나 우리가 가장 먼저 공격하는 곳이 바로 트론 왕국입니다. 그래서 직접 나선 것 같습니다."

"짜식이 화가 났나 보지? 경보병으로 몰래 들어오면 될 거라고 생각했나? 애들 전부 풀어서 싹 쓸어버려."

황제가 태연하게 말했다.

"하지만 아무래도 수상한 면이 좀 있습니다. 전 부대를 보내는 것은 찜찜하니 절반만 보내겠습니다. 오만이면 충분하다고 봅니다."

"론즈 공작 맘대로 해. 내 주변의 경호는 좀 더 신경 쓰고. 여기까지 온 놈들이 있다니 이거 좀 불안하구만."

"알겠습니다. 비교적 뒤쪽으로 배치시킨 부대 중에서 십만 정도를 불러오겠습니다. 여기까지 오는 데는 하루 정도면 충분할 겁니다."

"그러라고. 아, 트론 국왕은 산 채로 잡아오라고 해. 그놈은 내 손으로 죽여야겠다. 감히 나를 노려? 건방진 새끼."

"알겠습니다."

총리대신 론즈 공작이 고개를 숙이며 말했다.

"다이버 백작님, 놈들과의 거리가 가까워집니다."

백작의 부관이 보고했다.

"나도 보고 있어. 아까 파이어 볼트가 날았을 때 들켰으니 오래도 걸렸네."

"하긴, 그놈들, 정말 꽁무니에 불이 붙은 것처럼 달아났었습니다."

"그런데 정말 많이도 몰려오는군."

"많이 빼낼수록 성공적인 작전입니다."

"알아. 그나저나 이제 슬슬 피해야겠지?"

다이버 백작이 말했다.

"하지만 적과 붙어보지도 않고 달아나면 의심을 살 수도 있습니다. 역시 한판 붙는 것이 좋지 않을까요?"

자작 하나가 조언했다.

"상대는 기병에 중장보병이 골고루 섞여 있다. 붙긴 뭘 붙어?"

다이버 백작이 어림도 없다는 듯이 말했다.

"우리도 제법 정예병입니다. 레인저 부대도 상당수가 섞여 있습니다."

"제이 사령관의 말도 못 들었나? 레인저 부대는 적의 뒤통수를 치는 부대야. 경보병 가지고 무장이 저렇게 빵빵한 놈들하고 부딪치면 절대로 못 이긴다잖아."

"하지만 이들은 훈련이 충분히 된 부대들로서……."

"사령관 말은 나 혼자 들은 거냐? 저들은 황제를 지키라고 뽑힌 놈들이니 월급을 많이 받는다고 했잖아. 그리고 자기 봉급을 지키기 위해서라도 더 열심히 싸운다고."

"전 자기 부대에 대한 자부심 때문에 더 잘 싸운다고 들었습니다만?"

"그게 그거지. 어쨌든 부딪치면 우리가 깨지는 건 기정사실이다. 그러니 슬슬 후퇴하자고. 사령관도 병력 손실을 최소화하라고 했어. 전 부대, 계획대로 서서히 물러서라!"

다이버 백작이 고함을 쳤다. 삼만 명의 부대가 서서히 반전을 하며 후퇴를 준비했다.

"백작님, 놈들이 속도를 올립니다!"

다이버 백작이 부관의 말에 놀라 고개를 돌렸다. 멀리서 다가오던 제국군이 행군 속도를 높이는 것이 보였다.

"제기랄! 뛰어, 죽도록 달려서 부대를 돌리란 말이닷! 처음부터 그러려고 왔잖아! 서둘러라!"

다이버 백작이 고래고래 소리를 질렀다. 여섯 개 군단 삼만 명의 병력이 급히 부대를 선회시켰다. 대열을 유지하면서 움직이는 부대의 반전에는 시간이 걸렸다. 후퇴 의지를 강력하게 보여 적을 더 초조하게 만든다는 작전이다.

"백작님, 기병대입니다!"

부관이 비명을 질렀다. 오만 명의 제국군 중에서 기병대 한 개 군단이 불쑥 튀어나왔다.

"어디 기병대야?"

"깃발을 보십시오. 저건 제국의 근위기병군단입니다!"

"황제가 미쳤구나. 겨우 이만한 병력을 상대하는 데 근위기병군단을 내보내? 더 달려!"

다이버 백작이 질린 얼굴로 소리쳤다.

"저놈들까지 끌어냈으니 임무는 초과 완수입니다. 근위기병군단이 나섰으니 아마 나머지 병력도 정예병일 겁니다."

"초과는 바라지도 않았어. 우리가 살아남아야 그런 것도 의미가 있지. 젠장! 지금은 부대 대열이 무너져 있는데. 할 수 없다. 선두의 제일, 제이군단은 다시 돌아서서 저놈들 막아! 나머지는 작전대로 후퇴해."

"우린 장창병이 없습니다. 완벽한 경보병입니다! 우리가 예상한 적은 기병대가 아니었습니다. 막기 어렵습니다."

"되는대로 막아! 안 된다고 하다가 다 죽을 생각이냐! 기병만 상대한다면 우리 숫자가 여섯 배다! 도망갈 시간을 끌어!"

다이버 백작은 고래고래 소리를 질렀다.

"제비를 잘 뽑았어야 하는데. 세 장 중 하나였는데. 그 옆에 걸 뽑고 싶었는데. 제기랄."

다이버 백작이 손을 떨며 후회했다.

"푸하하! 놈들이 꽁지가 빠지게 도망간다."

황제가 박장대소를 터뜨렸다.

"근위기병군단의 깃발에 완전히 겁먹었나 봅니다."

론즈 공작이 황제의 옆에 서서 말했다.

"오, 슬슬 부딪치는데? 친다. 친다. 그렇지!"

황제가 박수를 치며 소리쳤다.

다이버 백작의 기동 부대는 부대 반전도 제대로 못 마친 상황이다. 그들은 급히 달아나기 시작했다. 그러나 제국의 기병 군단은 전원 말을 타고 있다. 속도에서 상대가 되지 않는다.

기마대 오천 명이 기동 부대의 후미에 달라붙었다. 후퇴를 멈춘 경보병 군단 두 개가 그들을 막아섰다. 사람 수는 두 배지만 머릿수는 같다. 보병들의 얼굴에 공포의 그늘이 드리워졌다.

다이버 백작의 기동 부대는 경보병 위주의 군단이다. 더구나 기사는 거의 없다. 대부분의 기사는 제이에게 차출당했다. 대신에 활을 가진 병사는 제법 남아 있었다.

두 군단의 군단장들이 급히 명령을 내렸다.

"활을 쏴! 일단 돌격을 막아라!"

"적이 빨라 조준이 어렵습니다."

"일단 날려! 화살부터 날려!"

"보병들은 말의 다리를 노려. 숫자는 우리가 많다. 밀리지 마라!"

만 명 중에 활을 가진 병사는 약 천 명이었다. 아직까지는 특별한 혼란에 빠지지 않고 명령이 잘 먹혔다. 그들이 일제히 화살을 날렸다. 꽤 많은 숫자의 화살들이 기병대를 향해 날아갔다.

하지만 달리는 표적을 향해 쏜 화살이다. 날아가는 화살은 많았지만 실제로 명중하는 것은 별로 없다. 그래도 바짝 쫓아오던 기병대의 선두에게는 날벼락이다. 수십의 말이나 기병이 화살에 맞고 나뒹굴었다.

공격받은 제국 기마병들은 기가 죽지 않았다. 오히려 일제히 함성을 지르며 검을 빼 들었다. 일부는 투창을 들었다.

두 번째 화살 세트가 날아갈 때, 기마대가 두 군단을 덮쳤다.

기병군단이 가진 어마어마한 충격력이 보병들을 꿰뚫었다. 보병군단의 한 부분이 움푹 파여 나갔다.

돈이 넘치는 제국 기병들은 곧바로 투창을 날렸다. 근거리에서 날아간 투창은 상당한 명중률을 보였다. 많은 수의 보병이 창에 맞아 쓰러졌다. 기병들은 그 후에 말 위에서 검을 휘두르며 보병을 공격했다. 보병은 화살을 날리는 것이 그나마 강력한 저항이었다. 상대적으로 무장도 약하고 훈련도 덜 되어 있다. 검을 들고 적극적으로 저항하는 자는 많지 않았다.

더구나 제국 기병군단 중 기사들의 수가 적지 않았다. 그들이 검을 뿌리면 병사들은 대책없이 쓰러졌다.

삽시간에 두 개 보병 사단이 개미 떼처럼 흩어지며 무너졌다. 기병들은 싸움이 쉽게 풀리자 신이 나서 더 날뛰었다. 사지가 잘려 피를 뿜는 시체들이 빠르게 늘어났다.

제국 기병군단장이 부대의 가장 후방에서 전장을 살폈다.

"백작님, 대승입니다. 적은 완전히 무너지고 있습니다."

"대승은 개뿔이."

백작이 툴툴거렸다.

"우리 군단 병사들을 보십시오. 마치 진짜 근위기병군단처럼 압도적으로 적을 무찌르고 있습니다."

"그래. 그리고 그 공은 근위기병군단이 차지하겠지. 우리처럼 수도 외곽이나 지키던 부대는 남의 깃발이나 대신 들고 싸우는 거고."

"백작님, 그건 아쉽습니다만, 그래도 명령 아닙니까?"

"그래, 명령이지. 젠장, 우리도 나름대로 자부심 높은 제일수도기병군단인데 이따위 짓이라니. 다른 부대 대역이 뭐냐. 짜증나는군. 이겨도 남는 게 없잖아."

"그래도 지는 것보다는 낫잖습니까?"

"당연하지. 하지만 더 이상 이기기도 글렀어. 이제 그만 물러서야 할 때다."

"적은 우리의 공격에 무너지고 있습니다. 이 정도면 우리 군단의 힘만으로 적을 물리칠 수 있습니다."

"그렇게 공을 세워봐야 근위기병군단 좋은 일만 시켜주는 꼴이라니까. 그리고 적이 너무 쉽게 무너지고 있다. 병사들의 머릿속에는 싸움이 아니라 달아날 생각뿐이라는 증거지."

"그린 놈들은 더 죽이기 쉽습니다."

"그리고 그 뒤에는 군단 네 개쯤 되는 놈들이 있지. 내가 보기에 이건 함정이다. 이놈들이 우리를 붙들고 있는 동안 저것들이 달려와서 포위하겠지. 그럼 못 버텨. 숫자 차이가 너무 커."

"우리의 임무는 저들의 발을 묶는 겁니다. 조금만 잡고 있으면 뒤에서 아군이 옵니다."

"싫다. 우리 군단의 공이 아니야. 근위기병군단 놈들을 위해서 그따위 피를 흘릴 수는 없어. 잘못하면 오히려 우리가 발을 잡힌다. 그리고 어차피 여기서 놔줘도 저놈들은 잡을 수 있어. 이백만 명이나 깔려 있는 곳에서 지들이 어쩌겠어? 그만 후퇴한다."

백작이 말했다. 부관은 아쉽다는 표정이었지만 지휘관의 명령이니 할 수 없다.

"후퇴 나팔을 불어라!"

나팔 소리가 나자마자 제국 기병들은 빠르게 빠져나가기 시작했다. 제국 백작의 걱정과는 달리 병사들은 그런 기병들을 제지하지 않았다. 오히려 다행이라는 듯이 반대 방향으로 후퇴를 시작했다.

그 모습을 보고 기동 부대장인 다이버 백작이 한숨을 쉬었다.

"휴우, 다행이군. 이 정도로 끝났다니 말이야."

"백작님, 아직 끝난 게 아닙니다. 추격해 오는 적들의 거리가 더 가까워졌습니다."

"알아, 아니까 즉시 달아나. 더 이상 적을 속이기 위한 전투는 없다. 방금 그만큼 깨졌으면 충분하고도 남아. 우리도 후퇴 나팔이나 불어."

이제 기동 부대 삼만 명은 정말 죽도록 달아나기 시작했다. 더 이상 부대 진형을 유지하기 위한 노력은 없었다. 그나마 잘 훈련된 부대들이라 천인대 단위 정도는 유지하고 있지만 확실히 일방적인 패주였다.

"그래, 뛰자. 우린 경보병이고 저놈들은 중보병이다. 가죽 갑옷에 검 한 자루 쥔 우리가 더 잘 뛰는 건 당연하잖아. 그러니까 빨리 달려!"

백작이 고래고래 소리를 질렀다.

"크하하하! 보라고, 저놈들 무너지는 꼴을. 진짜 근위기병군단을 보냈으면 아주 다 무찔러 버렸겠군."

황제가 신이 나서 외쳤다.

"모두 폐하의 은혜입니다."

"그런데 저놈들, 잘 싸우다가 왜 돌아온 거야? 확실히 무찔러야 할 것 아냐?"

"아마도 적에게 포위될 것을 걱정한 것 같습니다. 전술적으로 나쁘지 않은 선택입니다."

"역시 근위 부대가 아니라서 그런 거군. 일반 부대 녀석들. 버티기도 제대로 못하냐."

황제가 불만인 듯 말했다.

"그래도 저들은 제일수도기병군단입니다. 수도를 지키는 부대 중에서는 가장 정예병입니다."

“그래 봐야 일반병이잖아. 기사단을 제외하면 진짜 부대는 역시 근위 부대지.”

“폐하께서 그러시다고 하시면 그런 것이옵니다.”

공작이 고개를 숙이며 말했다. 이런 문제로 황제와 의견 충돌을 하고 싶은 생각은 눈곱만큼도 없다.

“그래. 그럼 저놈들 보고 적이나 잘 잡으라고 그래. 아무리 그래도 제국군인데 저놈들이랑 거리가 좀 벌어지는 것 같지 않아?”

“바짝 몰아붙이겠습니다. 어차피 여기는 우리 땅이고 이백만 대군이 폐하의 명령을 기다리고 있습니다. 전방의 부대를 더 불러들여 포위망을 구축하겠습니다. 저런 쥐새끼 한 무리는 도망가 봤자 폐하의 손바닥 위입니다.”

“좋아. 한 마리도 놓치지 마. 특히 왕 생포해 오는 것 잊지 말고.”

제일기동부대가 도망가고 추격대가 따라간 후의 땅은 꽤나 썰렁했다. 오만 명의 병력이 남아 있으니 아직도 대병력이다. 그러나 절반으로 줄어진 병사들이 황제 쪽으로 더 가깝게 움직였다. 차지하는 땅덩이가 작아지니 부대의 규모도 상대적으로 작아진 것처럼 보였다.

그리고 멀리서 그 모습을 지켜보고 있는 사람들이 있었다.

“이보시게나, 제이기동부대장. 이제 적들이 꽤 줄어든 것 같지 않나?”

제삼기동부대장인 루미 백작이 말했다.

“그렇군, 제삼기동부대장. 어찌 보면 우리 숫자가 좀 더 많은 것 같으이.”

제이기동부대장인 하지 백작도 얼른 동의했다.

"그렇지? 제일기동부대장이 적을 꽤 많이 끌어내 줬어. 예상보다 많단 말이지."

"불쌍한 사람. 하필 제비를 잘못 뽑다니. 미끼에 걸려든 놈들 중에는 근위기병군단이 있었다고. 정예들을 투입했나 보이."

"그럼 남은 것들은 약할 거야. 혹시 우리끼리 황제를 잡을 수 있지 않을까? 제이기동부대장?"

"안 될 것도 없지. 내 부하가 삼만 명이나 되니까."

"하하. 나도 삼만 명을 거느리고 있다네."

"그런데 이렇게 새 직위 명으로 부르니 감회가 새롭구만. 안 그런가, 제삼기동부대장?"

"당연한 말을 하고 있군. 난 백작이라고 불리는 것보다 기동 부대장이라고 불러주는 것이 백배는 더 즐겁다네, 제이기동부대장."

"나도 그렇다네. 하하하."

"그럼 슬슬 가볼까?"

그 말을 신호로 열두 개 군단 육만 명이 제국의 황제가 있는 곳을 향해서 전진하기 시작했다. 가장 앞에는 두 명의 인더스트리 사람이 왕의 복장을 하고 있다. 그 주위는 기사들을 적당히 배치해서 분위기를 만들었다.

"황제 폐하, 적의 대군이 몰려옵니다."

론즈 공작이 급히 보고했다.

"대군? 도대체 얼마나 왔는데 대군이야? 이거 불안하잖아. 얼마나 왔어?"

황제가 엉덩이를 들썩이며 말했다.

“육만 명 정도입니다.”

“씨팔. 더럽게 많이도 왔네.”

“폐하, 황제다운 말투를 쓰셔야 합니다.”

“알았어. 하여간 뭐 그리 많냐.”

“처음 나타난 놈들의 두 배입니다. 아무래도 이쪽이 진짜인 것 같습니다.”

론즈 공작이 공손히 대답했다.

“두 배? 아니, 아까 거기에는 트론 국왕이 있었잖아. 그런데 진짜는 병력이 두 배면 도대체 어떤 놈이 지휘하는 거야?”

“아뱃 왕국과 리버 왕국의 왕이 나타났습니다.”

“미치겠군. 그놈들 미쳤냐? 지들도 군대깨나 모아났다면서 왜 다 여기 왔어? 게다가 리버 쪽 놈은 왜 와? 가짜 아냐?”

“국왕 사칭은 어느 나라에서든 중죄입니다. 아마 진짜일 겁니다. 아니면 저 산 너머 어딘가에 국왕들 탈출용으로 비공정을 한 대 정도 숨겨뒀을지 모르겠습니다. 아직 움직이는 비공정을 가진 왕국들도 제법 있으니까요.”

“그래도 그놈이 오다니.”

“우리가 입수했던 작전은 현 상황으로 볼 때 거짓으로 판명났습니다. 그렇다면 어느 왕이 와도 이상하지 않습니다.”

“쳇, 그놈들이 가진 거야 한두 번 더 날면 부서질 놈들이겠지. 내 것처럼 상태가 좋을 리가 없어. 알았어. 일단 그놈들도 생포해. 직접 보면 알겠지 뭐.”

“알겠습니다. 확실히 처리하겠습니다.”

“야, 론즈. 그런데 이놈들 어디서 이렇게 많이 기어나오는 거야? 여긴 내 땅이고 내 병사들이 사방에 깔려 있잖아. 이렇게 많은 놈들이 여기까지 온다는 게 말이 돼?"

황제가 론즈 공작을 질책했다.

"그건 적들을 잡아야 알 수 있을 것 같습니다. 행군에 유리한 경보병만 보이는 것으로 볼 때 아마도 먼 거리를 우회해서 온 놈들이 아닐까 합니다. 설마 저 인원이 비공정을 대여해서 날아왔을 리도 없으니까요."

"잡아봐야 안다. 젠장. 저놈들이 들어온 길을 찾으면 그쪽 수비군 놈들, 다 아작을 내야겠군. 어떻게 했는데 구만 명이 몰려오는 걸 못 알아?"

"제가 책임지고 해임시키겠습니다. 일단은 저놈들을 잡는 것이 우선입니다."

"그런데 저놈들의 숫자가 더 많은데 괜찮을까? 아까 추격 내보낸 녀석들 불러들여야 하는 것 아냐?"

황제가 걱정스럽다는 듯이 말했다.

"걱정 마십시오, 황제 폐하. 우리에게는 근위기병군단과 근위중장보병군단이 있습니다. 그 외에도 모두 수도를 지키던 최정예 중장보병들입니다. 저런 경보병 따위는 단숨에 쳐부술 수 있습니다."

"그럼 몽땅 보내서 잡아들여! 근위군단들도 오랜만에 몸 풀게 해주라고."

"하지만 폐하, 경호를 위해서는 근위군단이 필요합니다. 그들은 폐하의 경호 부대입니다."

"하긴, 내 경호가 중요하긴 하지."

"나머지 부대만으로 충분합니다."

공작이 고개를 숙이며 말했다.

"이보게, 제삼기동부대장. 저놈들 저거 아무래도 심상치가 않은데?"

"그러게 말일세. 줄이 딱딱 맞는 게 보기에도 대단한 정예병이구만."

"그래도 부대 배치를 보니 저건 군단 여덟 개군. 사만 명이라. 우리는 육만 명이란 말이지. 젠장. 저놈들, 겁 좀 먹어야 정상 아냐?"

"제이기동부대장, 겁먹을 필요 없는 것 아닐까?"

"그럴 리가. 아까 나간 부대는 분명히 근위기병군단이었단 말이지. 그럼 그때 움직인 다른 놈들도 최정예일 것이 뻔한데."

"그런데 황제의 곁에 남아 있는 군단 두 개 중 하나가 기병군단이네만?"

"근위기병군단은 아까 빠졌으니까 아마 수도기병군단이겠지. 그 부대도 제법 유명하니까."

"그럼 저놈들이 뭘 믿고 저렇게 당당하게 다가오지?"

"아무래도 우리가 경보병인 것을 보고 만만하게 생각하나 보군. 건방진 것들."

"두 주먹이 네 주먹 못 당하다는 것을 한번 증명해 주는 것이 어떻겠나, 제이기동부대장?"

"원래 작전은 좀 다르지 않나? 우리는 적을 유인하는 것이 임무인데?"

"상관있나?"

"하긴. 일단 한번 붙어보는 것 정도야 뭐 큰일있겠나? 적들도 진짜 배기는 빠져 있는데 뭐."

"문제라면 우리는 기사 숫자가 거의 없는 건데……."

"놈들도 많지는 않을 거야, 제삼기동부대장. 자네 제의 아닌가. 작전대로 하지 말고 제대로 붙자고."

육만 명의 공중 강습 부대원들이 천천히 전진했다. 그들은 급할 것이 없었다. 그리고 가능하면 황제와 먼 곳에서 싸워야 했다. 그래서 서두르지 않았다.

반면에 제국군은 그런 그들을 향해 빠른 속도로 행군했다.

제국의 군단들은 황제의 공격 명령에 기세 좋게 달려들었다. 군단장들의 독전 소리가 난무했다.

"으하하! 서둘러라! 폐하의 직접 명령이다! 우리 군단이 가장 먼저 적을 친다!"

"먹잇감은 가난뱅이 경보병들이다! 얼마나 칠칠치 못하면 경보병이겠느냐! 우리는 제국 정예 중보병이다! 단숨에 무찔러라!"

"놈들이 달아나면 공을 빼앗긴다!"

"놓치면 며칠 동안 죽도록 추격해야 한다! 지금 잡아버리고 푹 쉬자!"

제국의 여덟 개 군단 사만 명은 전원 중보병이다. 질 좋은 검을 가진 병사들이 기본이고 장창 부대도 잔뜩 있다. 적어도 몸통을 가린 것은 금속제 갑옷이다. 병사의 검으로 몸통을 노려서는 치명상을 입히기 어렵다.

그리고 그만큼의 유리함은 병사들에게 자신감을 주었다. 제국 중보병들이 빠른 걸음으로 전진했다.

그에 대항하는 강습 부대의 경보병 육만 명의 걸음은 영 가볍지 않다.

“제기랄. 어째 분위기가 이상한데?”

군단장으로 승격된 자작 하나가 중얼거렸다.

“왜 그러십니까?”

그가 원래 데리고 있던 기사 하나가 옆에서 걸으며 질문했다.

“원래 사령관의 명령은 제대로 붙지도 않고 후퇴하는 거였다고. 그런데 백작님들은 그런 생각이 아닌 것 같다. 달아나려면 슬슬 정지해야 할 거 아냐?”

“헛! 우리가 주력 공격 부대 아닙니까? 우린 전체 중에 반이 넘는데…….”

“아냐. 이제 알려줘도 상관없겠지. 우리도 미끼야.”

자작이 턱을 긁으며 말했다.

“그럼 도대체 누가 황제를 공격합니까?”

기사가 궁금증에 질문했다.

“누가 하냐 하면… 에이, 관두자. 사령관이 비밀 유지에 목숨을 걸라고 했다. 누설한 자는 직접 쳐 죽인다고 서슬 퍼렇게 말했어. 참아라. 조금 있음 알 거야.”

자작이 고개를 저으며 입맛을 다셨다.

제일 먼저 달려온 제국 군단이 기동 부대의 선두와 부딪쳤다. 넓게 퍼져 전진하던 경보병 부대는 중장보병의 공격을 효과적으로 저지하지 못했다. 제일열부터 부드러운 빵처럼 무너져 갔다.

창병들의 장창이 병사들의 몸을 먼저 뚫으며 대열을 어지러뜨렸다. 그리고 그 뒤로 검을 든 보병들이 밀려들었다.

“죽어라, 이 새끼야!”

한 경보병이 검을 매섭게 휘둘렀다. 그러나 그것은 제국 중장보병의 팔에 두른 방패에 부딪쳐 튀어나왔다. 가볍게 공격을 막은 중장보병이 곧바로 검을 뻗어 반격했다. 경보병이 급히 물러서며 그 검을 피했다. 중보병의 비어 있는 몸통이 보였다.

"끝이다!"

경보병이 환성을 지르며 검을 힘껏 휘둘렀다. 검이 중보병의 몸통을 가격했다.

"큭!"

중보병이 신음 소리를 냈다. 그러나 그의 얼굴은 약간의 비웃음을 담고 있었다. 대신에 경보병의 얼굴은 창백해졌다. 베기로 친 칼은 중보병의 몸통을 감싸고 있는 금속 갑옷을 뚫지 못했다. 갑옷이 칼날을 따라 길고 가늘게 찌그러들기는 했다. 그러나 그 정도로는 고통을 줄망정 전투력을 빼앗지는 못했다.

"이얍!"

중보병이 빗나갔던 검을 다시 반대로 휘둘렀다. 경보병은 이번에는 피하지 못했다. 날카로운 칼날이 경보병의 몸통에 작렬했다.

"으아악!"

경보병이 비명을 질렀다. 가죽 갑옷은 비싼 검의 날카로운 날을 막지 못했다. 몸통이 크게 베어진 경보병이 피를 뿜으며 풀썩 쓰러졌다.

일방적인 싸움이 곳곳에서 벌어졌다. 무장의 차이는 압도적이다. 경보병들의 검은 중장보병들의 몸통갑옷을 제대로 뚫지 못했다. 경보병이 중장보병의 검을 겨우 밀어내고 빈틈을 공격해도 팔에 붙여놓은 방패에 막힌다. 제국의 완전 무장 중장보병들은 투구까지 쓰고 있다.

공격이 가능한 범위가 상대적으로 작기 때문에 경보병들은 제대로 된 힘을 발휘할 수 없다. 그나마 더 가벼운 몸만이 유일한 장점이다. 하지만 가볍다는 것만으로 상대가 된다면 돈을 퍼부어 중장보병을 만들 이유가 없다. 중장보병 하나를 쓰러뜨리는 동안 경보병 몇이 목숨을 잃었다.

가장 먼저 충돌한 군단은 어느새 지휘부까지 밀려 버렸다.

"군단장님, 사방에 제국 놈들입니다!"

자작의 호위기사가 검을 휘두르며 소리쳤다. 그의 검이 중장보병의 갑옷에 명중했다. 보병의 갑옷이 막아주는 것은 보통 인간의 검이다. 기사라고 하는 자들은 이미 인간의 한계를 극복한 전투력을 가지고 있다. 검이 쇠로 된 갑옷을 종잇장처럼 갈라 버렸다. 피가 확 튀었다.

"제기랄. 숫자는 우리가 더 많은데 왜 제국 놈들밖에 안 보이는 거야?"

자작이 욕설을 내뱉으며 검을 휘둘렀다. 전장의 상황은 그도 검을 들게 만들었다.

"우리 군단은 이미 다 흩어졌습니다. 놈들은 조직적으로 밀려오고 있습니다. 우리 애들이 눈에 제대로 안 들어옵니다."

"언제 그렇게 됐다냐?"

"군단장님이 칼을 들 정도면 알 만한 것 아닙니까?"

"내 말이 그 말이다. 군단장쯤 됐는데 천인대장 때도 제대로 안 하던 칼질이나 하다니!"

"군단장님, 이제 한계입니다. 후퇴해야 합니다!"

피칠갑이 된 천인대장이 멀리서 소리쳤다.

"기동 부대장 나리들한테 물어봐라. 나도 그만 튀고 싶단 말이닷!"

제국군 기사와 검을 요란하게 부딪치며 싸우는 군단장이 소리쳤다. 귀족 작위가 실력순은 아니기 때문에 그는 꽤 고생하고 있었다. 하지만 주변의 다른 기사들도 제국 기사들과 싸우느라 그를 제대로 도와주지 못했다.

"크흠. 제이기동부대장, 이거 어째 생각같이 안 되는 것 같지 않소?"

제삼기동부대장이 안 좋은 얼굴로 말했다.

"그러게 말이오. 우리 부대가 훨씬 많은데도 불구하고 저놈들 너무 무대뽀로 밀고 들어오는군."

"자기들 숫자가 밀리면 좀 조심하는 기색이라도 있어야 할 거 아냐."

"그나저나 우리 슬슬 후퇴해야 하는 것 아닐까 하오만."

"나도 그렇게 생각하는 중이오. 이러다가 여기까지 밀리면 우리도 칼 들고 싸워야 할지도 모르니까."

"원래 작전이 후퇴하는 거였으니 우리 작전대로 합시다."

"그럽시다. 우리가 져서 후퇴하는 게 아니라서 덜 창피하겠군."

"그나저나 아쉽군요. 여기서 이겼으면 더 확실하게 이 전쟁을 승리할 수 있었는데."

"빨리 후퇴나 합시다. 후퇴 나팔을 불어라!"

전장에 크고 애절한 후퇴 나팔 소리가 퍼졌다. 강습 부대 병사들은 빠르게 물러서기 시작했다. 그러나 이미 잔뜩 얽혀 있는 상황에서 물러서는 것이 만만치는 않다.

더구나 경보병들이 달아나게 되면서 저항 자체를 포기하게 되자 중장보병들은 더 신이 나서 날뛰었다.

"크하하! 이제 사냥이다, 사냥!"

제국군 지휘관들이 신이 나서 소리를 질러댔다.

그 상황을 보는 두 기동 부대장의 얼굴도 꽤나 일그러졌다.

"이거 뭔가 분위기가 안 좋은데?"

"꽉 물렸어. 이대로 가다간 일이만 명쯤 죽는 건 일도 아니겠군."

"일이만이 뭐야, 추격을 제대로 당한다면 삼사만도 가능하오."

"어차피 작전에 실패하면 달아날 곳이 없소. 전방의 제국군들 중 일부만 돌아와서 포위망을 짜도 갈 곳이 없어. 작전이 실패했다는 건 사령관도 끝났단 이야기지. 그가 죽으면 비공정을 빌려줄 곳이 없어져."

두 백작이 주변을 경호하고 있는 기사들을 돌아보았다.

"안 되겠다. 너희들, 저기로 가서 후퇴를 도와라!"

"그래, 너희들도 가라! 피해가 크면 우리가 사령관에게 죽는다. 사령관은 무섭단 말이다."

두 백작이 자기들의 경호 부대로 빼놓은 기사들을 돌렸다.

"알겠습니다."

기사들은 대답과 동시에 검을 빼 들고 싸움이 치열한 곳으로 달려갔다.

"쟤들만으로 되겠소?"

"안 되면, 우리도 뛰어들어야지. 십 년 만에 칼질 직접 해보겠군."

"위험할 텐데."

루미 백작이 머뭇거렸다.

"이렇게 죽으나, 저렇게 죽으나. 젠장. 작전대로 하는 건데."

"제이기동부대장. 내가 요새 수련을 하도 게을리 해서 칼을 쓰는 법이 잘 생각나지 않소. 그러니 그대가 내 기동 부대도 맡아서 싸우면 어떨까? 나는 여기서 후퇴를 지휘하겠소."

루미 백작이 불쌍한 표정을 지으면서 말했다.

"시끄럽소. 사령관에게 확 일러 버릴까 보다."

"농담이오."

루미 백작이 즉시 입을 다물었다.

"일단 마지막 순간에 반드시 하라고 한 작전을 씁시다."

"알았소이다. 그거 써보기라도 해야 나중에 할 말이 있지. 안 그러면 정말 죽을지도 몰라."

루미 백작이 목을 쓰다듬으면서 말했다.

"크하하하! 보라고, 봐! 저놈들 그냥 무너지고 있다고! 와하하하!"

제국 황제가 후궁의 엉덩이를 치며 환성을 질렀다.

"그렇습니다, 폐하. 적이 진짜로 무너지고 있습니다. 우리 병사들은 최고니까요."

"그래. 근위군단만큼은 못하지만 말이야. 이봐, 버실 백작. 그렇게 생각하지 않나?"

황제가 근위기병군단장에게 말했다.

"당연합니다, 폐하. 만약 우리 근위기병군단이 참가했다면 이미 적을 관통해서 두 조각을 냈을 겁니다.

"폐하, 우리 근위보병군단 역시 마찬가지입니다."

"오, 액튼 백작. 보병군단으로도 두 조각을 낼 수 있다는 건가?"

"그럴 필요가 없습니다. 대신에 짓밟아 버렸을 겁니다. 우리가 갔다면 적들이 아직까지 버티지 못합니다."

근위보병군단장 액튼 백작이 자신감 넘치는 목소리로 말했다.

"크하하. 좋았어. 역시 근위군단이야."

젊은 황제가 기분 좋게 웃었다.

"호호호. 저도 저들의 활약을 한번 보고 싶습니다, 폐하."

전쟁터에 놀러 온 후궁이 옆에서 웃으며 황제에게 매달렸다.

"폐하, 왕들이 달아납니다!"

전장을 살피던 론즈 공작이 소리쳤다.

"뭐얏!"

"어맛!"

황제가 후궁을 밀치며 자리에서 벌떡 일어섰다. 왕의 복장을 한 두 명이 달아나고 있었다. 그리고 그들을 군단 하나가 호위했다. 처음부터 가장 후방에서 전투를 관망하던 군단이다.

"감히 나를 노린 놈들. 저놈들이 감히 달아날 수 있을 줄 알고? 버실 백작, 근위기사군단이 가서 저놈들을 잡아라. 그래, 액튼 백작. 근위보병군단도 같이 가. 가서 놈들의 숨통을 끊어버렷!"

황제가 노해서 소리쳤다.

"폐하, 안 됩니다."

론즈 공작이 황급히 말렸다.

"왜 안 돼?"

"다시 말씀드리지만 근위군단들은 폐하의 경호 부대입니다. 적의 습격에 대비해서 폐하를 지켜야 합니다."

"적들이 더 있어?"

황제의 안색이 굳어졌다.

"없겠지요. 상식적으로 볼 때 이만큼 나타난 것도 기적입니다. 하지만 그래도 만약을 대비해야지요."

"만약이라. 그런데 나를 지키는 건 근위군단들이 없어도 근위기사단으로 안 될까? 어차피 시간만 벌어주면 되잖아?"

"그래도 한 만 명쯤 있는 것이 더 든든하지 않으십니까?"

황제가 슬슬 넘어오는 것을 느낀 공작이 웃으며 말했다.

"하긴. 그렇다고 저놈들을 놓치기도 싫고. 그럼 근위기병 천인대 하나 정도 보내면 어떨까?"

황제가 미련이 남아서 말했다.

"적이 아무리 경보병이라지만 자기네 왕들을 경호하는 자들입니다. 그런 것들로 군단 하나입니다. 그중에 섞인 기사도 꽤 많을 겁니다. 어림도 없습니다."

"그래도 나를 지키는 근위기병인데. 어떻게 안 될까?"

"안 됩니다. 근위기병군단이 아무리 대단해도 숫자 차이가 다섯 배나 나서는 저놈들을 잡을 수 없습니다."

"그럼 근위보병군단으로는?"

"중장보병의 속도로는 경보병인 저들을 쫓을 수 없습니다."

론즈 공작이 단호히 말했다.

"폐하, 그럼 저들을 놓아주시는 건가요? 적을 용서하는 건 폐하답지 않아요."

후궁이 황제 옆에서 속삭였다.

"아니, 그럴 리가 없지. 론즈 공작, 나는 저놈들을 놓치기 싫다. 어떻게든 잡아라."

"알겠습니다. 폐하의 뜻대로. 그럼 근위기병군단을 보내는 대신 지금 싸우고 있는 부대들 중에서 중장보병군단 하나를 빼오겠습니다. 어차피 적들은 완전히 무너지고 있으니까요."

"알았다, 그렇게 하지. 버실 백작, 근위기병군단을 데리고 가서 두 놈을 잡아와라. 산 채로."

"알겠습니다. 즉시 출동하겠습니다."

근위기병군단장 버실 백작이 고개를 숙이며 대답하고는 뛰쳐나갔다.

버실 백작의 경쟁자인 액튼 백작은 돌아가는 상황을 보고는 마음이 초조해졌다.

'이대로 가다가는 버실의 근위기병군단만 공을 세우겠군. 여기까지 쳐들어올 왕국 놈들은 없을 테니 호위만 하다가 전쟁이 끝나겠다. 그럴 수는 없지.'

"폐하, 우리 근위중장보병 군단에게도 기회를 주십시오."

근위보병군단장 액튼 백작이 급히 말했다.

"어머, 폐하가 그렇게 자랑하시던 근위보병군단이네요? 정말로 잘 싸우나요?"

"그럼, 그럼. 당연하지. 이봐, 액튼 백작. 너도 얼른 가서 한번 실력을 보여봐. 도망가는 왕들은 근위기병군단에 맡기고 넌 저기 박 터지게 싸우는 데 가서 솜씨를 보이라고. 우리 귀염둥이가 구경하고 싶다잖아."

"폐하, 아니 되옵니다!"

론즈 공작이 깜짝 놀라 소리쳤다.

"안 되기는 뭘 안 돼? 보병 군단 하나 더 빼오면 되지. 하나 더 돌아오라 그래. 액튼 백작은 어서 가보고."

황제가 손을 저으며 말했다.

"휴우. 알겠습니다, 폐하. 폐하의 뜻이 그렇다면야."

론즈 공작이 한숨을 쉬며 말했다. 누가 뭐래도 제국의 절대 권력자는 황제다. 제국의 공작은 보통 왕국의 왕보다 훨씬 강한 권력을 가졌지만 그것도 황제에 비하면 보잘것없는 힘이다.

그래서 론즈 공작은 황제의 의견에 사사건건 걸고넘어지는 것이 껄끄럽다.

"그런데 공작, 그래도 난 안전해야 해. 그건 알지?"

황제가 조금 찜찜한 듯 말했다.

론즈 공작은 이제 황제가 원하는 답을 줘야 한다. 만에 하나를 대비하기 위해서였지만 사실 그가 생각하기에도 이제 특별히 위험해 보이지는 않는다.

"예. 병사 사만 명이 우리 눈에 보이는 위치에서 적과 싸우고 있습니다. 설사 다른 놈들이 더 나타난다고 해도 지금 싸우는 곳보다는 먼 곳이 됩니다. 따라서 지금 공격하고 있는 우리 부대들을 도로 빼오는 것이 적의 속도보다 훨씬 더 빠릅니다."

공작이 대답했다.

"뭐야, 그럼 난 안전한 거였잖아? 왜 사람 놀라게 하고 그래? 왜 그런 거야?"

황제가 환히 웃으며 말했다.

"하지만 적을 추격하느라 거리가 더 멀어지면 그때는 돌아오는데도 시간이 오래 걸리게 됩니다. 게다가 만약에 대한 대비 개념에서 확실한 경호 병력이 필요합니다."

"됐어. 황제가 돼서 그 정도로 통이 작으면 되겠어? 난 우리 스트릭 제국의 황제다. 황제로서 체면이 있지. 암."

황제가 당당하게 가슴을 쭉 펴며 말했다.

6

전장에서 제법 멀찍이 떨어진 산꼭대기에 제이가 숨어 있다. 그는 디지털 스코프를 한쪽 눈에 대고 전장을 살피는 중이었다.

"으드득. 백작 놈들을 믿는 게 아니었는데."

제이가 이를 갈았다. 옆에서 드워프 징거가 피식 웃었다.

"제이님, 그래도 황제 곁을 지키는 군대가 다 없어졌어. 기사단밖에 안 남았다고. 원래 계획보다 더 대단한 성과 아냐?"

"더 많이 남아 있어도 해결할 수 있었어. 지금 상황을 봐. 제일기동 부대는 비교적 잘 달아났는데 나머지 기동 부대는 작전대로 하지 않았어. 싸우는 척하고 달아나라고 지시했는데 저게 뭐야. 저렇게 제대로 붙을 거면 뭐 하려고 유인 작전을 짜? 이 병신 같은 놈들. 시킨 일도 제대로 못하는 놈들. 욕심만 많은 놈들."

제이는 화가 났음을 감추지 않았다. 그리고 뒤로 돌아섰다.

"출발이다. 멍청한 몇 놈 때문에 지금 황제의 곁이 예정보다 훨씬 더 비었다. 기회를 놓치지 마라. 전 함대 이륙 준비!"

제이가 소리치며 콜벳 급의 작은 비공정 갑판으로 뛰어올랐다.

"난 아직 못 탔다고. 출발하지 마!"

다리 짧은 드워프 징거도 그 뒤를 따라 급히 비공정에 탑승했다.

"황제 폐하, 근위기병군단이 왕들의 뒤로 바짝 다가섰습니다."

총리대신 론즈 공작이 황제의 옆에 서서 공손히 보고했다.

"나도 보고 있어. 조금 있으면 잡겠군. 그런데 근위보병군단은 왜 저리 느려?"

황제가 조금 기분 나쁜 얼굴로 투덜댔다.

"폐하, 그들은 중장보병입니다. 중장보병은 대열을 맞춰 속보로 진행하는 것이 바로 그들의 전투 속도입니다. 기병보다는 느리지요."

론즈 공작이 난처한 얼굴로 말했다.

"알아. 하지만 큰소리 빵빵 치더니 아직 반도 못 갔잖아. 근위기병 군단은 거의 다 쫓아갔단 말이야. 에잉."

황제가 얼굴을 찌푸렸다. 론즈 공작은 할 말이 없었다.

'제멋대로 사는 어린 놈. 황제만 아니어도 콱 쥐어박아 주는 건데. 어이구, 뒷골이야.'

론즈 공작은 속으로 화를 삭일 수밖에 없었다. 치솟는 화를 참기 위해서 뒷목을 잡고 고개를 들었다. 그런 그의 눈에 산 너머로 올라오는 까만 점들이 보였다.

"저 점들은 뭐냐?"

론즈 공작이 혼잣말처럼 말했다. 그의 곁에 있는 수많은 부하들 중 하나가 재빨리 다가왔다.

"새 떼 같습니다."

"새 떼? 비행 몬스터 떼일지도 모르니 자세히 살펴봐라."

공작의 말에 부하 몇이 눈을 부릅뜨고 점들을 살폈다.

"어이, 론즈 공작. 저 거리에서 점이라지만 저만하게 보이려면 크기가 얼마나 돼야 할까?"

황제가 궁금한 듯 말했다.

"꽤 클 겁니다. 정확한 건 아직 모르겠습니다."

"와, 이번엔 더 큰 놈들이 떴다."

황제가 손뼉을 치며 말했다. 좀 더 커서 모양을 대충 알아볼 만한 점들이 산 위로 떠올랐다. 황제는 신이 났지만 다른 사람들의 안색은 딱딱하게 굳었다.

"공작님, 저거 모양새가 아무래도……."

"나도 알아. 작게 보이지만 영락없는 디스트로이어 급 비공정이군. 그럼 그 앞에 보인 것들은 콜벳 급 비공정인가?"

"그런가 봅니다. 크기 비교로 볼 때 틀림없습니다."

부하 하나가 공작의 눈치를 보며 조심스럽게 말했다. 분위기가 심각한 것을 본 황제가 짜증을 부렸다.

"론즈 공작, 저게 다 비공정이라고 하는 거야? 말도 안 되잖아. 나도 두 대밖에 없는 비공정이라고. 저렇게 많이 끌고 올 수 있는 나라는 없어."

황제가 단호하게 말했다. 비공정은 그의 자존심 중 하나다. 그때 비명 소리가 들렸다.

"더 큰 놈이 나타났습니다아!"

공작의 고개가 팩 돌아갔다.

"오 맙소사! 저건 크루저 급 비공정이잖아!"

론즈 공작도 비명을 질렀다. 크루저 급 비공정들이 산 너머로 떠올랐다. 크루저 급의 크기 때문에 가깝지 않은 거리임에도 불구하고 그 모양을 명확히 알 수 있었다. 황제도 자리에서 벌떡 일어섰다.

"마르스 후작, 잘 좀 봐봐. 우리가 잘못 보는 거 아니지?"

황제가 근위기사단장인 소드 마스터 마르스 후작을 돌아보며 말했다.

"폐하, 비공정이 틀림없습니다. 콜벳 급 백 척, 디스트로이어 급 오십 척, 그리고 크루저 급 이십 척입니다."

소드 마스터 마르스 후작이 긴장된 얼굴로 말했다. 그는 이미 손짓으로 근위기사들을 황제 주변으로 배치하고 있었다.

"그게 말이 되나? 그만한 비공정을 가진 곳은 어디에도 없어!"

황제가 버럭 소리를 질렀다.

"폐하, 한군데 있습니다."

론즈 공작이 굳은 얼굴로 말했다. 그런 그를 황제가 의심쩍은 눈으로 돌아보았다.

"인더스트리에는 있습니다."

"인더스트리? 그들이 왜? 그들이 뭣 때문에 나를 공격한단 말이냐?"

황제가 새된 소리를 질렀다.

"알 수 없습니다. 하지만 저런 전력을 보유한 곳은 그곳뿐입니다. 다른 설명은 할 수 없습니다."

"말도 안 돼. 지클 경, 경이 보기엔 어떻소? 저거 혹시 환상 마법 같은 거 아니오?"

황제가 궁정 마법사를 돌아보며 다급히 말했다.

"폐하, 마르스 후작의 말에 의하면 저건 비공정 백칠십 척입니다. 여기서는 멀어서 조그맣게 보이지만 사실 어마어마한 규모입니다. 몇십 척 정도라면 어떻게 하겠지만 저만한 함대로 보이게 할 만한 환상 마법은 저라고 해도 구현할 수 없습니다."

"왜? 당신은 7서클 마법사잖아. 7서클은 대륙에 몇 명 없잖아."

"역사 속의 8서클 대마법사들이 나온다면 가능할 겁니다. 하지만 역시 저로서는 어렵습니다."

"여럿이서 하면, 마법사 여러 명이 모여서 펼치면 가능할 거야! 그렇지 않아?"

황제가 간절한 얼굴로 소리쳤다.

"물론 그렇기는 합니다. 하지만 환상 마법이란 것이 낮은 서클의 마법은 아닙니다. 고위 마법사들을 모아 저 규모까지 만든다는 건 그 가능성이 그다지 없습니다. 마법사들을 그만큼 모았으면 다른 수를 부리는 것이 더 이익입니다."

"시끄러! 맞을 거야. 저건 환상이야."

황제가 덜덜 떨면서 말했다.

"폐하."

론즈 공작이 황제에게 다가갔다.

"말해. 왜?"

"그것보다는 부대들을 복귀시키는 것이 우선이라고 생각합니다. 근위군단들은 물론이고 전투 중인 다른 부대도 모두 복귀해서 폐하를 지켜야 합니다."

"그렇지, 돌아오라 그래! 불러올 수 있는 부대는 전부 다 모아! 당장!"

황제가 고래고래 소리 질렀다.

"그리고 만약의 경우를 대비해서 탈출 준비를 하시는 것이 어떨지요?"

"탈출. 맞아, 탈출. 그것 때문에 돈을 얼마나 퍼부었는데. 이럴 때 써먹어야지. 지클 경, 어서 텔레포트를 준비해. 서둘러."

황제가 궁정 마법사를 보고 급히 말했다.

"폐하, 아시다시피 텔레포트를 하려면 준비에 시간이 상당히 필요합니다."

"알아, 아니까 지금부터 빨리 준비하란 말이야. 마법사들 전부 다 투입햇!"

황제가 발악했다. 론즈 공작이 급히 황제를 말렸다.

"폐하, 진정하십시오. 지클 후작, 텔레포트 도착용 마법진을 그려놓은 곳은 안전하오?"

"그곳은 잘 위장된 곳입니다. 마지막 정기 교신상으로도 아무 문제가 없었습니다."

"지금 한 번 더 확인해 보시오."

"알겠습니다. 코디, 확인해 봐라."

궁정 마법사 지클 후작이 3서클 마법사 하나를 불러서 지시했다.

"알겠습니다."

마법사 코디가 즉시 수정구를 꺼내 통신 중계 지점과 교신을 시작했다.

"다른 녀석들은 뭘 구경하고 있냐? 어서 텔레포트 마법을 준비해. 시간이 없다!"

궁정 마법사 지클 후작이 소리쳤다. 그 말에 어쩔 줄을 모르고 서 있던 마법사들이 후다닥 움직였다.

이번에는 론즈 공작이 나섰다.

"뭣들 하는 거냐? 당장 후퇴 나팔을 불어라. 멀리 간 오만 명도 불러 들여! 전부 다!"

"공작 각하, 먼 곳은 마법으로 신호를 해야 하는데 마법사들이 전부 텔레포트 마법진에 투입됐습니다."

"마법 스크롤은 뭐 하려고 가지고 있나? 닥치는 대로 써서 즉시 복 귀시켜!"

공작도 다급히 외쳤다. 슬픈 곡조의 후퇴 나팔 소리가 요란하게 사 방을 울렸다. 스크롤들이 쭉쭉 찢어지면서 하늘 위로 파이어 볼트 마 법이 난사됐다.

"이 바보 자식들아! 정해진 시간 간격대로 쏴야 나간 놈들이 알아들 을 것 아냐!"

"빠르게 두 번, 느리게 두 번 쏘고 있습니다. 하도 여러 놈이 같은 신호를 보내다 보니 그렇게 보입니다."

"아무도 못 알아보는데 그렇게 쏘면 뭐 해? 제대로 다시 쏘란 말이 다!"

공작도 당황해서 소리쳤다.

소드 마스터인 근위기사단장 마르스 후작이 공작에게 말했다.

"공작 각하, 마법을 아껴야 합니다. 비공정을 공격하기 가장 좋은 건 원거리 공격 마법입니다. 마법사들이 텔레포트 준비로 정신이 없으니 쓸 만한 건 스크롤과 불화살밖에 없습니다. 일반 화살로는 씨도 안 먹 힙니다."

"알아, 안다고. 나도 알아. 제기랄. 인더스트리라니. 저 자식들이 미쳤나. 이제 우리랑 끝을 보겠다는 거야?"

"저도 이해할 수 없습니다. 그들의 힘이 강하기는 합니다. 하지만 인구 수가 너무 적습니다. 어차피 우리 제국을 점령하기는 불가능한데……."

"론즈 공작."

황제가 이제 눈에 띄게 몸을 떨면서 말했다.

"예, 폐하."

"공작이 그렇게 흥분하니까 내가 불안하잖아. 좀 진정해."

"알겠습니다. 심려 마십시오, 폐하."

"저 정도면 우리가 이길 수 있는 거야?"

"이기기는 어렵습니다. 하늘에 떠 있는 놈들을 공격하기는 쉽지 않습니다. 하지만 저들도 착륙하지 않는 한 공격 수단이 제한됩니다. 그들의 화살 정도로는 폐하를 위협할 수 없습니다. 그리고 일단 착륙하면 우리의 상대가 되지 않습니다."

공작이 거친 숨을 감추며 황제에게 말했다.

"텔레포트 도착 장소는 안전합니다. 바로 조금 전에 통신 중계 기지와 연락됐다고 합니다."

3서클 마법사 코디가 소리쳤다.

"좋았어! 폐하, 잠시만 기다리십시오. 폐하께서 텔레포트하시고 나면 저놈들은 저희들이 쳐부수겠습니다. 마법사들이 복귀하면 해볼 만합니다."

론즈 공작이 손바닥을 주먹으로 탁 치면서 환성을 질렀다.

"거기 마법사, 너는 중계 기지에다가 텔레포트 지점에서 다시 연락이 오면 마법을 아끼지 말고 자꾸 통신하라고 해. 항상 그곳의 안전 상태를 확인해!"

론즈 공작이 만약을 대비해 코디에게 지시했다.

"비공정의 속도가 빨라집니다아!"

하늘을 노려보고 있던 기사 하나가 소리를 질렀다. 사람들의 고개가 일제히 하늘을 쳐다보았다.

비공정들은 일제히 속도를 증가시키는 중이다. 낮은 각도나마 위에서 아래로 내려오면서 속도를 최대한 가속시켰다.

그리고 그 비공정의 갑판에는 병사들이 여럿 타고 있었다. 며칠이나 해온 일이라 그들은 바람을 버티는 데 익숙해져 있었다. 비록 속도는 그동안의 이동에 비할 바가 아니게 빨랐지만 그래도 낮의 태양이 있을 때라 견딜 만했다.

가장 선두에 있는 조그마한 콜벳 급의 상갑판에는 제이가 타고 있었다. 손에는 이미 마법검이 들려 있었다.

땅에는 제국군들이 긴급히 돌아오는 것이 보였다. 하지만 아직 거리가 멀었다.

"그나마 다행이군."

제이가 조용히 중얼거렸다.

제일기동부대는 정신없이 달아나고 있었다. 그들은 경보병이다. 뒤쫓아오는 중보병과는 조금씩 거리가 벌어지고 있었다. 하지만 기동 부대장 다이버 백작은 그걸 믿고 속도를 줄이고 싶은 생각은 조금도 없었다.

"백작님, 이제 그만 멈추시지요!"

그의 부관이 옆에서 달리며 다급히 소리쳤다.

"이 새끼 미친 새끼구나! 다 죽자는 말이냐?"

다이버 백작이 귀족답지 않은 거친 말을 내뱉었다. 죽도록 달아나는 그에게 더 이상 체면이고 뭐고 없었다.

"백작님, 뒤를 보십시오. 뒤를."

"헉! 뒤라니? 후미가 당했냐?"

백작이 소리치며 고개를 돌렸다. 다리는 열심히 달리던 중이다. 그리고 그런 그의 발걸음이 서서히 느려졌다.

"저놈들, 돌아가네?"

"그러니 이제 그만 멈추시지요."

"어, 아, 그래."

다이버 백작이 얼떨떨한 듯 대답했다.

"전 부대 정지! 후퇴를 중지하라! 적은 도망갔다."

부관이 백작 대신 소리를 질렀다. 그 목소리에 선두에서부터 후미 쪽으로 병사들이 차례차례 복창을 하면서 발걸음을 멈추었다.

"휴우. 그 무모한 작전이 성공했나 보군."

다이버 백작이 안도의 한숨을 쉬면서 말했다.

"제이기동부대장, 이러다가 우리 죽는 거 아니오?"

루미 백작이 검을 휘두르며 소리쳤다.

"나 기동 부대장 안 할 거니까 그렇게 부르지 마. 일단 살아남아야 할 거 아냐!"

하지 백작이 창을 들고 덤벼드는 병사를 베어 넘기며 소리쳤다.

"아니, 그래도 이 자리를 어떻게 얻었는데. 이크크."

루미 백작이 말을 멈추고 후다닥 물러섰다. 그가 서 있던 자리로 장창 한 자루가 밀려들어 왔다.

그때 슬픈 나팔 소리가 들렸다. 그 소리가 들리자마자 제국 병사들은 눈에 띄게 당황하기 시작했다. 이미 잔뜩 얽혀 십만여 명이 난전을 벌이는 상황이다. 이런 상황이라면 보통 달아나기가 쉽지 않다.

"후퇴하라! 후퇴하라!"

곳곳에서 제국군 지휘관들이 소리쳤다. 어쨌든 명령이 떨어졌으니 제국 병사들은 몸을 빼기 시작했다.

강습 부대 병사들은 얼떨떨해졌다. 그들은 순간적으로 어떻게 해야 할지 갈피를 잡지 못했다.

"이보시게, 제이기동부대장. 적들이 후퇴하는군."

"휴우, 그러게 말이야. 한숨 돌렸군."

"그런데 말이오. 전쟁에서 후퇴하는 적을 잡는 것처럼 쉬운 게 없다지 않소? 쩝."

루미 백작이 입맛을 다시며 말했다.

"당신 미쳤어? 그러다가 저놈들이 마음을 바꿔서 다시 돌아오면? 상대할 자신 있어?"

화가 난 하지 백작이 인상을 썼다.

"없지."

루미 백작이 몸을 부르르 떨면서 말했다.

"그럼 작전대로 뒤나 따라갑시다. 멀찍이 서서 포위나 합시다."

"알았소. 그게 낫겠군."

루미 백작이 미련을 버리고 말했다.

"물러나는 적을 막지 마라. 놓아줘라!"

하지 백작이 소리를 질렀다.

강습 부대 병사들은 대부분 정예병들이다. 그러나 상대도 허수아비는 아니다. 오히려 제국군은 황제를 지키라고 모아놓을 만큼 확실한 정예병이다. 강습 부대보다 훈련받은 정도가 떨어질 리 없다. 더구나 그들이 싸우고 있는 제국군은 방어구와 무기에 돈을 퍼부은 중장보병들이다.

따라서 정면 대결 양상이 된 현 상황에서는 압도적으로 밀리는 중이었다. 그런 처지에 뇌주라는 명령이 떨어지자 강습 부대 병사들은 상대에게서 우르르 물러섰다. 일부 분노에 잠식된 병사들이 달아나는 제국군을 뒤쫓아 칼을 휘둘렀지만 그 수는 무척 적었다. 그들은 모두 제국 중장보병들의 전투력에 치를 떨었다.

두 기동 부대는 물러서는 제국군을 순순히 풀어준 뒤 그들의 뒤를 천천히 따라갔다. 멀찍이 떨어져서 포위하고 있으라는 것이 제이가 그들에게 만들어준 작전 계획의 마지막이다. 지금까지는 마음대로 하다가 피해가 커졌지만 이제부터라도 시킨 대로 해야 한다.

"아, 부상자들은 포션을 줘서 치료해라. 모아놓은 포션을 아끼지 마라."

제이기동부대장이 생각난 듯 소리쳤다. 어차피 여기서 쓰는 포션 값은 인더스트리가 어느 정도 보상해 주기로 했다. 그러니 아끼지 말고 한 명이라도 더 살려야 제이의 분노를 조금이나마 피할 수 있다.

백칠십 척의 비공정이 고도를 낮추며 빠른 속도로 제국군에게 달려들었다. 그 속도는 말 따위가 달리는 것에 비할 바가 아니다.

"텔레포트. 텔레포트는?"

황제가 소리쳤다.

"아직 안 끝났습니다!"

"놈들이 오잖아!"

"폐하를 지켜라!"

"스크롤 어딨어? 닥치는 대로 써!"

순식간에 황제 주변이 난장판으로 변했다. 곳곳에서 기사들이 비공정을 겨냥하고 스크롤을 찢었다. 싸구려 공격용 마법 스크롤은 먼 곳의 목표를 조준할 수 없다. 그러나 제대로 만들어진 것은 목표를 겨누기 쉽도록 손잡이까지 마련된 경우도 있다. 정말 비싼 것은 어느 정도 유도 기능도 있다.

어쨌거나 보통의 스크롤은 조준 장치가 없다. 따라서 기사의 감각으로 방향을 맞추고 찢어도 정확성이 많이 떨어진다. 허공으로 각종 공격 마법이 난잡하게 솟아올랐다.

마법들이 비공정 함대 쪽으로 날아갔다. 어떤 것은 사정거리가 짧아 날아가다가 소멸되거나 터져 버렸다. 하지만 상당수의 마법이 강습 함대 쪽까지 살아서 날아갔다.

"이크!"

병사들은 주변으로 마법이 스쳐 지나갈 때마다 깜짝깜짝 놀랐다. 일단 수가 많은 편인 파이어 애로우나 아이스 애로우 같은 마법이 비공정에 명중했다. 그 정도 마법으로는 비공정이 떨어지지 않는다. 그래도 병사들은 간이 다 떨어질 것처럼 무서워했다. 마법은 그만큼 병사들에게 공포의 대상이다.

그리고 정말 재수없는 병사들은 눈먼 애로우 마법에 직격당하기도 했다.

중저가 스크롤 사이에서 비싸디비싼 4서클 파이어 볼 마법 스크롤도 간간이 찢어졌다. 하지만 금값을 들여 발사한 파이어 볼이라도 명중하지 않으면 소용없다. 그것들의 대부분은 허무하게 허공에 사라졌다.

첼린은 시골 마을에서 농사짓는 것이 싫어 군대에 들어왔다. 군대에서 보낸 몇 년의 시간 덕분에 이제 능숙한 경보병이다. 전쟁에도 참여해 본 숙련병이며, 적을 검으로 베어 죽인 적도 있는 베테랑이다. 그리고 가장 위험한 이 임무에 자원한 병사이기도 하다.

그런 그도 가까운 거리에 마법이 스쳐 지나갈 때마다 가슴이 덜컥 내려앉았다.

"나는 안 맞는다. 나는 안 맞는다."

첼린은 마치 주문을 외우듯 희망을 중얼거렸다.

그가 타고 있는 것은 콜벳 급 비공정이다. 가장 작은 대신에 꽤 괜찮은 기동성을 가지고 있다. 이 작전에 투입된 비공정은 많고 탑승 인원은 적다. 콜벳 급 비공정의 갑판에는 그를 포함한 몇 명의 병사만이 앉아 있다.

"이 전투에서만 살아남으면 한몫 잡을 수 있어. 그러니까. 나는 안 맞아."

첼린은 연신 중얼거렸다.

"인더스트리에서 받은 돈에 그동안 모은 걸 합치면 도시에서 작은 가게 하나는 낼 수 있을 거야. 그래, 무기점을 내자. 내 경험을 살려서 무기점을 내는 거야. 그리고 돈을 차곡차곡 더 모아서 가게를 키워야지. 예쁜 아가씨를 점원으로 고용할 거야. 그러니까 나는 안 맞아."

제이는 이번 작전 참가자들에게 금전적인 보상을 약속했다. 목숨은 안전하다고 말하기에는 이 작전이 너무 위험하다. 대신에 제이는 병사가 살아남으면 본인에게, 죽으면 그 가족에게 충분한 보상을 해주기로 했다. 물론 그 돈도 인더스트리의 예산에서 나온다.

"그리고 일이 끝나면 점원 아가씨와 데이트를 하는 거야. 그러다가 사랑에 빠지면 결혼해야지. 그러니까 나는 안 맞아."

첼린은 눈이 점점 벌게지면서 말했다. 지금 그처럼 주문을 외우는 병사들은 한둘이 아니다.

"아이들은 몇이나 낳을까? 둘은 너무 적고……."

말을 하던 첼린이 비공정의 바닥을 꽉 움켜쥐었다. 비공정이 서서히 비행 궤도를 바꾸느라 갑판이 기울어지기 시작했다. 첼린의 눈에 비공정을 노리고 똑바로 날아오는 불덩어리가 보였다. 파이어 볼은 빨랐고 비공정의 방향 전환은 느렸다.

파이어 볼의 폭발력은 작은 폭탄만 하다. 콜벳 급 비공정은 평소에 탑승 인원이 몇 명 되지 않을 만큼 크기가 작다. 바닥을 두른 철판도 얇고 몸체를 만든 나무도 두껍지 않다.

"나는 안 맞아!"

첼린이 큰 소리로 고함을 질렀다. 그와 동시에 화염계 폭발형 공격 마법 파이어 볼이 콜벳 급 비공정의 정면에 충돌했다.

파이어 볼이 폭발하며 만들어낸 강력한 압력은 콜벳 급 비공정의 몸체를 이루는 나무 외벽을 찢어발겼다. 조종실의 사람들은 그 나무 파편에 온몸을 관통당하며 즉사했다. 곧바로 그 뒤를 따르는 화염이 작은 비공정의 내외부를 뒤덮었다.

첼린이 눈을 크게 뜨는 순간 폭발의 압력과 화염의 열기가 연이어 밀어닥쳐 그의 몸을 집어삼켰다. 고통을 느끼는 시간은 순간이었다.

　콜벳 급 비공정이 공중에서 산산이 부서지며 추락하는 모습에 대부분의 병사들은 자기 몸이 타 들어가는 것 같은 기분을 맛보았다. 그들은 그동안 갑판에서 이동하는 것에 익숙해졌다고 생각했다. 그러나 발판이 되는 비공정이 박살나는 모습을 보니 모두 공포에 빠져들었다.

　“으아, 돌아가! 돌아가!”

　“죽고 싶지 않아!”

　“안 돼!”

　병사들이 마구 고함을 질렀다. 그러나 그들은 달아날 곳이 없다. 이제 목표에 가깝게 다가간 비공정들은 속도를 서서히 늦추고 있었다.

　거리가 바짝 다가오자 화살이 무수히 날아오기 시작했다. 기사들은 더 강력한 활을 더 깊게 당길 수 있다. 지금 황제를 지키고 있는 것은 대부분 근위기사단이며 전원이 검기를 다룬다. 그들이 날리는 화살은 상당히 먼 거리를 무섭게 날아왔다.

　그리고 스크롤과는 달리 그것들은 꽤나 정확했다. 더 큰 문제는 그 화살들이 전부 불화살이라는 데 있었다. 단단한 나무로 만든 비공정의 외벽에 불화살들이 턱턱 틀어박혔다. 상갑판으로 스치듯 날아간 화살은 급조해서 만든 나무판자 방패를 부수며 병사들의 몸에 깊이 박혔다. 화살에 맞은 병사 몇 명이 허공에서 떨어졌다.

　“으아아악!”

　병사들의 공포가 점점 더 심해졌다.

　“함장님, 이런 식의 공격은 미친 짓입니다. 비공정의 장점을 전혀 활용하지 못하고 있습니다. 불이 붙는 비공정들이 생기고 있습니다. 콜벳 급 몇 척은 추락했습니다.”

크루저 급 비공정에서 조종실의 선원 하나가 분하다는 듯이 말했다.

"우리 비공정은 고공에서 아래로 공격하는 것이 훨씬 유리한데……"

"물론입니다. 바닥의 쇠로 된 장갑판이라면 저런 불화살에 피해를 입지 않습니다."

"어쩌겠나. 시간이 없는 걸. 피해를 감수할 수밖에 없다."

함장이 목표 지점을 노려보며 말했다.

제이는 선두의 비공정 위에 우뚝 서 있다. 비공정들은 일제히 속도를 감속했다. 모든 병사들이 뛰어내릴 준비를 했다.

황제의 근위기사단도 바짝 긴장한 채 검을 꺼내 들었다. 여러 척의 비공정이 연기를 뿜고 있었다. 그러나 불화살 공격은 인더스트리 측에 피해를 잔뜩 입혔지만 그뿐이다. 불붙은 비공정은 많지만 화염에 싸여 추락한 것은 몇 척 없다. 그나마도 추락이라기보다는 긴급 착륙이었다.

근위기사단의 절반이 비공정이 착륙하려는 지점으로 다가왔다. 그들을 향해 디스트로이어 급 이상의 비공정에 장착된 대공 애로우 런처들이 일제히 화살을 뿌렸다.

"황제를 노려!"

제이가 소리쳤다. 화살들이 소나기처럼 황제 쪽으로 날아갔다.

"폐하를 지켜라!"

함성 소리들이 들리면서 근위기사들이 즉시 후퇴했다. 검기를 다루는 실력자인 그들은 날아오는 화살들을 수월하게 쳐냈다. 몇 명은 방패를 들어 황제를 보호했다. 손이 남게 된 기사들이 다시 비공정 쪽으로 다가왔다.

제이가 고개를 돌려보았다. 비공정들은 아직 착륙 중이었다.

"마법사들이 뭔가를 하고 있다. 마법사들을 노려!"

제이가 다시 크게 소리쳤다.

"마, 막아! 마법사들을 지켜!"

그 소리를 들은 론즈 공작이 기겁을 하며 소리쳤다. 화살은 마법사들을 향해 비처럼 쏟아졌다. 그러나 역시 기사들에 의해서 저지됐다.

갑자기 근위기사단에서 한 명이 뛰쳐나왔다. 소드 마스터 마르스 후작이었다.

"제일백인대부터 제오백인대까지는 나를 따르라. 나머지는 폐하와 마법사들을 지켜라. 착륙한 비공정은 우리 상대가 아냐! 착륙하는 순간을 노려서 다 부숴 버려!"

그는 바람 같은 속도로 착륙하는 비공정에 달려들었다. 그 뒤로 오백여 명의 근위기사들이 달려나왔다.

그 모습을 본 제이가 비공정에서 거꾸로 뛰어내렸다. 그의 손에는 마법검이 빛을 발하며 들려 있었다. 그가 노리는 대상은 선두의 마르스 후작이었다.

마르스 후작이 떨어지는 제이를 보며 비웃음을 지었다.

"가소로운 놈!"

후작의 검에 붉은 빛 오러가 뒤덮였다. 소드 마스터의 증거, 자르지 못하는 것이 없다는 오러 블레이드였다.

거꾸로 떨어지던 제이가 검을 아래로 강하게 뻗었다. 후작의 오러 블레이드가 마주 솟아올랐다.

날카로운 폭음과 함께 충격파가 퍼져 나갔다. 파이어 볼이 터진 것으로 착각할 만한 강력한 압력이었다.

제이가 충격을 감당하지 못하고 튕겨져 나갔다. 땅에 내려서고서도 몇 걸음을 쿵쿵거리며 물러섰다. 바닥에 그의 발자국이 깊게 남겨졌다.

반면에 마르스 후작은 조금 물러선 것이 전부다. 누가 보기에도 명백한 힘의 차이였다.

"소드 마스터는 역시 무섭군."

제이는 충격으로 흔들리는 가슴을 진정시키며 검을 확인했다. 미스릴을 통째로 써서 만든 마법검답게 오러 블레이드와 충돌하고도 부러지지 않았다. 제이가 이를 갈았다. 그런 그를 보고 마르스 후작이 검을 겨누었다.

"눈치를 보니 네가 바로 소문의 마검사인가 보구나. 칼도 괜찮고 실력도 나쁘지 않지만 아직 멀었다. 소드 마스터는 누구에게도 지지 않는다. 오러 블레이드는 오러 블레이드가 아니면 막을 수 없다."

마르스 후작이 자신감 넘치는 소리로 말했다.

제이는 프로텍터에서 마나를 끌어내 온몸으로 돌렸다. 이미 몸은 마나로 포화 상태였지만 멈추지 않았다. 그의 눈이 한계를 넘은 마나에 의해서 충혈됐다.

제이가 몸을 날리며 소리쳤다.

"난 시험해 봐야겠는데?"

강화될 대로 강화된 그의 몸은 번개 같은 속도로 돌진했다. 그의 검에는 검기가 짙게 덮여 있었다. 그걸 본 마르스 후작이 감탄했다.

"그 나이에 비하면 훌륭하다! 하지만 나한테는 안 돼!"

마르스 후작이 짧게 말하며 검을 내밀었다. 단지 직접 찌르는 듯한 동작이었지만 거기에 깃든 것은 파괴적인 힘이다. 압도적인 힘은 기술을 극복한다는 것이 마르스 후작의 생각이다.

제이가 검을 회전시켜 오러 블레이드의 옆면을 후려쳤다. 오러 블레이드가 충격에 조금 기울어졌다. 그러나 그에 따라 마르스 후작이 한 발짝 움직였다. 그가 내민 검은 여전히 곧았다.

제이의 검이 요란하게 잔영을 남기며 마르스 후작을 공격하기 시작했다. 그러나 마르스 후작의 자세는 변함이 없었다. 다만 그의 몸이 조금씩 옆으로 이동하며 오러 블레이드로 제이의 공격을 하나하나 걷어냈다.

제이의 동작은 크고 빠르지만 마르스 후작의 것은 작고 느리다. 그러나 제이의 모든 검은 차단되고 있었다. 정으로써 동을 제압하는 수법이다. 잠시 그런 상태를 유지하던 마르스 후작이 버럭 소리를 질렀다.

"그것뿐인가? 마검사라면서 더 이상은 없는가!"

마르스 후작의 소리에 제이가 작은 웃음을 지었다. 더 없을 리가 없다. 제이가 검을 날리는 도중에 소리쳤다.

"나와라. 발칸 파이어!"

제이가 왼손을 늘어뜨리며 시동어를 외치자 그의 손 앞에 수십 개의 파이어 볼트가 만들어졌다.

비로소 마르스 후작의 얼굴이 굳었다. 그는 여전히 제이가 무수히 뿌려대는 검을 막고만 있었다.

'나를 공격하는 검의 속도는 그대로이다. 그런데도 저런 대형 마법을 만들어내? 내가 봐주고 있었다고 생각했는데 이자 역시 전력을 다한 것은 아니다. 왜?

마르스 후작이 잠시 의문을 가졌다. 그는 제이의 실력을 시험해 보려던 생각을 고쳐먹었다. 제이가 마법 공격을 하면 그것을 막아내고 단숨에 싸움을 끝내기로 했다. 그리고 그의 예상대로 제이는 마법을 뿌렸다.

마르스 후작이 거리를 두기 위해서 뒤로 훌쩍 물러섰다. 그런 그의 얼굴이 당혹감에 물들었다.

파이어 볼트들은 마르스 후작을 노린 것이 아니다. 대신에 비공정이 착륙하는 순간을 노리던 근위기사단들을 향해 날아갔다. 무수한 마법이 뒤에서 달려들자 근위기사들은 깜짝 놀라며 몸을 돌렸다. 대부분 몸을 피하거나 검으로 막았지만 몇 명은 파이어 볼트에 적중돼 나뒹굴었다.

근위기사들은 당황했다. 그리고 그사이에 비공정들이 땅 위에 내려섰다. 땅을 간절히 기원하던 병사들이 일제히 뛰어내렸다.

자신이 당한 것을 깨달은 마르스 후작은 분노의 고함을 질렀다.

"이놈!"

오러 블레이드가 빛을 발하며 제이를 노렸다. 제이는 급히 뒤로 물러서며 칼을 수없이 뿌렸다. 검기들이 오러 블레이드에 계속 적중했다. 그러나 분노한 마르스 후작의 오러 블레이드는 꿈쩍도 하지 않았다.

"단칼에 쳐 죽여주마!"

마르스 후작이 바짝 달라붙어 소리를 지르며 오러 블레이드로 내리찍었다. 피할 곳이 없어진 제이는 검을 옆으로 뉘어 위로 쳐올렸다. 두 검이 부딪치며 다시 굉음이 터져 나왔다.

제이의 몸이 또 뒤로 튕겨졌다. 몇 걸음을 더 물러섰다.

“쿨럭.”

힘겹게 검을 든 제이가 낮은 기침 소리를 냈다. 그의 입가에 가는 핏물이 맺혔다.

“사령관님!”

그 모습을 본 강습 부대의 기사와 병사들이 기겁을 하며 제이 쪽으로 달려왔다. 하지만 마르스 후작이 훨씬 가깝다.

“이놈, 네 알량한 재주는 거기서 끝이다. 이번엔 반드시 토막을 쳐주마!”

마르스 후작이 소리쳤다.

“이봐, 소드 마스터.”

제이가 입가의 피를 닦으며 말했다.

“당신, 황제의 경호 대장 아냐? 당신이 나를 죽이는 동안 내 부하들이 황제를 공격하면 어떻게 하려고? 숫자 차이가 이렇게 큰데 괜찮을까?”

“이런 건방진 놈. 지금 돌아오고 있는 저 많은 군대가 보이지 않느냐? 우린 네놈들을 잠시만 막으면 된다. 네깟 놈들 정도는 근위기사단을 어떻게 못해!”

마르스 후작이 분노를 참지 못하고 소리쳤다.

“정말로 그렇게 생각하나? 혹시 근위기사단이 전원 기사인 것을 믿고 그러는 거라면 다시 생각해 봐라. 내가 데려온 부하들 중에도 기사는 많아. 게다가 나는 비공정도 잔뜩 있거든?”

제이의 말에 마르스 후작이 시선을 조금 돌렸다. 제이 뒤쪽으로 다가오고 있는 병사들 중에는 기사처럼 보이는 사람들이 다수 섞여 있었다. 적어도 평범한 보병의 복장은 아니었다.

그리고 비공정들은 이제 서서히 떠오르고 있었다.

"전 부대! 작전대로 황제를 잡아라! 비공정은 공중에서 지원하라! 적의 소드 마스터는 내가 붙잡고 있겠다!"

제이가 소리쳤다.

"알겠습니다!"

병사들이 일제히 소리를 지르며 황제 쪽으로 전진했다. 그 모습을 본 마르스 후작이 화들짝 놀랐다.

"모두 후퇴! 폐하를 지켜라! 잠시만 시간을 벌어라!"

마르스 후작이 고함을 질렀다. 그 말에 근위기사들은 서서히 후퇴하며 강습 부대를 견제했다.

황제는 전황이 돌아가는 꼴이 불리해지자 이미 공포에 질려 있었다.

"텔레포트는? 아직 안 된 거야?"

황제가 고래고래 소리를 질렀다.

"폐하, 적이 듣습니다. 거의 다 된 것 같으니 어서 이쪽으로 오십시오."

론즈 공작이 다급히 말하며 황제를 텔레포트 마법진 쪽으로 이끌었다.

"서둘러, 서두르란 말이닷! 시간이 늦으면 너희를 다 사형시켜 버리겠다!"

황제의 고함에 마법사들은 손을 떨었다.

마르스 후작도 즉시 후퇴를 하려고 했다.

"어딜 가나!"

제이가 풀쩍 뛰어올라 검으로 마르스 후작의 머리를 찍었다. 마르스 후작은 방심하지 못하고 오러 블레이드를 치켜 올렸다. 두 검이 충돌하자 다시 제이의 몸이 튕겨 나갔다.

그러나 마르스 후작도 이번에는 두어 걸음 물러섰다. 마음이 급해지니 자세가 조금 흐트러졌다. 더구나 제이의 공격에 담긴 힘은 엄청나다. 그는 이미 손이 꽤나 아팠다.

"그 검은 도대체 뭐냐! 왜 오러 블레이드에 잘려 나가지 않는 것이냐!"

마르스 후작이 억울하다는 듯이 소리쳤다.

"이거? 개새끼들의 선물이지."

제이가 숨을 고르며 말했다. 그러면서 마르스 후작의 자세를 살폈다.

'빈틈은 거의 없다. 역시 소드 마스터. 그 실력을 땅에서 주운 건 아냐.'

제이가 마르스 후작을 노려보며 생각을 정리했다.

"이봐, 소드 마스터. 오러 블레이드가 좋나?"

"당연하다. 이것은 소드 마스터의 증거. 너 같은 자들이 넘볼 것이 아니다."

마르스 후작이 자부심에 찬 얼굴로 말했다.

"소드 마스터, 당신의 검술도 예전에는 화려했을 것 같은데? 지금은 꽤나 단순해졌군."

"물론이다. 나의 검술은 꽃잎으로 된 비가 내리는 듯 아름답다고 명성이 자자하다. 하지만 오러 블레이드가 있으면 그런 검술은 의미없지. 너의 경지로는 모른다. 이제 나에겐 단순한 것이 강함이야. 아무것도 막을 수 없으니 빠르게 베는 것이 최선이다."

마르스 후작이 가르치듯 말했다.

"그래, 그럴지도 모르지. 그럼 그 단순함이 얼마나 강한지 어디 다시 한 번 구경해 볼까?"

제이가 검을 들며 말했다.

"시간 끌지 말자. 이번에는 네놈을 반드시 조각 내놓겠다."

마르스 후작이 주변을 힐끗거리며 말했다. 이제 전장은 마치 제국 근위기사단이 도망치고 그 뒤를 강습 부대가 쫓는 것처럼 변했다.

"그건 이걸 한번 받아보고 이야기하라고. 그 강력한 오러 블레이드로 말이야."

제이가 검을 뒤로 당겨 들어 그 끝으로 마르스 후작을 겨누며 말했다. 제이는 프로텍터에서 마나를 추가로 끌어냈다. 그것을 검에 밀어 넣었다. 힘 강화 마법 스트렝스, 절삭력 강화 마법 샤프니스, 충격 마법 스턴이 최대치로 발동됐다.

그리고 그 과도한 마나가 제이의 혈도를 조금씩 손상시켰다. 이를 악문 제이의 눈이 붉어졌다. 검에 맺히는 검기도 점점 진해졌다. 한 가닥의 나선형 검기가 검을 부드럽게 감쌌다. 이어 검기의 개수가 빠르게 증가했다. 잠깐 사이에 검 위로 수십 가닥의 기다란 검기가 나선을 그리며 맹렬히 회전했다.

"그런 얼토당토않은!"

마르스 후작이 바짝 긴장하며 소리쳤다. 검기 가닥이 오러 블레이드를 압도할 수는 없다. 그러나 그것이 수십 가닥이나 된다면 무시할 수 없다. 검기를 늘리고 늘리다가 합칠 수 있는 경지에 다다르면 오러 블레이드를 만드는 소드 마스터가 될 수 있다.

더구나 그가 아는 보통의 검기들은 제이의 것처럼 회전하지는 않는다. 이건 소드 마스터인 그도 경험해 보지 못한 기술이다. 그래서 그는 침을 꿀꺽 삼켰다.

"어디 한번 그 잘난 오러 블레이드로 이걸 막아봐라!"

제이가 소리치며 앞으로 달려나왔다.

"얼마든지!"

마르스 후작도 마주 고함을 질렀다. 그는 제이의 말대로 오러 블레이드의 힘을 보여줄 작정이었다.

마르스 후작에게로 달려가던 제이가 검을 그대로 집어 던졌다. 제이가 달리는 속도에 던져지는 힘이 더해져 검은 무서운 기세로 날아들었다. 제이는 검을 던진 직후 몸을 옆으로 뺐다.

"헛!"

직접 격돌을 예상했던 마르스 후작은 헛기침을 했다. 기사는 검을 던져 버리지 않는다. 그래서 이건 예상 못한 공격이었다.

오러 블레이드를 얻으려면 그에 걸맞는 검술 실력이 필수다. 마르스 후작은 당황함을 극복하고 제이의 검을 정확히 맞받아쳤다. 그러면서 그의 감각은 여전히 제이를 살피고 있었다.

두 검이 충돌하자 지금까지와는 비교도 되지 않을 만큼 강력한 충격이 마르스 후작의 몸을 강타했다. 검에 담긴 마법과 그 위를 덮은 검기가 일제히 마르스 후작을 죽이기 위해서 가진 힘을 쏟아 부었다.

마르스 후작은 처음 그 충격에 하마터면 검을 놓치고 뒤로 날아갈 뻔했다. 그러나 그는 이를 악문 채 오러 블레이드로 꿋꿋하게 그 검기를 갈랐다. 검에 담긴 마법의 힘도 밀어붙였다. 검 자체가 가진 날아오던 힘도 오러 블레이드를 깨뜨리지는 못했다.

“이야압!”

마르스 후작이 마지막 힘을 쥐어짜며 기합을 넣었다. 그의 오러 블레이드가 마침내 제이의 검을 하늘 높이 튕겨 올렸다.

그 과정에서 그는 네 걸음이나 물러섰다. 그의 몸도 충격으로 정상은 아니었다. 그러나 그는 숨을 고를 틈도 없이 뒤돌아섰다.

“이 비겁한 놈!”

마르스 후작이 소리를 지르면서 황제 쪽으로 달리기 시작했다.

제이는 마르스 후작이 검을 막느라 힘을 쓰는 사이 황제 쪽으로 뛰어갔다. 마르스 후작은 뒤늦게 제이의 의도를 깨닫고 그 뒤를 쫓아 달렸다.

‘큭. 몸에 충격이 제법 남았군.’

마르스 후작이 몸 상태를 점검하며 생각했다. 제이가 던진 검은 장난이 아니었다. 후작의 몸놀림은 조금 느려져 있었다. 발빠른 제이를 쫓아보았으나 거리가 좁혀지지 않았다. 그의 눈에 두 팔을 양쪽으로 뻗는 제이가 보였다.

“나와라. 발칸 파이어!”

제이가 달리면서 소리쳤다. 그와 동시에 몸을 채운 마나를 양팔로 힘껏 밀어냈다. 마나가 쭉 빠져나가 손 바깥으로 퍼졌다. 제이의 두 손 앞쪽으로 작은 마나 방울이 백여 개 생겼다. 그리고 그 마나들은 줄줄이 점화되어 타올랐다. 제이는 양손을 앞으로 뿌리며 마나의 연결을 끊었다.

파이어 볼트가 후퇴하는 기사들을 향해 넓게 뿌려졌다.

전원이 검기를 다룬다는 스트릭 제국 근위기사단이다. 그들은 마법 공격이 자기들을 향해 날아온다는 것을 눈치챘다. 그 즉시 몸을 돌려 날아오는 파이어 볼트를 검으로 쳐냈다. 백여 개의 폭발이 근위기사단의 후면에서 일제히 일어났다.

근위기사단은 마법을 막은 직후 곧바로 후퇴를 계속했다. 그러나 그 잠깐 사이에 추격하는 강습 부대와의 거리가 더 가까워졌다. 그리고 그들과 황제와의 거리도 점점 줄어들었다.

"나와라. 아이스 애로우!"

제이가 두 손을 붙였다 양쪽으로 크게 펴면서 소리 질렀다. 마나를 잔뜩 뽑아내 두 손 사이에 밀어 넣었다. 양손 사이에 밝은 빛이 뿜어지더니 아이스 스피어만 한 얼음화살이 만들어졌다. 길이는 두 팔만큼이지만 두께는 어린아이 몸통만 했다. 얼음화살이나 창이라기보다는 작은 얼음 기둥이었다.

뒤에서 달리며 그 모습을 본 마르스 후작은 진심으로 감탄했다.

'지독한 놈. 나와 싸우고 나서도 저 속도로 달리면서 저런 대형 마법들을 마구 만들어내다니. 수하로 두면 무서울 게 없지만 살려두면 곤란한 놈이군.'

마르스 후작이 머리를 굴리며 달리는 속도를 올렸다.

제이가 달리는 상태로 얼음화살을 높이 들었다.

"황제, 이걸 받아봐라!"

제이가 고함과 함께 얼음화살을 황제 쪽으로 겨눴다.

마르스 후작은 기겁을 했다. 이제 그리 멀지도 않은 거리의 황제가 사색이 된 것이 보였다.

"막아! 몸을 던져서라도 막아!"

마르스 후작이 찢어지는 비명 같은 고함을 질렀다.

황제를 지키는 기사들은 물론이고 후퇴하던 자들도 즉시 반응했다. 그들은 제이와 황제 사이로 모여들며 검을 곧추세웠다.

제이가 얼음 기둥을 힘껏 던졌다. 마법으로 만들어진 아이스 애로우는 그 속에 마나를 담고 있다. 따라서 일반 얼음 조각을 던진 것보다 강한 파괴력을 가진다. 제이가 만든 것처럼 거대한 얼음 기둥은 막대한 양의 마나를 품고 있다. 거기에 담긴 위력은 무시무시하다.

공기를 가르며 날아간 얼음 기둥에 기사들이 검기 맺힌 검을 뻗었다. 그들의 검이 얼음 기둥에 부딪침과 동시에 튕겨 나갔다.

"크악!"

"으악!"

얼음 기둥의 충격에 기사들이 비명을 지르며 나가떨어졌다. 그러나 그들의 검에 얼음 기둥도 꽤 큰 조각들이 떨어져 나갔다.

첫 저지는 실패했지만 그 뒤의 기사들은 포기하지 않았다. 기사들이 계속 달려들어 날아오는 얼음 기둥을 검으로 후려쳤다. 기사들은 나가떨어지고 얼음 조각은 사방으로 튀었다.

그리고 마침내 열 번째 기사의 검이 날아가 마지막 얼음 기둥을 박살 냈다. 그 기사 역시 충격에 뒤로 벌렁 넘어졌다.

근위기사들의 얼굴에는 질린 표정이 역력했다. 달리면서 시동어만으로 만든 마법 하나를 막는 데 기사 열이 쓰러졌다. 죽은 건 아니지만 나뒹굴 만큼의 충격을 받았다.

"이게 사람의 능력이야?"

근위기사 하나가 달려오는 제이를 향해 조금 떨리는 검을 겨누며 중얼댔다.

"이쪽으로만 오지 않았으면 좋겠다."

다른 기사가 맞장구를 쳤다.

황제는 자기를 향해 날아오는 얼음 기둥을 틀림없이 목격했다. 그리고 기사들이 여럿 달려들어서야 그것을 막아내는 것도 똑똑히 봤다.

"텔레포트는 아직이냐!"

황제가 또다시 비명을 질렀다.

"폐하, 준비가 끝났습니다. 어서!"

궁정 마법사가 소리쳤다.

"빨리 나를 보내라!"

황제가 마법진으로 달려가며 소리쳤다.

"통신 마법사, 도착점은 안전한가!"

론즈 공작이 소리쳤다.

"안전합니다. 아까부터 중계 기지와 수시로 교신 중입니다. 중계 기지에서도 텔레포트 도착점과 여러 회 교신했다고 합니다. 그곳은 확실히 안전합니다!"

수정구를 만지고 있던 마법사 코디가 급히 대답했다.

"놓치지 않는다! 나와라. 발칸 아이스!"

제이가 다시 소리 지르며 두 팔을 뻗었다. 그의 양손 앞에 수십 개의 얼음화살이 만들어졌다.

'큭. 마나가 부족하다. 한계군.'

제이가 생각했다. 백여 개를 만들려고 했으나 프로텍터에서 마나가 필요한 만큼 빠져나오지 않았다. 아직 저장된 마나는 남아 있지만 지금까지 대량의 마나를 너무 빠르게 뽑아냈다. 몸에 부어 넣은 마나도 버틸 수 있는 한계를 넘어섰다. 그래서 마나를 뽑아내는 것이 마음먹은 대로 되지 않았다.

생각은 짧지만 행동은 빨랐다. 그는 일단 만들어진 아이스 애로우들을 곧바로 황제를 향해서 뿌렸다. 어차피 꼭 백 개가 필요한 건 아니다.

다시 기사들이 우르르 몰려들며 마법 화살들을 막았다. 하나하나에 실린 마나의 양은 많지 않다. 기사들의 검에 마법 화살이 허무하게 부서졌다.

황제는 그사이에 마법진 위에 올라섰다. 그런 황제의 바로 옆으로 기사들을 뚫고 날아간 마법 화살 하나가 지나갔다. 황제의 간담이 서늘해졌다.

궁정 마법사는 마법진에 마지막 마나를 흘려 넣었다. 마법진에서 밝은 빛이 뿜어져 나왔다. 그 빛은 황제의 몸을 감싸다가 점점 어두워졌다. 황제는 더 이상 그 자리에 있지 않았다. 빈 마법진만이 텔레포트가 성공했음을 알렸다.

마르스 후작은 달리는 걸음을 멈췄다. 강습 부대 역시 마찬가지였다. 그리고 제이도 제자리에 멈춰서 멍하니 서 있었다. 그 모습을 본 마르스 후작은 통쾌함을 느꼈다.

"으하하하! 훌륭한 작전이었다. 하지만 그것으로 끝이야. 폐하는 몸을 피하셨다. 그리고 우리 제국군은 이 자리로 몰려들고 있지. 마법사들도 손이 남는다. 너희들은 이제 죽은 목숨이다. 비공정? 저것들이 착륙하도록 우리가 놓고 있을 줄 아느냐? 우리는 스트릭 제국 근위기사단이다. 너희들은 이제 다 죽었단 말이다. 당장 항복해라!"

마르스 후작이 소리쳤다.

제이가 서서히 돌아섰다. 그의 얼굴은 웃고 있었다.

"그렇게 생각하나, 소드 마스터?"

"건방진 놈. 나는 마르스 후작이다."

"좋아, 마르스 후작. 다시 묻지. 정말로 그렇게 생각하나?"

제이의 여유있는 태도에 마르스 후작은 잠시 혼란을 느꼈다.

'무슨 수작이지? 하지만 아무리 생각해도 이놈들이 빠져나갈 구멍은 없다. 우리는 이제 지킬 것이 없으니 마음껏 싸울 수 있다. 배짱을 튕기고 있군.'

결론을 내린 마르스 후작이 여유를 찾았다.

"이놈. 수작 부리지 마라. 당장 항복하지 않으면 모두 쳐 죽어 버리겠다. 근위기사단, 검을 들어라!"

근위기사단장 마르스 후작의 명령에 천여 명의 근위기사단이 일제히 검을 세웠다.

제이가 검지손가락을 펴 가볍게 흔들었다.

"황제가 텔레포트한 곳은 안전할까?"

"물론이다. 방금까지 확인했다잖느냐. 이제 네놈들은 손도 쓸 수 없다."

"설마 그 낡은 비공정을 믿고 있는 건 아니지? 나한테도 비공정은 많다. 지금 눈으로 보면 알 것 아냐?"

제이의 말에 마르스 후작은 뜨끔함을 느꼈다. 비공정은 최후의 수단이다. 황제는 텔레포트 도착점에서 조용히 숨어 있을 예정이다. 하지만 제이와의 말싸움에서 밀리고 싶지 않았다.

"이놈! 비공정이 있음을 어떻게 알았느냐? 아니, 알아도 상관없다. 신품은 아니지만 황실 비공정은 빠르다. 네놈들이 쫓으려고 해도 잡을 수 없다. 이 지역에는 이백만 명의 우리 군대가 있다. 폐하가 그 군대 사이로 가시면 네놈들이 어떻게 하겠느냐? 으하하하!"

마르스 후작이 불안감을 감추기 위해서 크게 웃었다. 제이가 피식 웃었다.

"그걸 탈 수 있다면 그렇겠지. 하지만 텔레포트 도착점은 지금쯤 내 부하들이 공격하고 있을 거야. 황제를 내 부하들 수중으로 텔레포트시키느라 수고했다."

제이의 말에 마르스 후작의 얼굴이 창백해졌다.

갑자기 궁정 마법사가 나섰다.

"그럴 리 없다. 전송 전에 그곳이 안전함을 이미 확인했다. 아니, 지금도 확인하고 있다."

궁정 마법사의 고함에 제이가 고개를 돌렸다.

"알아. 어찌나 잘 숨겨져 있던지 비공정을 아무리 뿌려도 찾을 수가 있나. 안다 해도 당신들과 도착점의 이동 계획을 모르니 미리 점령하기도 어렵지. 그래서 우리는 여기를 공격할 때가 돼서야 그곳을 점령했지. 대충 보자면 당신네 모든 마법사가 텔레포트 준비에 집중할 때쯤에 공격을 시작했거든."

제이가 말했다.

"불가능해. 그곳은 정예병이 천 명이나 지키고 있단 말이다."

궁정 마법사가 부정했다.

"그것도 알아. 천 명밖에 되지 않아서 잘도 숨었더군. 덕분에 우리 공중 정찰대가 고생 많이 했어."

제이가 애썼다는 듯이 말했다. 이번에는 마르스 후작이 부정했다.

"만에 하나 그 위치를 안다고 해서 쉽게 그곳을 점령할 수는 없다. 황제 폐하가 피하실 시간은 충분하다. 너희들이 나타났을 때부터 지금까지 시간이 얼마나 지났다고 그따위 망언이냐!"

"그렇긴 하군. 천 명이라고는 하지만 거기 있는 건 당신네 정예병이니까.”

“물론이다!”

“한참 싸워야 할지도 몰라. 비록 기사 이천 명에 보병 삼천 명, 그리고 배틀쉽 급 비공정 한 척, 크루저 급이 열두 척, 디스트로이어 급이 열네 척, 콜벳 급도 스물여덟 척이 거기 갔지만, 제국군이 워낙 정예병이라니 오래 싸울지도 모르지.”

제이의 말에 마르스 후작의 얼굴은 사색이 됐다.

“그런데 그런다고 뭐가 달라지나?”

제이가 싱글벙글 웃었다. 모든 것은 계획대로 됐다.

“황제는 달아날 곳이 없잖아. 너희가 지금부터 부대를 거기로 보낸다고 해서 달라지는 것은 없어. 우리 비공정이 공중에 깔려 있으니 황제의 비공정은 뜨지도 못할 테고. 그러니 제국군이 도착할 때쯤엔 황제는 우리에게 잡혀 있을 거야. 안 그래?”

제이의 말에 마르스 후작은 어깨를 축 늘어뜨리고 처량한 표정을 지었다.

“너희에게 그렇게 기사들이 많았나? 저들 중에도 기사가 꽤 많아 보이는데?”

마르스 후작이 마지막 희망을 걸고 질문했다.

“아아, 미안. 기사인 척하는 저 녀석들, 사실은 그냥 병사야. 겁주려고 위장한 거야.”

제이가 손을 저으며 말했다.

“기사들의 자부심이 있는데 병사가 자신들을 대신하는 것을 허락했다는 말이냐?”

“이보라고, 마르스 후작. 우린 왕으로 위장한 자들도 몇 있어. 그런데 기사라고 못하겠어?”

제이의 말에 후작의 얼굴이 참혹하게 일그러졌다.

“우리가 쫓던 그 왕들이 가짜라고?”

“왕들이 미치지 않은 다음에야 이런 특공 작전에 참여할 리가 없잖아.”

제이가 싱글벙글 웃으면서 대답했다.

“그런 준비를 했으면서 폐하를 그렇게 열심히 공격한 이유는 뭐냐?”

총리대신 론즈 공작이 따졌다.

“그래야 의심받지 않지. 내가 황제를 위협해야 황제도 열심히 도망가지. 황제를 빨리 보내 버려야 전투도 중지될 거고.”

제이가 당연하다는 듯이 대답했다.

다시 궁정 마법사가 끼어들었다.

“거길 찾았다는 네놈 말은 믿을 수 없다. 그곳의 위장은 완벽해. 환상 마법까지 사용했단 말이다. 넌 거짓말을 하고 있다. 거짓말!”

궁정 마법사가 소리를 질렀다.

“내 마법이 그걸 알아보기에 부족해 보이던가?”

제이가 질문했다. 궁정 마법사는 입을 다물었다. 제이가 보여준 것은 최소한 6서클 마법사의 능력이다. 그것도 기존 6서클 마법사의 것보다 압도적인 힘이었다. 반면에 위장을 위해서 환상 마법을 펼친 마법사는 5서클이다. 그렇다면 환상 마법이 들켰다고 해도 할 말이 없다.

제이가 그 자리에 털썩 주저앉았다.

“정 믿지 못하겠으면 기다려 보던가. 내 부하들이 당신네 황제를 곧 데려올 테니까. 황제를 못 데려오면 그때 가서 우리를 치라고. 그사이엔 좀 쉬자.”

제이가 느긋이 말했다.

"이놈! 폐하에게 조금이라도 무례하게 대하면 네놈들을 전부 쳐 죽이겠다!"

마르스 후작이 호통을 쳤다.

"어이, 마르스 후작. 착각하는 거 아냐? 우리에게 함부로 손대면 황제는 죽어. 칼자루를 쥔 건 나라고."

제이의 말에 마르스 후작은 할 말이 없었다.

"에휴. 힘들다. 난 좀 쉬어야겠네."

제이가 이제 아예 드러누웠다. 여유만만한 모습이었다.

사실 제이는 지금 힘들어 죽을 지경이다. 이 짧았던 전투에서 그가 사용한 마나는 몸이 감당할 수 있는 수준을 훨씬 넘어섰다. 사용 마나 총량이 문제가 아니다. 그것을 너무 짧은 시간에 몰아치듯 쓴 것이 문제다. 지금 마르스 후작이 작정하고 덤벼들면 버틸 자신이 없다.

이제부터 그에게 필요한 것은 제법 긴 휴식이다.

"마법 통신은? 마법 통신을 걸어봐라! 정말 이들의 말이 맞는지!"

궁정 마법사가 호통을 쳤다.

"중계 기지에선 계속 정상이라고 합니다!"

통신을 맡은 마법사 코디가 대답했다.

"그것 봐라. 이 거짓말쟁이야. 폐하는 안전하시잖아!"

궁정 마법사가 제이를 보고 소리쳤다.

"아, 그렇지. 통신 중계 기지에다가 이 말을 전해줘 봐."

제이가 손을 흔들어 주의를 끌며 말했다.

"용의 머리를 잘랐다. 이렇게 전해줘."

제이의 말에 통신 마법사 코디가 궁정 마법사를 돌아보았다. 궁정 마법사가 고개를 끄덕였다.

"통신 중계 기지. 용의 머리를 잘랐다. 이게 무슨 뜻인지 아나?"

코디가 수정구에다 대고 말했다. 잠시 후 그는 병찐 얼굴로 고개를 들었다.

"왜 그러나?"

총리대신 론즈 공작이 급히 물었다.

"중계 기지의 통신 마법사 뒤에서 기사가 하나 나타나더니……."

"나타나더니 뭐?"

"저에게 엿 먹으라고 했습니다. 손까지 이렇게 하면서……."

코디가 총리대신을 향해 팔을 교차시켜 엿 먹으라는 동작을 힘차게 취하며 말했다.

총리대신의 얼굴이 일그러졌다. 코디가 화들짝 놀라며 재빨리 팔을 풀었다.

총리대신이 제이를 급히 돌아보았다.

"아, 그 중계 기지? 내 부하들이 오늘 새벽에 점령했지. 가짜 정보를 주려고. 그런 중요한 시설을 겨우 백 명이 지키나. 쯧쯧쯧."

제이가 웃어주었다.

"으득."

그 모습을 보고 론즈 공작이 이를 갈았다. 하지만 이제 제이에게는 손댈 수 없다.

"폐하께 기병 군단들을 보내! 저 자식들 말이 정말인지 확인하고 아니라면 폐하를 보호해라. 이리 오지 말고 폐하에게 달려가라고 하란 말이다!"

론즈 공작이 기사들에게 신경질을 부렸다. 몇 명의 기사가 급히 자리를 떠났다. 그들은 정신없이 복귀 중인 부대를 향해 달렸다.

"두고 보자. 잠시만 살려둔다. 우리 제국군이 속속 이쪽으로 돌아오고 있다. 후방 부대를 모조리 불러들여 주마. 네놈들. 조금이라도 거짓이 있으면 처참하게 죽이겠다."

론즈 공작이 잡아먹을 듯이 말했다.

제이는 곁눈질로 그 모습을 보았다. 그리고 피식 웃었다. 이제 할 수 있는 것은 다 했다. 나머지는 다른 부하들이 할 일이다. 전투는 끝났다. 다시 파란 하늘로 시선을 돌렸다.

'지금까지는 거짓말이 잘 먹혀들었는데 앞으로가 중요하군. 기병군단들이 출발했으니 일단은 계획대로다. 그나저나 날씨 참 좋구나.'

전쟁터에서 황제는 매일 계속 전진한다. 텔레포트 마법진을 숨긴 곳도 마찬가지다. 더구나 그곳의 위치는 절대 기밀이다. 수신용 수정구를 설치하고 그 좌표를 공개할 수는 없다.

그래서 텔레포트 마법진을 관리하는 부대는 중계 기지를 통해서만 메시지를 보낸다. 중계 기지도 황제의 이동에 따라서 계속 바뀌지만 지금까지는 기존의 시설들을 이용하니까 별도의 비용이 들지는 않았다. 현재 황제가 중계 기지로 사용하는 곳은 카이플링 남작의 성이다.

"됐어! 용의 머리를 잘랐단다! 으하하하."
특작 부대의 기사가 수정구 앞에서 벌떡 일어서며 소리쳤다.
"황제가 튀었다. 임무 완수야!"
"와아!"

"만세!"

그 기사의 말에 천여 명이 일제히 함성을 질렀다.

"이제 황제를 잡을 친구들만 제대로 해주면 돼!"

아직 황제를 잡은 것은 아니다. 어디 있는지 위치조차 모른다.

근위기병군단은 연락을 받자마자 황제가 있는 곳을 향해 말을 달렸다. 다른 사람은 몰라도 근위기병군단장은 그 위치를 확실히 알고 있었다. 그리고 수도기병군단이 뒤를 따랐다.

제이 일행이 처음 넘어온 산꼭대기에 몇 명의 사람들이 서 있었다. 기병 군단의 이동을 내려다보고 있는 그들의 앞에는 드워프가 만들어 준 모형 지도가 있었다.

"곧바로 이 방향이라. 비공정을 포함해서 천 명이 숨을 만한 곳이 어디지?"

"어디 보자……."

한 사람이 가늘고 곧은 막대기를 지도 위에 올려놓았다.

"이 선에 걸쳐진다 이거지."

"아니, 아니. 기마대가 움직일 수 있는 길을 감안해서 본다면 이 영역으로 봐야 하겠지요."

"그럼 여기, 여기, 여기 정도?"

한 사람이 세 곳을 짚었다.

"아무래도 그렇겠지요? 이 방향에서 다른 곳은 황제를 지킬 병력과 비공정까지 완벽하게 숨기기 어려우니까."

"하지만 사령관은 만약의 가능성도 놓치지 말라고 했습니다. 그러니

이 세 곳은 주력 부대를 보내고, 그 외에 숨을 수 있다 싶은 모든 곳에 콜벳 급을 파견합시다. 무조건 찔러보면 튀어나오겠지요."

"좋습니다. 그럼 이제 칩시다."

"그럽시다. 이제 제국의 눈치를 볼 필요가 없으니 맘껏 수색을 합시다."

공중 강습 부대의 지휘관들과 인더스트리의 함장들이 공격 지점을 합의했다.

텔레포트를 완료한 황제는 식은땀을 닦고 있었다. 어느 정도 마음의 여유가 생긴 그는 은닉 장소에도 준비해 두었던 자신의 의자에 몸을 묻고 있었다.

"야, 아무래도 비공정 타고 뜨는 게 낫지 않을까?"

황제가 텔레포트 도착 마법진을 책임지고 있던 5서클 마법사에게 말했다.

"아닙니다, 폐하. 이곳은 제가 펼친 환상 마법으로 완벽하게 위장되어 있습니다. 마법을 모르는 인더스트리 놈들은 절대로 찾을 수 없습니다. 여기서 아군이 오는 것을 기다리는 게 낫습니다."

"그, 그런가?"

"그렇습니다. 오히려 지금 비공정을 타고 날아오르면 눈에 띄게 됩니다. 놈들이 비공정을 많이 가져왔다고 들었습니다. 잘못하다가는 그런 놈들과 부딪칠 수 있습니다. 폐하의 비공정은 낡았기 때문에 전투에 돌입하면 절대로 이길 수 없습니다."

마법사가 확신을 가지고 말했다.

"그, 그렇지?"

황제는 마법사의 설득에 쉽게 넘어갔다. 그러다가 다시 벌컥 화를 냈다.

"개자식들! 감히 나를 노려?"

황제는 아직도 화를 풀지 못하고 있었다.

"걱정 마십시오, 폐하. 지금쯤 침투해 온 도당들은 모조리 잡았을 겁니다."

5서클 마법사가 공손히 말했다.

"그랬겠지. 젠장."

"이번 일로 다른 큰 이득이 생겼습니다. 그러니 화를 푸십시오."

"이득이라니?"

황제가 고개를 갸웃거렸다.

"비공정이 그렇게 많이 왔다면 설마 다 그냥 돌아갔겠습니까? 노획한 것도 꽤 많을 겁니다."

"오호라."

황제의 얼굴이 밝아졌다.

"그럼 이제 저런 낡은 비공정은 필요가 없다는 뜻이렷다?"

"그렇습니다."

"앞으로는 어디를 가든 비공정을 타고 마음껏 이동할 수 있겠군?"

"그렇습니다. 사실 황제 폐하께서 저런 낡은 비공정을 타고 다니신다는 것 자체가 잘못된 일이지요."

"그럼. 그뿐인가? 그나마도 제대로 못 탔어. 저건 나도 몇 번 못 타 봤다고. 이제 그런 건 끝이야."

황제가 환한 얼굴로 말했다.

"이거로 끝이 아니야. 인더스트리 놈들. 이따위 짓을 했으니 그냥 넘어가지 않겠다. 나에게 비공정이 잔뜩 생기면 인더스트리를 공격하겠어. 놈들의 공중 도시를 하나 빼앗아 버릴 테다. 그놈들도 잘못했으니 그 정도는 감수해야지."

황제가 신이 나서 말했다.

"공중 도시가 하나 생기면 거기서 만드는 물자는 다 내 거라고. 흐흐흐."

그런 그의 앞쪽 땅바닥에 화살이 하나 날아와서 꽂혔다. 황제는 처음에는 이게 무슨 뜻인지 몰라 멍하니 앉아 있었다. 그러다가 벌떡 일어섰다.

"놈들이다!"

황제가 소리를 질렀다.

"공격해 온 놈을 처리해라! 당장!"

황제가 숨은 곳 상공에는 인더스트리의 콜벳 급 비공정이 떠 있었다. 비공정의 크기는 작지만 그래도 함장은 있다. 그는 손에는 방금 한 발을 발사했던 애로우 런처가 들려 있었다.

"어째 반응이 없다냐? 여기서도 당첨되지 않았나 보다."

함장이 툴툴거렸다. 황제를 발견하는 공을 세우고 싶었던 그는 실망이 컸다.

"함장님, 다른 데로 가지요?"

조종사가 배의 중심을 잡는 데 신경 쓰면서 말했다.

"기다려. 쏘던 건 마저 쏘고 가자. 신의 손께서 한 지역에 최소한 카트리지 하나는 다 쓰라고 했거든."

함장이 대답하며 애로우 런처를 창문 바깥으로 내밀었다. 그리고 방아쇠를 하나씩 당겨 아홉 발의 화살을 아래쪽으로 쏘았다. 화살이 아래쪽 숲과 나무들 위로 사라졌다.

갑자기 그에 대한 화답이라도 하는 듯 숲 속에서 붉은 불덩어리가 솟아올랐다. 함장은 그걸 보고 경악을 했다.

"마법이다! 피해!"

함장의 비명 소리에 조종사는 기겁을 했다.

"전진 출력 최대! 속도 올려! 당장!"

조종사는 소리를 지르며 조종실 바닥을 뛰었다. 콜벳 급 비공정에는 상당히 작은 크기의 안티그라비스스톤 다섯 개가 붙어 있다. 비공정의 크기가 작다 보니 스톤도 조종실에 모여 있다. 콜벳 급은 단 한 명의 조종사가 각각의 스톤에 적당한 에너지를 공급해 줌으로써 비공정의 자세를 제어하는 구조였다.

조종사는 그 다섯 개의 안티그라비스스톤에 에너지를 최대한으로 공급했다. 후미 쪽의 추진기를 관리하던 선원도 급히 출력을 올렸다.

비공정 후미의 엔진실에서는 프로펠러가 맹렬한 속도로 돌아갔다. 하지만 비공정의 무게 때문에 속도가 갑자기 빨라지지는 못했다. 느릿느릿 움직이는 비공정의 바닥 철판으로 파이어 볼이 충돌하며 폭발했다.

"으악!"

바깥을 살피던 함장이 재빨리 머리를 집어넣으며 비명을 질렀다. 화염이 비공정의 외벽을 타고 흘렀다. 비공정이 요동을 쳤다.

함장은 금방 정신을 차렸다. 이마에서 뜨뜻한 것이 느껴져 손을 대보니 쓰라렸다. 피가 흐르는 사이로 다 타버린 머리카락도 만져졌다.

"피해는? 피해 상황을 보고하라!"

정신을 차린 함장이 다급히 소리쳤다.

"바닥의 장갑철판이 떨어져 나갔습니다!"

"좌측 외벽이 부서졌습니다!"

다급한 보고가 이어졌다.

"함장님!"

조종사가 소리를 질렀다.

"왜!"

"안티그라비스스톤 삼번과 오번이 날아갔습니다. 제기라알!"

조종사가 비명을 질렀다. 함장의 눈이 커졌다.

"비행할 수 있나?"

"균형 잡는 것도 버겁습니다!"

"어떻게든 해봐! 여기서 떨어지면 다 죽는다!"

함장이 소리 질렀다. 조종사는 세 개의 안티그라비스스톤에 에너지를 돌아가면서 공급하느라 얼굴에 땀이 흐르고 있었다. 그의 노력에도 불구하고 비공정은 한쪽으로 서서히 기울고 있었다.

"속도가 계속 증가하고 있어서 조종이 어렵습니다!"

"여기 남아 있으면 다 죽어! 일단 피해야 한다! 무조건 달려!"

함장이 소리 질렀다. 그리고는 작게 중얼거렸다.

"어떻게든 살아남자고……."

"이 바보 자식아!"

5서클 마법사가 기쁨에 날뛰던 부하 마법사를 걷어찼다.

"최대한 우리를 숨겨야 하는데 무슨 바보짓이냐! 우리가 여기 있다고 광고하는 거냐! 너, 적의 첩자냐?"

“하지만 포크님, 폐하께서 저놈을 처리하라고 하셨습니다.”

파이어 볼을 날려서 콜벳 급 비공정을 명중시킨 4서클 마법사가 황제를 물고 늘어지며 변명을 했다.

“이 자식아! 폐하께서 하신 말씀을 잘 새겨들었어야지. 폐하는 저놈이 우리를 눈치채지 못하게 처리하란 말씀이셨다. 폐하, 그렇지 않습니까?”

5서클 마법사 포크가 황제에게 고개를 돌리고 말했다. 그는 화가 치밀어 올랐다. 하지만 황제를 몰아붙이는 바보짓은 하지 않았다.

“그, 그렇지.”

황제는 자기가 실수했음을 깨닫고 얼버무렸다.

“이제 큰일났군. 다른 놈들이 움직일 텐데.”

포크가 떨리는 손을 쥐며 말했다. 황제가 그런 마법사에게 손을 내밀었다.

“이봐, 포크. 어떻게 안 되겠나?”

마법사 포크가 황제를 향해 공손히 고개를 숙였다.

“폐하, 이곳은 조금 전까지 제 환상 마법에 의해서 완벽하게 위장되어 있었습니다.”

“암, 내 알지. 포크 너의 위장 마법은 내가 인정하지.”

“그런데 저 바보 같은 녀석이 함부로 공격 마법을 써서 발각될 위험에 처했습니다.”

“그것도 알지. 여봐라, 저놈의 목을 쳐 버려라!”

황제가 과장된 동작으로 파이어 볼을 쏜 마법사를 가리키며 외쳤다.

“폐하, 그의 죄가 크나 지금은 손이 부족합니다. 저놈은 공격 마법에 꽤나 조예가 깊으니 잠시만 살려두시지요.”

"알았다고. 그럼 돌아가서 목을 치지."

"혹시 공을 세우면 목숨만은 살려주시지요."

"그래, 그래. 네 이놈! 공을 세울 기회가 오거든 목숨을 걸고 싸우거라. 그것이 네놈이 살아남을 유일한 길이니라!"

황제가 호통을 쳤다. 황제가 시키는 대로 비공정을 공격했던 4서클 마법사는 엎드리며 사죄의 절을 했다. 그 모습을 보던 5서클 마법사는 안도의 한숨을 쉬었다.

'됐다. 이제 위장 실패의 책임은 나에게 오지 않겠구나. 저 녀석도 잘하면 살아남겠고. 오히려 황제의 신임을 얻었으니 전화위복이군. 남은 것은 정말로 살아남는 방법이다.'

포크가 머리를 굴렸다.

"야, 포크. 그래서 이제 우린 어떻게 해야 하나? 내 비공정을 타고 뜨는 게 어떨까?"

초조해진 황제가 질문했다. 지금 그가 의지할 것은 포크뿐이다.

포크는 하늘을 둘러보았다. 협곡 쪽에 만든 위장 진지는 바로 머리 위의 하늘밖에 볼 수 없었다.

"적이 다른 놈들이었으면 뜨는 것이 최선의 방법입니다. 그러나 현재 폐하를 쫓는 것은 인더스트리의 비공정입니다. 저런 낡은 것으로 달아나는 것은 가만히 있는 것만 못합니다."

"그런가? 인더스트리 놈들은 도대체 돈을 얼마나 처먹어서 감히 나를 노리는 거지? 돈이라면 내가 더 많은데. 그럼 어찌해야 할까?"

"기다리는 수밖에 없습니다. 저놈의 파이어 볼에 비공정이 완전히 무력화됐습니다. 아마 지금쯤 추락했을 겁니다. 근처에 다른 놈들이 없었다면 무사히 넘어갈 수 있습니다. 물론 오래 숨어 있을 수는 없습니다. 하지만 우리는 지원 병력이 올 때까지만 버티면 됩니다. 폐하가 이곳에 계시니 머잖아 근위 부대들이 잔뜩 몰려오지 않겠습니까?”

포크가 대답했다. 아무리 머리를 굴려봐도 이제 바랄 건 그것뿐이다.

“하하하. 그렇지. 내가 바로 황제다. 내가 있는 곳에 근위대가 있어야지. 암.”

황제가 불안한 표정으로 호탕하게 말했다.

제이가 황제를 찾기 위해서 사방에 깔아둔 것이 콜벳 급 비공정이다. 더구나 그들은 제국 기병군단들의 이동을 보고서 황제가 있을 것으로 예상한 지점 주변에 몰려 있었다. 그러니 콜벳이 하늘 위에서 폭발하는 모습을 다른 비공정들이 발견 못할 리가 없다.

“아군 비공정 피격! 아군 비공정 피격!”

배틀쉽 급의 거대한 비공정의 함교에 시끄러운 고함 소리들이 난무했다. 외부 관측 중이던 선원의 긴급 보고를 받은 사람들이 일제히 창밖으로 고개를 돌렸다. 그들의 눈에 불이 붙은 채로 비틀거리며 날아가는 비공정이 보였다.

“걸렸다!”

트루먼 제독이 주먹을 쥐었다.

“모든 비공정은 아군이 피격된 지점으로 집결해서 적을 공격하라. 황제는 생포해. 신호 마법을 쏴!”

제독이 고함을 질렀다.

“중계 지점에 명령 메시지 마법 보냅니다. 곧바로 신호 마법 발사합니다!”

통신 담당자가 통신 스크롤부터 찢으며 복창했다. 바로 뒤따라 배틀쉽 급 비공정의 머리 위로 파이어 볼트 마법과 아이스 애로우 마법이 연달아 솟아올랐다.

붉은 빛 사이에 섞인 푸른 얼음의 반짝임은 즉시 중계 지점에 명령 내용을 확인하라는 의미였다.

명령문은 '아군 피격 지점에 최고 속도로 도착하여 적을 제압하라. 황제는 생포하라' 였다. 모든 비공정은 확인 즉시 추진 엔진을 최대로 가동시켰다.

정찰을 위해서 사방에 깔아놓은 것은 자그마한 콜벳 급 비공정이다. 본격적인 전투함인 디스트로이어 급부터는 배틀쉽 급을 중심으로 한자리에 모여 있었다. 그리고 그들 모두는 불이 붙은 채 서서히 추락하고 있는 콜벳 급 비공정을 향해서 전속력으로 달려갔다.

"전 부대 도착 즉시 강하. 우리가 황제를 잡는다!"

제독이 함교에서 명령을 내렸다. 흥분한 제독의 얼굴이 붉어졌다.

하늘을 살피던 5서클 마법사 포크가 부하 마법사들을 불렀다.

"위장을 하던 환상 마법을 해제해라!"

그의 말에 황제가 깜짝 놀랐다.

"포크, 위장을 해제하라니? 그게 무슨 소리냐?"

"폐하, 이미 적들이 이곳을 완전히 파악하고 몰려왔습니다. 더 이상의 위장은 의미가 없습니다. 차라리 그 힘을 모아 적과 싸울 준비를 하는 것이 낫습니다. 여기엔 마법사나 기사도 좀 있고 병사도 천 명이 있으니까요."

포크가 질린 얼굴로 말하며 하늘을 가리켰다.

황제는 그때서야 자기가 서 있는 자리가 그늘로 변했음을 깨달았다. 그리고 고개를 든 그의 눈에 커다란 검은 물체가 보였다.

"인더스트리의 비공정입니다. 어마어마한 크기이군요."

"알아. 저건 배틀쉽이다. 선실에 무장한 병력 삼백 명을 태울 수 있는 거대한 비공정이지."

황제가 의자에 털썩 주저앉으며 말했다.

"일단 폐하를 지키며 시간을 끌어보겠습니다. 이곳에 있는 것은 나름대로 정예병들입니다. 적들의 수가 많지만 않으면 설사 싸움이 벌어진다고 해도 버티는 것은 문제가 없을 겁니다. 그리고 가능하다면 협상을 했으면 합니다. 인더스트리가 돈을 얼마를 받았든 폐하께서 더 주신다고 하면 되지 않겠습니까?"

포크가 공손히 말했다. 그러나 그건 그 스스로에게 용기를 주기 위해서 하는 말이다.

"돈? 돈이라면 얼마든지 내놓을 수 있다. 가장 중요한 건 내 목숨이니까. 알고 있겠지?"

황제가 다짐 삼아 말했다.

"물론입니다, 폐하."

포크가 대답했다.

위장 마법에 의한 가짜 나무들은 가까이에서 보면 조잡한 수준이었다. 하지만 멀리서 보면 푸른 숲처럼 보이니 위장으로는 그만이었다.

그 위장 마법이 걸린 곳은 하나의 분지였다. 분지 둘레는 나무가 무성했지만 황제가 있는 곳은 달랐다. 원래 있던 나무들이 깨끗하게 베어지고 땅을 파헤쳐 뿌리까지 제거했다. 그리고 그 자리에 텔레포트 마법진이 발동한 흔적이 남아 있었다. 마법진은 한 번의 발동으로 보유한 마나를 모두 소모했음은 물론이고 그 형체마저 상당히 뭉개져 있었다.

　분지의 한쪽에는 낡은 디스트로이어 급 비공정이 숨겨져 있었다. 그리고 천여 명의 기사와 병사들이 황제의 앞에 서서 무기를 빼어 든 채 잔뜩 긴장하고 있었다.

　그리고 분지의 맞은편에 배틀쉽 급의 비공정이 서서히 착륙했다. 비공정의 상갑판에 설치된 세 개의 대공 애로우 런처가 황제 일행을 겨누었다.

　배틀쉽 급에만 장착되는 대형 발리스터도 초대형 화살을 당긴 채로 대기했다. 발리스터용 화살은 사람 키보다 훨씬 길었고 사람 다리만큼 굵었다.

　비공정이 완전히 바닥에 내려서기 전에 백여 명의 사람들이 뛰어내렸다. 사람 키의 몇 배나 되는 높이였지만 그들은 조금도 어려움없이 사뿐히 일어섰다.

　그 모습을 본 제국군의 얼굴이 일그러졌다.

　“으음. 저놈들, 기사군.”

　황제가 신음 소리를 내며 말했다.

　“틀림없습니다. 일반 병사라면 무장을 한 상태로 저 높이에서 뛰어내릴 수 없습니다.”

　“당연하지. 병사들이 그랬다가는 다리가 부러지니까. 기사니까 할 수 있는 거야. 내 근위기사들 중에는 저 높이를 뛰어오르는 놈들도 널려 있는데 뛰어내리는 것 못하겠어? 젠장. 그놈들이 아쉽군. 지금쯤 박

터지게 싸우고 있을 텐데."

황제뿐이 아니라 다른 병사들도 이들이 기사임을 깨달았다. 그리고 그 기사들은 비공정의 앞쪽에 늘어섰다. 제국군의 공격에 비공정을 보호하기 위해서였다.

황제에게 병력을 책임지는 나프 자작이 다가와서 소곤거렸다.

"폐하, 지금 공격한다면 아직 우리가 유리합니다. 우리가 기사들을 처리하고 마법사들이 비공정을 부숴 버리면 다른 놈들도 쉽게 착륙하지 못할 겁니다."

그 말에 마법사 포크가 화들짝 놀랐다.

"안 됩니다, 폐하. 비공정이 저것 하나만 왔을 리가 없습니다. 더구나 여기 착륙 못하면 다른 곳에 내려서면 됩니다. 위험합니다.

"이보시오, 포크 남작. 그렇게 겁만 먹으면 어쩌겠다는 거요? 어차피 우리는 시간만 끌면 되는 것 아니오? 놈들이 다른 곳에 착륙한다면 그만큼 시간을 확보하는 것 아니오?"

나프 자작이 성을 냈다.

"그것만으로 부족합니다. 차라리 협상을 하면서 시간을 끄는 것이 낫습니다. 이분은 제국의 황제이십니다. 놈들도 함부로 대하지 못할 겁니다. 지금 가장 중요한 것은 황제 폐하의 안전 아닙니까?"

둘이 말싸움을 했지만 마법사 포크 남작의 말이 황제에게 먹혔다.

"그렇지. 나는 황제라고. 놈들이라고 해도 함부로 덤벼들지는 못해."

"폐하, 그것보다는 차라리……."

"시끄럿."

"예, 폐하."

나프 자작이 재빨리 머리를 숙이며 물러섰다. 황제가 싫다고 했으면 그것으로 끝이다. 겨우 자작 정도로 더 이상 뭐라 할 수는 없다. 상황이 달랐다면 말조차 못 붙일 신분 차이다.

그들이 말싸움을 하는 사이에 배틀쉽 급 비공정은 완전히 착륙했다. 그리고 거기서 이백여 명의 병사들이 우르르 뛰어내렸다. 모두 경보병이었다.

"저것 봐, 저것 좀 보라고. 놈들은 기사는 겨우 백 명뿐이잖아! 병사도 이백이 전부고. 나프 자작, 우리는 어떻게 되지?"

"예, 폐하. 기사가 백 명에 중장보병이 구백 명입니다. 그리고 마법사가 스무 명 있습니다."

"뭐? 기사가 왜 그렇게 적어? 감히 나를 지키는데 기사 백밖에 없다고? 마법사는 왜 또 그것밖에 없어?"

황제가 성을 냈다.

"폐하, 저희는 단지 폐하께서 탑승하실 비공정을 지키는 것이 임무였습니다. 마법사들 역시 텔레포트 마법진을 만드는 것이 임무입니다. 천인대에 기사 백에 마법사 스물이라면 근위군단보다도 더 높은 수준입니다."

"시끄럽다. 돌아가서 책임을 묻겠어. 그나저나 아직 우리가 더 많은 거잖아?"

"그렇습니다, 폐하. 하지만……."

"하지만 뭐?"

"하늘을 다시 보십시오, 폐하."

나프 자작이 공손히 말했다. 황제는 다시 하늘을 올려보았다. 하늘 위로 몇 대의 비공정이 더 떠 있는 것이 보였다.

"많… 많구나."

황제가 기가 질려 말했다.

황제가 있는 곳 주변의 숲에서 병사들이 몰려나오기 시작했다.

"저놈들은 또 뭐냐!"

황제가 이제 더 놀라기도 지쳤다는 듯이 질문했다.

트루먼 제독이 앞으로 나섰다.

"황제 폐하, 그들은 다른 비공정에서 내린 병사들입니다. 아직 다 오지 않았으니 조금 더 기다리시지요?"

제독의 말에 황제가 삐딱하게 쳐다봤다.

"그대는 누군가? 어디서 본 적이 있는 것 같은데?"

"인더스트리의 트루먼 제독입니다. 직접 뵌 적은 없습니다. 아마 제국 정보부가 제 초상화를 구하는 데 성공했나 보군요."

"그런가? 트루먼 제독이라. 기억나는군. 인더스트리 비공정군의 장군이라던가? 서열이 좀 높다고 했던 것 같은데?"

"그렇습니다, 폐하. 비공정군 총참모장입니다. 역시 제국 정보부입니다."

"그렇기는 뭘 그래. 네놈들의 이런 수작도 못 알아냈는데."

"우리 쪽에서 이번 일을 준비하신 분이 아주 특별하십니다. 제국 정보부 정도로는 상대하기 불가능하지요."

"시끄럽다. 그나저나 인더스트리는 우리 제국이랑 한판 제대로 붙어볼 생각인 거냐? 인더스트리가 국제 관계에 이렇게 깊숙이 개입해서는 좋은 꼴 못 볼 텐데?"

황제가 의자에 기울여 앉은 채 턱을 괴고 말했다. 속은 초조했지만 겉은 여유만만이다.

"폐하, 어쩔 수 없는 상황이었습니다. 이건 우리 인더스트리만이 아니라 제국과도 관계된 일입니다. 그것 때문에 폐하와 진솔한 대화를 나눴으면 하는 분이 계십니다."

"흥! 그런 말을 해도 믿지 않는다. 내가 여기로 텔레포트되기 전에 어떤 대단한 마검사 놈이 나를 죽이려고 했단 말이다."

"그분이 바로 폐하와 대화를 하실 분입니다. 이 작전을 준비하신 분이기도 하시지요."

"이놈! 내가 비록 네놈들에 비해 불리해졌다고 하나 제국의 황제다. 그놈이 나를 죽이려 했다. 어찌 먼저 죽여놓고 대화를 하는 법이 있단 말이냐! 나를 농락하려는 것이냐!"

황제가 버럭 화를 냈다.

"폐하, 뭔가 오해가 있었을 겁니다. 그분이 아까 전투를 벌인 장소에서 폐하를 기다리고 있습니다. 그러니 일단 비공정에 오르시지요."

트루먼 제독이 한 걸음 나서며 말했다.

나프 자작이 황제의 앞을 가로막았다. 다른 기사들도 황제를 둘러쌌다. 마법사들도 주문을 외우기 시작했다.

황제가 그런 부하들을 둘러보았다. 제국 병사들 너머로 계속 숫자가 늘어나는 강습 부대 병사들이 보였다. 그리고 하늘 위로는 비공정의 숫자가 점점 증가했다.

'저놈이 이렇게 나오는 거로 봐서는 내 안전은 보장되겠군. 날 죽이거나 붙잡을 생각이라면 벌써 공격하면 했지 이렇게 예의를 갖추지 않았을 테니까. 시간을 끌어서 부하들이 더 와도, 이미 포위된 상황에서는 내 목숨이 위험해진다.'

계산을 마친 황제가 의자에서 벌떡 일어섰다.

"비켜라, 이놈들. 칠칠치 못한 것들. 네놈들 실력으로 나를 지킬 수 있겠냐? 내가 가겠다. 돌아가면 지금쯤 내 부하들이 그 녀석을 붙잡아놨겠지. 가서 그놈이 무슨 소리를 하는지 들어주겠다. 나는 제국의 황제다."

황제가 큰소리를 뻥뻥 치며 배틀쉽 급 비공정으로 걸어갔다.

론즈 공작은 제이를 노려보며 화를 내고 있었다.

"이놈, 나를 속였구나."

누워 있던 제이가 공작을 힐끗 보더니 몸을 일으켰다. 그러나 여전히 엉덩이를 바닥에 깔고 앉은 상태였다.

"뭐가?"

"방금 부하들의 보고가 들어왔다. 우리 기병군단들이 출동한 후에 그 방향으로 이동하는 비공정들이 다수 관측되었다. 이게 무슨 뜻이냐? 나를 속인 것 아니냐? 으드득."

공작이 이를 갈며 말했다.

"아아, 미안하군."

제이가 웃으며 일어섰다. 엉덩이를 탈탈 털었다. 한껏 여유로운 모습이었다.

"전쟁이란 원래 속고 속이는 거지. 전쟁터에서는 적을 잘 속이는 사람이 명장이야."

"이놈! 네놈에게는 신의란 없단 말이냐?"

"서로 못 죽여 안달인 처지에 신의는 개뿔."

"내가 너를 용서치 않을 것이다. 네놈들 전부를 쳐 죽이겠다."

공작이 검을 뽑아 제이를 겨누며 말했다.

"이봐, 공작. 아직 이해를 잘 못하나 본데, 당신이 나에게 계속 속았잖아? 그 결과가 뭐겠어?"

"네놈들이 모두 죽는다는 것이 그 결과다."

"이런 바보 같은 사람 봤나. 당신이 속았으니 이제 황제의 위치는 우리 쪽에 파악됐다고. 아까 내가 말한 부대는 진짜야. 그 부대가 지금쯤 황제를 잡았을 거야."

"또 그런 소리. 이제 믿지 않는다. 그리고 폐하의 손끝이라도 다치게 했다가는 네놈들 모두 몰살이다!"

"몰살이고 자시고 당신네 폐하는 우리 수중에 있다고."

"안 믿는다니까. 우리 기병 군단들이 폐하에게 먼저 도착하기만 하면 네가 말한 병력 정도는 얼마든지 막을 수 있다."

"그래, 그래. 그럴 거야. 당신네 기병 군단이 먼저 도착했다면 그렇겠지. 그럼 그걸 믿고 우리를 공격해. 대신에 만약 당신네 기병 군단이 더 늦게 도착했다면 어떻게 될까? 내 부하들이 황제를 데려오다가 우리가 공격당하는 것을 보면?"

"이놈! 또 협박하는 거냐?"

"협박으로 다들 살릴 수 있다면 까짓거 백번이라도 해주지. 네 부하들이 내 부하들을 죽이면, 내 부하들은 황제를 죽여."

"거짓말 마라. 네놈들 주제에 황제 폐하를 시해할 수는 없을 거다."

"그럼 모험을 해보던가. 나는 좀 더 쉴 테니까 잘 생각하라고."

제이가 다시 드러누우면서 말했다. 완전히 무방비한 상태다. 어차피 몸이 워낙 엉망이라 더 이상 싸울 힘도 없다.

총리대신 론즈 공작이나 소드 마스터 마르스 후작, 그리고 궁정 마법사 지클 후작 모두 보고만 있을 수밖에 없다. 그들은 황제의 목숨을 가지고 장난칠 수 없다.

"이거 좋긴 좋군."

황제가 배틀쉽 급 비공정의 실내를 둘러보며 말했다.

"우리가 보유한 비공정 중 가장 큰 배입니다."

트루먼 제독이 예의를 갖춰 말했다.

"그래, 그렇군. 역시 배틀쉽이야. 비행 중에 요동치지도 않네?"

"폐하 것처럼 작은 비공정이 아닙니다."

"좋아, 좋아. 이렇게 공간이 넓으면 내 침실, 접객실, 주방, 보물 보관 창고, 대신들을 불러다 회의도 할 수 있겠고, 그 외의 여러 가지를 만들 수 있겠군."

"폐하가 가진 비공정은 디스트로이어 급입니다. 그것에는 이런 공간이 나오지 않습니다."

트루먼 제독이 웃으며 말했다.

"이보게, 제독. 그래서 내가 하는 말인데, 이거 한 척만 팔면 안 되겠나? 그럼 우리 사이의 대화가 더 매끄러워질 것 같은데."

황제가 제독에게 간절한 표정으로 말했다.

"비공정은 판매하지 않습니다."

"알지, 내 알아. 그래도 옛날에는 판매한 적이 있지 않나?"

황제는 물러서지 않았다. 막상 타고 보니 이 비공정이 정말 탐이 났다.

"아주 옛날이라고 알고 있습니다."

"옛날이지. 우리 황궁의 기록에 의하면 당신들이 팔지 않은 지 백 년은 됐을 거야. 내 비공정은 둘 다 백 년이 넘은 낡은 물건이란 말이야. 솔직히 내 거, 비상시에는 몰라도 평소에는 타고 싶지 않아. 십 년 전까지는 세 대였는데, 한 대가 하늘을 날다가 푸다닥 부서졌거든. 그냥 나뭇조각이 돼서 비처럼 떨어졌지. 거기 탄 사람들도 마찬가지고.”

“아무리 우리 인더스트리에서 만들었다고는 하지만 백 년이나 지난 물건입니다. 내구성을 보장할 수가 없습니다.”

“그래, 그러니까 새로 한 대 팔라니까. 이 배, 난 이게 마음에 드는군. 돈이라면 얼마든지 내겠어.”

“팔지 않습니다. 돈이라면 넉넉합니다.”

제독이 딱 잘라 거절했다.

“거 너무하는군. 내가 바로 황제야. 황제가 말하는데도 안 된다는 거야?”

황제가 불쾌한 표정으로 말했다.

트루먼 제독은 황제를 납득시킬 필요가 있음을 깨달았다. 황제가 너무 기분이 상하면 제이가 하려는 일에 방해가 된다.

“폐하, 우리 인더스트리는 공중 도시로 올 수 있는 어떠한 운송 수단도 판매하지 않습니다. 이건 오래전부터 전해져 온 규칙이며, 저 정도의 권한으로는 바꿀 수 없는 일입니다.”

트루먼 제독이 좋은 얼굴로 말했다.

“아, 안다니까. 백 년 전에 어떤 도둑놈들이 비공정 타고 당신네 공중 도시 중 하나에 들어갔다며? 마법 방해 장치가 있어도 비공정은 어쩔 수 없었겠지. 그때 그 공중 도시에 쌓아놓은 보물이 왕창 털렸다고 들었는데…….”

“그, 그런 일이 있었습니까?”

트루먼 제독이 몰랐다는 얼굴로 말했다.

'공중 도시의 안전을 위해서 판매하지 않는다는 것은 알았지만, 그 계기는 따로 있었군.'

트루먼 제독은 그때서야 비공정 판매 금지의 이유를 깨달았다. 비공정은 그것이 너무 많이 팔리면 언제 뒤통수를 맞을지 모른다는 이유 때문에 판매가 금지되어 있다. 그런데 그 계기가 되는 일은 백 년 전 것이다. 기록을 제대로 남겨두지 않는 인더스트리에서 백 년 전이면 고고학이라도 동원해야 알아낼 만큼 오래된 일이다.

"왜 모른 척하고 그러나? 어쨌든 나는 황제란 말이야. 내가 뭐가 아쉬워서 당신네 공중 도시에 도둑질하러 가겠나? 그러니까 한 대만 팔지? 내가 값은 제대로 쳐준다니까."

황제가 다시 달라붙었다.

"안 됩니다. 그나저나 목적지에 거의 도착했습니다. 곧 착륙하니 자리에 앉아주시기 바랍니다."

제독이 매정하게 거절했다.

"벌써? 어디, 신하 녀석들이 놈들을 잘 잡아놨는지 볼까?"

황제가 비공정의 창으로 아래쪽을 살폈다. 그의 표정이 일그러졌다.

8

“**비**공정이 착륙한다!”

기사 하나가 소리를 질렀다.

“알아!”

속이 배배 꼬인 론즈 공작이 신경질을 냈다.

“근위기사단은 비공정을 맞아라. 폐하가 내리시면 경호에 만전을 기해라. 마법사단은 마법 준비. 만약 저기에 폐하가 타셨다는 말이 거짓말이라면 즉시 박살을 내버려라.”

론즈 공작이 지시했다.

서슬 퍼런 근위기사단 천여 명이 버티고 서 있는 앞으로 비공정이 착륙했다. 비공정의 문이 열리고 몇 명의 인더스트리 병사가 애로우 런처를 들고 내렸다. 그러나 근위기사단을 본 그들은 바짝 얼어버렸다.

그 뒤를 따라 일단의 기사들이 뛰쳐나왔고 다시 제국 황제가 한껏 의젓한 자세로 비공정에서 걸어나왔다. 그 모습을 보고 론즈 공작이 뛰쳐나갔다.

"폐하!"

론즈 공작이 죽은 아들 살아온 것을 본 것처럼 반가운 표정으로 황제를 불렀다. 그러나 그는 황제에게 다가갈 수 없었다. 황제는 강습 부대 기사들에 의해 완벽하게 포위되어 있었다.

그리고 황제가 론즈 공작을 보는 눈빛도 그다지 밝지는 않았다.

"이봐, 론즈 공작."

"예, 폐하. 옥체는 무강하시옵니까?"

론즈 공작이 땅에 엎어지며 말했다.

"닥치고 좀 묻자. 저놈들이 왜 저리 멀쩡히 서서 돌아다니는 거야? 내가 없는 동안 다 잡아버렸어야 하는 거 아냐?"

황제의 말에 론즈 공작의 숙인 얼굴이 딱딱하게 굳었다. 그러나 평생을 정치에 단련된 그답게 어느새 웃는 얼굴을 만들어 황제를 올려다보았다.

"폐하, 그들이 폐하의 안전을 가지고 협박을 하는 바람에 소신은 감히 뭘 할 수가 없었습니다."

"변명하지 마라. 이곳은 내가 떠났을 때의 그 상황 그대로 아니냐? 내가 놈들에게 잡히… 놈들과 만난 그 시간이 작지 않다. 다른 것들은 몰라도 여기 나를 노린 놈들은 태반이 죽어 있어야 하지 않겠냐?"

"폐하, 저놈들은 폐하가 자기들 수중에 있다고 주장했습니다."

"그 말을 믿었단 말야? 론즈 공작, 그렇게 안 봤는데 어리버리하네?"

"안 믿을 수가 없었습니다. 통신마저 제대로 되지 않아 텔레포트 도착점의 안전을 확인할 수 없었습니다."

"뭘 확인을 못해? 가자마자 안전하다고 보냈는데!"

황제가 소리를 버럭 질렀다. 난처해진 론즈 공작이 고개를 돌려 제이를 노려보았다. 제이가 손을 흔들어주었다.

"통신 중계 기지는 제일 먼저 우리 손에 넣었습니다. 잡아 잡쉬달라고 놓고 있는 통신 기지를 가만둘 리가 있습니까?"

제이가 말했다. 현대전에서 적의 통신 교란은 아주 효과 좋은 전술이다. 반면에 이 세계에는 효과적인 침투 방법이 없기에 교란 전술이 제대로 개발되지 않았다. 하지만 제이에게는 비공정이 있다.

제이의 말에 론즈 공작의 눈이 돌아갔다.

"이놈! 비공정이 있었기에 가능한 일을 한 것 가지고 대단한 척하지 마라. 네놈들에게 비공정이 있다는 것만 미리 알았으면 더 단단히 준비했을 것이다!"

"누가 뭐라나? 그런 건 중요한 게 아냐. 중요한 건 이거지. 당신네는 몰랐고, 전쟁은 끝났지."

제이가 유쾌하게 말했다.

"끝나다니! 누구 마음대로 끝나!"

제이가 팔팔한 모습에 기분이 상한 황제가 버럭 소리를 질렀다.

"자, 스트릭 제국 황제 폐하. 폐하가 끝내셔야지요. 남의 수작에 넘어가서 일으킨 전쟁. 계속하시겠습니까?"

제이가 설득을 시작했다.

"흥. 수작이라니? 그 말이야말로 수작 아니냐? 누가 감히 나에게 수작을 건단 말이냐?"

황제는 콧방귀를 뀌었다.

“마족이지요.”

제이가 말했다.

마족은 이쪽 세계 인류의 공통된 적이다. 그리고 마족이 개입했다고 하는 말은 제국의 황제라고 해도 웃어넘길 수 없다. 더구나 이번에 마족이 부리는 수작의 대상이 제국이다.

황제는 물론이고 제국 고위 귀족들의 안색이 모두 돌변했다.

“나를 협박하는 거냐?”

“협박이라니요? 현실입니다.”

제이의 말에도 황제는 쉽게 믿지 못했다.

“말도 안 된다. 우리 제국의 궁정 마법사는 7서클이다. 마족이 곁에 있다면 못 느낄 리가 없어. 그리고 황실에는 상주하고 있는 신관들도 많다. 어디 감히 마족이 황실에서 돌아다닌다는 거냐? 마족 따위는 황실은 고사하고 제국 수도에 발붙이지도 못한다.”

황제가 확신을 가지고 선언했다.

“일반적인 마족이라면 그렇습니다. 하지만 마족 놈들이 재미있는 물건을 만들어냈습니다. 프로텍터라고 부르는 것이지요. 이 프로텍터라고 하는 것은 조그마한 액세서리처럼 생겼습니다. 요만하지요.”

제이가 엄지와 검지손가락을 벌려 보였다.

“작군.”

황제가 실룩거렸다.

“작다고 우습게보면 안 됩니다. 이건 능동형 마법 아이템입니다. 기능은 단 하나, 마족 몸에서 흘러나오는 마기를 아주 효율적으로 흡수합니다. 마기가 느껴지지 않으면 어지간히 예민한 사람이라고 하더라도 바로 옆에 있는 마족을 구분하지 못합니다.”

제이의 말에 사람들의 얼굴이 심각하게 변했다. 머리 잘 돌아가는 편인 론즈 공작이 황제 대신 나섰다.

"그럼 네 말은 그것으로 마족이 우리 황궁에 침투했다는 말이냐? 황제 폐하의 곁에 마족이 있다는 뜻이냐? 그런 것이냐?"

론즈 공작의 말에 더 놀란 것은 황제였다. 그는 불안한 얼굴로 주변을 둘러보았다. 평소에 마음에 조금 안 들던 자들이 모두 의심스러워 보였다.

"그럴 리가 있겠습니까? 프로텍터의 성능은 그렇게까지 완벽하지 않습니다. 아무리 장착하고 있어도 6서클 마법사나 고위 신관 정도라면 어렵지 않게 마족을 구분할 수 있습니다. 5서클 마법사나 실력이 괜찮은 신관도 운이 좋으면 마기를 잡아낼 수 있습니다."

제이의 말에 황제는 안도의 한숨을 쉬었다.

"그럼 내 주변에는 마족이 없겠군. 휴우, 다행이다."

"폐하 바로 곁에는 없겠지요. 하지만 제국에는 제법 많을 겁니다."

"뭐얏! 내 제국에? 그럼 그 아이템을 가진 마족 놈들이 많단 말이냐!"

"이건 능동형 마법 아이템입니다. 마족들이라고 해서 무한정 찍어낼 수는 없습니다."

"난 또 뭐라고? 마족 몇 놈이 제국에서 활동하는 것은 항상 있던 일이다. 그 정도라면 황제인 내가 신경 쓸 건 아냐."

황제는 여유를 찾았다.

"기존에는 그랬습니다. 마족이 날뛴다고 해도 죽는 것은 평민들뿐. 아니, 일부 귀족까지 죽었다 해도 제국의 황제 폐하께서 신경 쓰셨을 리가 없습니다."

“당연하지. 나는 황제다. 나는 마족이 나타났다는 소식이 들리면 토벌하라는 명령을 내린다. 마족을 잡은 후에는 그 결과 보고를 듣는다. 그것이 황제의 일이다. 마족이나 되니까 나한테까지 보고가 오는 거다. 그저 그런 몬스터들에게 평민이 좀 죽었다는 이야기는 내 귀에 들리지는 않는다.”

황제가 당연하다는 듯이 말했다.

“뭐, 폐하가 귀를 막은 거야 어제오늘 일이 아니니 그건 알고 있습니다. 피가 고귀하신 분이신데 어디 보통 사람들에 대해서 관심이나 있겠습니까?”

“당연하지.”

황제의 말에 제이는 쓰게 웃었다.

‘망할 놈의 신분 차별.’

제이는 이쪽 세계에 불만이 많지만 어쩔 수 없다. 지금은 인류의 생존이 우선이다.

‘슬슬 이 전쟁을 끝내야 할 때군.’

제이가 황제에게 서서히 다가갔다. 제국 근위기사단이 깜짝 놀라며 그 앞을 막아섰다. 근위기사단의 움직임에 놀란 강습 부대 기사들도 황제를 단단히 포위했다.

황제는 자신의 처지를 다시 한 번 깨달았다. 당장 동원 가능한 군대가 이백만 명이나 있다. 그러나 지금 그의 목숨은 바로 옆에 붙어 있는 기사 수십 명이 쥐고 있다. 그리고 그들에 대한 명령권은 제이가 가지고 있다.

“크흠. 그가 이리 오도록 해주거라.”

황제가 인심 쓰듯이 말했다. 어차피 오나 안 오나 차이가 없다.

근위기사들이 양쪽으로 갈라서 길을 냈다.

"폐하 주위에는 마족이 없습니다. 제국의 폐하는 고사하고 왕국의 국왕 근처에도 감히 있을 리가 없습니다. 하지만 다른 곳에 있지요."

"어디에 있다는 말이냐!"

황제가 짜증을 냈다.

"인간 세계에 침투한 마족 놈들은 귀족으로 위장을 하고 있습니다. 그것도 지방에서 영지를 가진 귀족이지요."

"말도 안 된다. 귀족이라고 하는 것은 쉽게 되는 것이 아니다. 더구나 영지를 가지고 있다니. 알지도 못하는 놈이 그런 자리를 차지하도록 내가 구경만 하고 있었을 것 같으냐!"

"한두 해에 이뤄진 일이 아닙니다. 마족 놈들은 수명이 질깁니다. 정확히는 모르지만 적어도 십 년이 훨씬 넘는 옛날부터 점진적으로 침투해 왔습니다. 그 기간 동안 전쟁에서 공을 세우거나 돈으로 작위를 사면 됩니다. 방법은 많습니다."

"아무리 그렇다고 해도 그런 일이 계속 일어나면 눈치채지 못했을 리가 없다."

"이 짓을 시작한 초기에는 마족에게도 프로텍터라는 마법 아이템도 몇 개 없었겠지요. 당연히 인간계 전체에 겨우 몇 마리쯤 침투해도 아무도 눈치챌 수 없었습니다. 프로텍터를 만드는 데 성공할 때마다 마족의 인간계 침투는 늘어났고, 그것이 지금에 이르러 제법 적지 않은 수의 마족이 세상에 인간 귀족인 척하면서 돌아다니고 있습니다."

"뭐라? 그런 놈들이 정말로 있다는 말이냐? 내 이놈들을 가만두지 않겠다. 철저히 조사해서 모두 없애 버릴 테다!"

황제가 성을 냈다.

"물론 폐하를 위협하는 그런 세력들은 남겨두고 싶지 않으시겠지요. 더구나 마족이라면 스트릭 제국 황실 자체를 노리는 것일지 모르니."

제이의 부추김에 황제는 더 길길이 날뛰었다.

"가만두지 않겠다. 마족 따위가 감히! 론즈 공작, 의심스러운 자들은 모두 잡아다가 심문해라. 자신이 마족이 아님을 증명하지 못하면 모두 목을 쳐라!"

그러나 총리대신인 론즈 공작은 제이의 장단에 맞춰 춤을 추고 싶은 생각이 없었다.

"폐하, 그건 그리 쉽게 조사할 수 있는 일이 아닙니다. 저자의 말대로라면 고위 신관이나 6서클 이상의 마법사를 보내서 차근차근 조사해야 하는 일입니다. 제국에 귀족은 많고 고위 마법사나 신관의 수는 극히 적습니다. 특히 영지를 가진 귀족들은 제국 전체에 퍼져 있습니다. 가는 길은 멀고 사람은 적습니다. 저자의 주장은 앞으로 십 년이 걸리더라도 증명할 수 없습니다. 폐하, 저자의 말은 사기입니다. 오늘 하루 종일 우리를 속였듯이, 또 속이고 있습니다. 증명할 수 없는 것을 주장함으로써 폐하를 기만하고 있습니다."

론즈 공작이 열변을 토했다.

"그것도 그렇지. 내가 처지가 이 모양이라 잠깐 흥분했다."

황제가 진정하며 중얼거렸다. 그리고는 자기 앞으로 다가온 제이를 노려보았다.

"네 이름이 무엇이냐?"

"제이입니다."

"제이라. 그 망할 놈의 정보 중에 제대로 된 것도 하나쯤은 있군. 미끼 부대장의 이름만 맞고 다 틀렸다. 너, 내 밑으로 올 생각은 없느냐? 내가 너에게 제국 백작의 작위를 내리겠다. 네 부하들도 모두 받아들여 주마. 그들도 금화를 받고 제국 군대에 편입될 것이다. 어떠냐?”

“싫습니다.”

제이가 속으로 코웃음을 치며 말했다.

“무엇 때문이냐? 혹시 가족 때문이냐? 걱정 마라. 너는 물론이고 네 부하들의 가족들까지 모두 안전할 것이다. 누가 감히 황제인 내가 보호하라고 한 자들에게 손을 대겠느냐? 그리했다가는 나에게 점령된 후 참형에 처해질 터인데!”

황제가 자신만만하게 말했다.

“그런 쓸데없는 소리 하실 때가 아닙니다. 이제 그만 전쟁을 끝내십시오.”

제이가 황제에게 본론을 꺼냈다.

“전쟁을 끝내? 그리는 못한다. 이백만 대군을 모았다. 이것이 쉬운 일인 줄 아느냐?”

“끝내야 합니다.”

제이가 단호하게 말했다.

“나를 설득해 보거라. 혹시 내 마음이 변할지 모르니.”

황제가 팔짱을 끼고 고개를 돌린 채 말했다.

“이 전쟁이 폐하의 뜻으로 시작된 것입니까?”

제이가 황제를 주시하며 질문했다.

“물론이다. 내가 아니면 누가 감히 이런 큰일을 벌일 수 있단 말이냐?”

“남이 부추겨서가 아닙니까? 전쟁을 하면 큰 이익을 얻을 수 있다고 떠들어댄 자들이 없단 말입니까?"

제이의 말에 귀족 몇이 뜨끔한 표정을 지었다.

"물론 있다. 나는 황제다. 설마 제국에서 이루어지는 모든 일이 내가 먼저 이야기해야만 이루어진다고 생각했단 말이냐? 신하들은 의견을 말하고 나는 결정을 한다. 내가 결정하면 그것이 바로 내 뜻이다."

"그렇겠지요. 하지만 폐하에게 한쪽 이야기만 집중적으로 해주는 사람들이 있었을 겁니다. 오랜 시간 그렇게 듣다 보면 폐하 역시 이 전쟁이 당연히 해야만 하는 거라고 생각하겠지요."

제이가 설명을 시작했다. 그리고 그의 말을 끊는 날카로운 여자 목소리가 터져 나왔다.

"폐하, 저자의 농간에 넘어가지 마십시오!"

황제가 데려온 젊은 후궁이었다. 그녀는 제이를 표독스러운 표정으로 노려보고 있었다.

"엘리자베스, 왜 그러느냐?"

"폐하, 저자는 지금 폐하와 충신들 사이를 이간질하려 하고 있습니다."

엘리자베스가 잔뜩 성난 표정으로 말했다.

"그렇습니다, 폐하. 귀를 막으십시오."

"사악한 자입니다. 당장에 목을 쳐야 합니다."

"네 이놈! 예가 감히 어디라고 그런 망발이냐!"

근위기사단의 틈에 숨어 있던 고위 귀족들이 일제히 소리쳤다. 황제가 고개를 끄덕였다.

"보아라, 이놈아. 네놈의 말을 저렇게 모두 반대하지 않느냐?"

황제의 호통에 제이가 피식 웃었다. 그 모습을 본 귀족들이 다시 벌

떼처럼 일어났다.

"네 이놈! 감히 어느 안전이라고 그따위 웃음이냐?"

"당장 쳐 죽일 놈."

"마르스 후작, 후작은 뭘 하고 계시오? 당장 놈의 목을 잘라 폐하께 바쳐야 할 것 아니오!"

제이가 그런 귀족들을 돌아보았다. 그리고 숨을 크게 들이쉬었다.

"닥쳐라!"

제이의 호통 소리는 마치 사자후나 되는 양 호쾌하게 터졌다. 그 목소리의 기세에 눌려 귀족들의 입이 순식간에 다물어졌다.

"예상대로구나. 네놈들은 충신을 가장한 역적이냐? 아니면 바로 네놈들이 이번 전쟁을 일으킨 자들이기 때문이냐? 무엇 때문에 이리 건방지게 나오느냐? 너희 황제의 목숨은 바로 내 손에 있다. 그걸 알면서 일부러 그러는 것이냐? 내가 황제의 목을 치기를 바라고 그렇게 난리를 치는 것이냐? 너희 같은 놈들 때문에 내가 명성과 힘을 얻기 전까지는 사실을 밝히지 못한 것이다. 전쟁을 미리 막지 못한 것은 바로 너희들 때문이다!"

제이가 고함을 질렀다. 어느새 빼어 든 그의 검은 마법이 발동되어 빛나고 있었다. 그 서슬에 귀족들은 순식간에 찌그러들었다. 그리고 더 놀란 것은 황제 자신이다. 황제가 자기 목을 무의식중에 쓰다듬었다.

"이, 이봐라, 너희들. 조용히 하고 있어라. 제이 경이 할 말이 아직 안 끝나지 않았느냐? 지금부터 함부로 제이 경을 방해하는 자는 역적으로 간주할 것이니라."

황제가 자기를 포위한 기사들의 눈치를 살피며 말했다. 어느새 그가 제이에게 ‘경’ 이라는 칭호를 붙이고 있었다.

“감사합니다, 폐하. 그럼 이야기를 마저 하겠습니다.”

제이가 황제에게 말했다.

“어서, 어서 하시게나. 내 잘 들을게. 거, 듣는 것도 못하려고? 하하.”

황제가 어색하게 웃었다.

“마족들은 현재 제국뿐이 아니라 여러 나라에 침투해 있습니다. 그 마족들은 대부분 귀족이 됐습니다. 보통은 영지를 가진 귀족입니다. 그리고 그놈들은 몇 년 전부터 사람들을 쥐어짜서 돈을 모았습니다. 그 돈으로 군대를 늘렸습니다. 덕분에 사람들은 지금 굶고 있습니다. 지금의 엄청난 군대는 마족 놈들 때문에 생긴 것이지요.”

“이보게, 마족이 내 군대를 늘려줄 리가…….”

“이야기가 아직 안 끝났습니다.”

“아, 그렇지. 계속하시게나.”

황제가 재빨리 입을 다물었다.

“그놈들의 계략으로 주변 영주들도 다 군대를 늘렸지요. 몬스터들의 준동도 다 그놈들의 짓입니다. 몬스터들이 날뛴다는 소문이 들리니 욕심 많은 여러 영주들이 기회로 삼고 군대를 늘렸습니다. 주변에서 다들 그렇게 하니 너도나도 따라 하고, 그것이 이번 전쟁에 제국이 동원한 이백만 대군의 정체입니다.”

“하지만 이 군대는, 아, 계속하시게나.”

입을 열던 황제는 제이가 노려보자 즉시 입을 닫았다.

“이제 여러 귀족들은 군대가 많아졌는데 그것들을 쓰지 못해 몸이 근질근질해졌습니다. 군대를 방어 목적으로 준비해 두는 것은 꼭 필요한 일입니다. 하지만 귀족들이 가진 것은 그런 것이 아니지요. 대부분 자기가 감당할 수 있는 것보다 훨씬 많은 군대를 보유했습니다. 유지비는 빠져나가고 세금은 줄어듭니다. 금화가 줄어드는 것이 눈에 보이니 다들 초조하겠지요. 그때 마족들이 살금살금 수작을 부리기 시작했습니다."

"폐하, 저자의 망언을 더 이상 들을 수가 없습니다!"

고위 귀족 하나가 악을 썼다.

"저 새끼, 입 닥치게 만들어!"

깜짝 놀란 황제가 고위 귀족을 가리키며 소리쳤다. 그리고는 자기 목을 쓰다듬었다.

황제의 명령이 떨어지기가 무섭게 소드 마스터 마르스 후작이 귀족에게 다가갔다.

"어명이오. 입 닥치시오."

마르스 후작의 말에 귀족이 입만 뻐끔거렸다.

"자, 조용히 시켰네. 계속하게나."

황제가 제이를 향해 억지웃음을 지으며 말했다.

"다들 터지기 쉬운 상태였지요. 마족들은 고위 귀족들을 찾아가서 뇌물을 바치면서 환심을 샀습니다. 그러면서 그들에게 제안했습니다. 전쟁을 일으키자고. 전쟁을 일으켜서 주변 왕국들을 잡아먹자고. 지금 스트릭 제국이 가진 전력이면 일반 왕국들 따위는 단숨에 짓밟아 버릴 수 있다고. 다른 제국과 충돌하는 것만 아니면 된다고. 어느 왕국이든 주워 먹기만 하면 된다고."

"잉? 그건 귀족들이 나에게 한 말인데? 그럼 그놈들이 마족이야?"

"마족이 감히 황궁에 침투할 수는 없습니다. 귀족들이 마족에게서

들은 이야기를 그대로 앵무새처럼 읊었나 보군요. 그런 무능한 자들에게 정치를 맡기시다니 폐하도 참 딱하십니다."

제이가 불쌍하다는 듯이 말했다. 그 말에 황제의 얼굴이 조금 붉어졌다.

"어쩔 수 없다고. 쓸 만한 인재는 언제나 부족하니까."

"세상에 인재가 없다는 말이십니까?"

"아니. 내 손에 닿을 만큼 고위 귀족 중에는 별로 없다는 말이지. 신분이 낮은 자에게 제국의 중책을 맡길 수는 없잖아?"

황제가 툴툴거렸다.

"제국 체제의 한계가 어떤 것인지는 지금 중요한 것이 아닙니다. 중요한 건 그 귀족들이 마족들의 말에 덜컥 넘어갔다는 거지요. 마족들에게 뇌물도 잔뜩 받은 처지인 데다 어차피 병사들은 넘쳐나서 써먹을 데가 필요했습니다. 좋은 건수였을 겁니다. 아마 모두 평소에 그런 욕심이 있었을지도 모르지요. 마족들이 건드려 주니 얼씨구나 하고 받아들였을 겁니다."

"만약 제이 경 말이 사실이라면 더 신이 나서 날뛰었을지 모르지. 내가 데리고 있지만 저놈들도 참 징한 놈들이니까."

황제가 고개를 끄덕이며 말을 이었다.

"그러니까 제이 경 자네의 말은, 저놈들이 다 마족의 끄나풀이다. 그런 뜻인가?"

그 말에 고위 귀족들의 얼굴이 창백해졌다. 그러나 그들은 마르스 후작이 서슬 퍼렇게 서 있어서 차마 말을 못하고 있었다.

"폐하, 억울하옵니다!"

갑자기 엘리자베스가 허리까지 숙이며 빽 소리 질렀다.

“아, 엘리자베스. 그래, 그대도 같은 말을 했지. 그대가 마족의 끄나풀일 리는 없지.”

황제가 후궁을 보며 고개를 저었다. 그 모습에 용기를 얻은 고위 귀족들이 일제히 들고일어났다.

“그렇습니다, 폐하. 억울하옵니다.”

“마족의 끄나풀이라니요. 가당치도 않습니다.”

“어찌 마족과 작당을 하겠습니까? 천부당만부당하옵니다.”

그 모습을 보고 만족한 황제가 제이를 돌아보았다.

“저렇다는군. 저것들이 욕심은 좀, 아니, 무척 많지만 그래도 마족에게 날 팔 놈들은 아냐.”

황제가 말했다.

제이가 그 귀족들을 노려보았다.

“쓰읍!”

제이가 인상을 한번 거칠게 쓰자 귀족들이 즉시 입을 다물었다.

“저들도 마족들이 주는 것인 줄 모르고 뇌물을 받았을 수는 있습니다. 하지만 저들에게 바람을 넣은 것은 마족이 틀림없습니다. 물론 저들에게 뇌물을 쓴 자들도 인간일 수 있습니다. 그들이 마족에게 뇌물을 먹고 저들을 부추긴 것일 수 있으니까요.”

제이의 말에 귀족들이 얼굴이 대번에 환해졌다.

“그렇습니다. 그놈들이 마족에게 넘어간 것이 틀림없습니다.”

“발렌 백작, 그 자식 평소에도 좀 의심스러웠어.”

“내 이놈들을 그냥. 돌아가면 다 쳐 죽이리라!”

찜찜한 것이 있던 고위 귀족들이 모두 난리를 쳤다.

제이가 황제를 보고 말했다.

"보다시피 저들은 자기네를 부추긴 자들이 있다고 방금 자백했습니다. 자백하는 자들이 꽤 많군요. 설마 저 많은 귀족들이 같은 주장을 하는 것이 우연이겠습니까?"

제이의 말에 황제의 얼굴이 침울해졌다.

"내 제국이 마족들에게 농락당하다니. 수치가 따로 없구나. 하지만 나는 아직도 네 말을 쉽게 믿을 수가 없다. 이건 너무 큰일이거든."

황제는 인정하고 싶지 않았다. 마족에게 농락당해 전쟁까지 일으킨 황제라고 역사에 남고 싶지 않았다.

"믿으십시오. 진실이니까."

제이가 단호하게 말했다.

"나는 황제라네. 증거없이 그런 일을 믿어줄 수는 없어."

황제가 막무가내로 부정했다.

"증거를 찾기는 쉽습니다. 저들을 부추긴 귀족들, 그들을 찾아 조사하면 됩니다."

"하지만 제이 경, 자네 말로는 이번 마족은 고위 마법사나 신관이 아니면 알 수 없다고 하지 않았나?"

황제의 말에 제이가 고개를 저었다.

"피를 조금만 뽑으면 됩니다. 일단 뽑은 피는 몸에서 떨어졌다고 하나 마족의 피. 당연히 마기를 품고 있습니다. 3서클 마법사나 평범한 신관도 주의 깊게 보면 구분해 낼 수 있습니다."

제이가 강습 부대에서 마족을 분리해 냈던 방법을 설명했다.

"호오, 그래? 그럴싸하군. 그럼 조사해 볼 가치가 있을지도……."

"폐하, 아니 되옵니다!"

갑자기 총리대신 론즈 공작이 나섰다. 제이가 의외라는 듯이 그를 처다보았다.

"제국의 총리대신은 이번 전쟁에 반대했다고 알고 있었는데 내가 잘 못 알았던가?"

제이가 중얼거렸다. 무능력의 표본이 바로 인더스트리의 정보 조직 이다. 그래도 그런 정보 정도는 수집할 능력이 있다.

총리대신이 제이를 돌아보았다.

"나는 이 전쟁을 반대했지. 우리 제국은 이런 짓 안 해도 충분히 부 유하게 사니까. 오히려 전쟁이 끝난 뒤 그 뒤처리할 걸 생각하면 벌써 부터 골치가 아파."

론즈 공작이 이마를 짚었다.

"하지만 그건 그거고 이건 이거야. 귀족을 마족으로 의심해서 조사 하다니. 그것도 각 영지의 영주를. 귀족들의 반발이 얼마나 크겠나? 아 무리 우리 제국이 황제 폐하 중심이라고 하더라도 그 정도 반발은 쉽 게 해결할 수 없다."

론즈 공작이 정색을 하고 말했다.

"마족이 잡힌 다음에도 반발할 놈이 있을까?"

제이가 공작을 보며 말했다.

"네놈 말처럼 그중에 마족들이 정말로 나온다면 잘 무마되겠지. 하 지만 네가 거짓을 말하고 있다면? 이미 네놈 거짓말에 너무 많이 속았 다. 또 속는 거라면 어떻게 하지? 마족으로 의심받은 귀족들은 당연히 집단 반발을 할 거야. 불을 보듯 뻔하다. 그건 제국을 혼란에 빠뜨릴 일이야. 난 총리대신으로서 그런 짓을 용납할 수 없어."

론즈 공작은 단호했다.

제이가 새끼손가락으로 귀를 파며 론즈 공작을 처다보았다.

"또 말해야 하나? 황제는 내 손에 있다니까. 당신에겐 선택의 여지가 없어."

제이가 론즈 공작을 삐딱하게 쳐다보며 말했다. 귀족 체제 유지를 위해서 마족의 위협을 무시하려는 론즈 공작이 좋게 보이지 않았다.

"이, 이놈……."

론즈 공작이 분노를 참지 못하고 주먹을 쥐었다.

"아, 일단 좀 쉽게 가볼까? 폐하, 마족들의 침투 흔적은 꼭 먼 곳에서 찾아야 하는 건 아니지요. 바로 여기, 제국군 십만 명이 버티고 있는 여기에도 어쩌면 몇 마리 있을 테니까요."

제이의 말에 황제의 안색이 푸르죽죽하게 변했다.

"무, 무슨 소리냐? 황궁에는 마족이 없다면서!"

황제는 한 걸음 물러서다 등 뒤의 강습 부대 기사와 부딪치기까지 했다.

"황궁에는 없지요. 근위기사단에도 있기 힘들고. 황궁을 지키는 근위군단도 깨끗할 겁니다. 하지만 수도 군단 쪽에는 있을 수 있지요. 여기 있는 나머지 군대는 말할 것도 없습니다. 수도 군단이 황궁에 들락거릴 리는 없잖습니까? 설사 그럴 만한 일이 있어도 하급 지휘관이라면 핑계를 대고 피해 버리면 그만이지요."

"그, 그렇군."

"참고로, 제가 데려온 강습 부대 십만 명에 대해서 아까 말씀드린 방법으로 조사를 했더니 마족 여섯 마리가 나오더군요."

제이의 말에 황제의 얼굴은 완전히 흙빛으로 변했다.

"여섯! 그렇게 많다는 말이냐!"

"마족은 모두 귀족이었습니다. 제 휘하에는 백작급 귀족이 스물, 그 아래로 자작과 남작은 백 명이 훨씬 넘었지요. 그리고 그중에 여섯입니다."

"그래도 마족이 여섯이라니. 하나도 아니고!"

"더구나 마족 놈들, 전쟁이라니 눈이 벌게져서 적극적으로 참가했습니다. 일곱 개 왕국에 침투한 마족의 절반 이상이 이번 전쟁에 직접 참여했지요. 그 때문에 군대 내의 마족 비율이 더 높아졌습니다. 제국도 사정이 그렇게 다르지는 않을 겁니다."

"그 마족들은 어떻게 됐느냐?"

황제가 걱정스런 얼굴로 물었다.

"당연히 모두 죽었습니다."

제이가 대답했다. 다섯은 그의 손에, 하나는 병사들의 손에 죽었다.

그 말에 황제의 얼굴이 좀 밝아졌다.

"그래, 너희들 정도로 마족 여섯을 죽였으면 내 군대는 더 쉽게 죽이겠구나."

안정을 찾은 황제를 본 제이가 피식 웃었다. 황제의 최대 관심사는 자신의 목숨이다. 그 덕분에 일을 처리하기가 더 쉽다. 만약 황제가 목숨에 초연한 사람이었다면 이런 식으로 밀어붙일 수 없다.

'차라리 다행인 건지 원.'

제이는 속으로 투덜거리며 다시 이야기를 시작했다.

"어쨌든, 여기 있는 십만 명을 조사해 보면 답이 나올 겁니다. 강습부대가 십만 명당 여섯 마리였으니 제국군 십만 명 중에서도 마족이 나오기는 나오겠지요. 잠이 길면 꿈이 많은 법입니다. 지금 조사를 시작하시지요?"

제이의 말에 황제가 고개를 끄덕였다. 귀족들의 자존심이 황제 자신의 목숨보다 중요할 수는 없다.

"알았다. 론즈 공작, 마법사들과 신관들을 불러서 귀족들을 조사하라고. 빠짐없이. 모두."

황제가 명령했다.

"아, 놈들이 저항할 공산이 큽니다. 그러니 모든 귀족들을 먼저 제압하고 하시지요."

제이가 제의했다.

"이놈. 그것만은 받아들일 수 없다!"

론즈 공작이 버럭 화를 냈다.

"하긴, 그러면 마족 놈들이 먼저 반응하겠지. 그럼 모든 부대에게 지금부터 마족 조사를 한다는 것을 동시에 알리던가."

제이가 다시 제의했다. 그 말에 론즈 공작도 더 이상 싫다고만 할 수는 없었다.

"끄응. 알았다."

"기사들을 적극 활용하는 것이 좋을 거야. 신관과 마법사들도 마찬가지고. 병사들만으론 피해가 너무 커."

"알았다니까. 그런 건 우리 제국이 알아서 한다."

론즈 공작이 끊어 말하고는 뒤로 돌아섰다. 그리고 그의 직속 부하들에게 지시하기 시작했다.

"놈들의 사냥은 내가 하지."

소드 마스터 마르스 후작이 나서면서 말했다.

"당연히 그래야지. 마족 하나쯤은 당신 같은 소드 마스터의 상대가 되지 못하니까."

제이가 고개를 끄덕이며 동의했다. 어차피 자신은 마족이 나타나도 쫓아갈 수 없다. 허세를 부리고 있지만 몸 상태가 계속 말이 아니다. 이럴 때 소드 마스터의 전력은 큰 도움이 된다. 제이가 황제를 돌아보았다.

"폐하, 폐하의 이름으로 한 번에 명령을 전달하십시오. 마족들이 대비하지 못하게. 지휘관에게 명령을 은밀히 전달하는 것은 소용없습니다. 어느 놈이 마족인지 모르니까요. 마르스 후작의 목소리라면 가능합니다."

제이가 제안했다. 황제가 마르스 후작을 보며 고개를 끄덕였다.

제이는 마르스 후작을 불렀다. 잠시 후 제이의 이야기를 들은 마르스 후작이 돌아섰다.

"어명이다! 모든 병사들은 귀족들과 거리를 두라! 모든 귀족들은 병사들에게 접근하지 마라! 잠시 조사할 것이 있다! 이것은 황제 폐하의 어명이다!"

마르스 후작은 소드 마스터다. 목소리에 마나를 싣는 법을 알고 있었다. 그리고 그의 이해할 수 없는 명령이 있자 모든 제국군은 꽤나 당황했다. 하지만 황제의 명령이다. 병사들이 자기네 지휘관에게서 거리를 두었다.

"잘 들어라! 조사 결과 우리 제국군에 마족이 끼어들었다는 정황이 포착됐다! 이에 대한 조사를 할 것이니 모두 긴장을 늦추지 마라! 특히 마족은 귀족으로 위장했을 가능성이 높다! 황제 폐하의 충성스런 귀족들은 걱정 마라! 폐하는 귀족들의 충성심을 의심하지는 않으신다! 다만 간악한 마족이 귀족인 척하면서 끼어 있다! 지금부터 그놈들을 잡아내겠다!"

마르스 후작의 고함 소리에 모든 병사들은 깜짝 놀랐다. 마족은 인간에게 공포의 대상이다.

대부분의 병사들이 귀족들에게서 거리를 더 멀리 두었다. 평소에 좋은 관계를 유지한 귀족은 그나마 간격이 멀지 않았다. 그러나 독한 짓을 해 온 귀족 주변에 있던 병사들은 가능한 한 거리를 두기 위해서 발버둥 쳤다. 그런 경우 일부 병사들은 무기를 빼 들고 귀족을 겨누기까지 했다.

그 긴장된 상황에서 제이가 마르스 후작처럼 목소리에 마나를 싣고 고함을 질렀다.

"평소에 착취를 일삼은 귀족을 의심하라! 그놈이 마족일 가능성이 높다!"

그 고함이 마르스 후작이 아니라 제이가 터뜨린 것임은 중요하지 않다. 놀란 병사들이 추가로 무기 빼어 드는 소리가 사방에서 들렸다.

이제 독한 짓 많이 한 귀족들은 병사들이 겨눈 창칼에 직접 노출되었다. 심지어 일부 기사들마저 검자루를 잡고 있었다.

"무슨 짓이냐?"

론즈 공작이 제이를 노려보며 호통을 쳤다.

"기다려. 내가 사냥할 때와는 다르다. 여기는 신관이 잔뜩 있다. 고위 신관들도 있지. 일단 마족이 어디 있는지만 안다면 잡는 것은 시간문제야. 마족들도 그걸 알아. 멋모르고 당해줄 리가 없다. 소드 마스터는 뛸 준비나 해라."

제이의 말이 떨어지기가 무섭게 사건이 터졌다. 마족 하나가 대형 폭발성 마법을 터뜨렸다. 마족을 겨누던 병사 백여 명이 단번에 작살났다.

"저 새끼가 마족이다!"

제이가 소리를 질렀다. 이미 마르스 후작이 그쪽으로 달려간 후였다.

"다른 놈들이 캐스팅 못하게 막아! 지금부터 마법사도 아니면서 캐스팅하는 새끼는 무조건 마족이다!"

제이의 고함 소리에 두 군데에서 더 소란이 일어났다. 캐스팅을 하던 두 마족에게 병사들이 공격을 시작했다.

황제를 포함한 제국의 귀족들은 현실로 닥친 사태에 어쩔 줄을 몰라 발을 굴렀다. 제이는 주먹을 쥐면서 전장을 노려보았다. 지금 그가 직접 마족을 잡을 수는 없다. 이제부터 마족 사냥은 제국의 몫이다.

처음 마법을 터뜨린 마족은 곧바로 검을 빼 들고 주변을 도륙하기 시작했다. 중장보병의 갑옷은 마족의 검 앞에서는 무력하다. 병사들이 찌르는 창이 부러지고 허리가 잘려 나갔다.

"죽엇!"

기사 하나가 검기를 품은 검으로 마족을 노리고 공격했다. 마족은 여유있게 그 공격을 피하며 반격했다. 반응 속도, 공격 속도, 파괴력 모두 마족이 훨씬 우수했다. 마족의 검에 기사는 심장이 정확히 뚫리며 쓰러졌다.

마족이 제국군 병사보다 강력하지만 한 가지가 불리했다. 활동을 시작한 마족의 숫자는 통틀어서 세 마리지만 그들을 포위한 제국군은 십만이다. 마족을 향해 병사들의 창과 기사들의 검이 계속 날아들었다. 마족은 가로막는 병사를 모두 죽였지만 얼굴은 편치 않았다. 압도적인 무위를 보이고 있었지만 점점 외곽으로 몸을 빼려고 했다.

그리고 그 장소에 마르스 후작이 들이닥쳤다.

"이놈! 여기가 어디라고 나타났느냐!"

마르스 후작이 검을 쭉 뻗으며 소리쳤다. 오러 블레이드가 마족의 몸통을 노렸다.

"히익!"

마족이 비명 소리를 지르며 후다닥 물러섰다. 마족이 기사보다 강하다지만 소드 마스터는 마족보다 강하다. 마기가 넘실거리는 검은 병사의 몸통을 자르지만 오러 블레이드는 그런 마족의 검을 부러뜨린다.

그리고 마족의 뒤에는 이를 갈고 있는 병사들이 널려 있다. 마르스 후작을 경계하며 물러서던 마족의 등으로 중장보병의 장창이 처박혔다.

"큭!"

오히려 보병이 신음 소리를 냈다. 창이 명중했지만 마치 돌 벽을 찌른 것 같다. 그의 창날은 마족의 등을 조금 파고들었을 뿐이다.

하지만 그 행동은 마족의 신경을 등 뒤로 돌리기에 충분했다.

'뒤에 적이 깔렸다.'

그 생각이 마족의 움직임을 제한했다. 그리고 마르스 후작의 오러 블레이드가 날아들었다. 마족은 등 뒤를 신경 쓰느라 피할 곳을 찾지 못했다. 할 수 없이 검에 마기를 잔뜩 밀어 넣은 상태로 오러 블레이드를 막았다.

마기와 오러 블레이드의 충돌은 보지 않아도 결과가 뻔하다. 고위 마족도 아니면서 오러 블레이드를 막을 수는 없다.

요란한 폭음과 함께 마족의 몸이 뒤로 튕겨졌다. 마족의 몸을 보호하던 마기도 오러 블레이드의 타격에 순간적으로 깨졌다.

등 뒤에는 마족을 겨누는 창이 즐비했다. 마족의 몸이 고슴도치처럼 뻗어 있는 창의 숲으로 날아갔다. 마기가 깨진 순간에는 마족의 몸도 인간만큼의 방어력밖에 없다. 보병들의 창이 몸을 꿰뚫었다.

"끼아악!"

마족이 처참한 비명을 질렀다. 가슴 앞으로 몇 개의 창날이 삐죽 튀어나왔다. 그러나 마족은 그 정도 타격으로도 죽지 않았다. 빠져나가기 위해서 발버둥 쳤다.

"이놈! 어딜!"

마르스 후작의 오러 블레이드가 다시 움직였다. 마족이 검을 들어 막으려고 했다. 오러 블레이드는 검과 함께 마족의 몸을 단숨에 잘라 버렸다.

"나 마르스가 마족을 잡았다!"

마르스 후작이 고함을 질렀다. 사기를 높이기 위해서였다.

"이야아!"

병사들의 환성이 뒤를 따랐다. 특히 마족을 잡는 데 일조한 병사들은 더 신이 났다.

그사이 다른 두 마족은 주변의 병사와 기사들을 유린했다. 그러나 황제의 곁에는 고위 신관이 있다. 신성력을 모으느라 조용히 있던 신관이 손을 뻗으며 소리쳤다.

"나와라. 홀리 레이!"

그의 고함 소리와 함께 신관의 손에서 강력한 빛이 뿜어져 나왔다. 그 빛은 곧바로 쭉 뻗어 나와 주변의 병사들을 죽이느라 바쁜 마족을 비추었다. 신성력이 포함된 성스러운 빛. 언데드나 기타 어둠의 세력들에게 특별히 효과가 좋은 홀리 레이였다.

"끼아아악!"

마족이 비명을 지르며 주춤거렸다. 고위 신관의 홀리 레이에는 신성력이 듬뿍 담겨 있다. 그만큼 마족에게는 치명적이다.

그리고 기사와 병사들이 그 기회를 놓치지 않았다. 마족이 반응이 느려진 틈을 타서 사방에서 창칼이 날아왔다. 마족이 느려진 검이나마 휘둘러 그 창칼들을 날려 버렸다.

그러나 홀리 레이는 어둠의 세력에게는 타격을, 그리고 인간에게는 용기와 힘을 준다. 마족은 계속해서 저항했지만 고위 신관의 홀리 레이는 끝날 줄 몰랐고 달려드는 병사들도 멈추지 않았다. 그리고 마침내 기사의 검기 가득 실린 검 한 자루가 마족의 심장을 뚫었다.

"카아아악!"

마침내 마족이 비명을 지르며 팔을 늘어뜨렸다. 그와 동시에 수많은 창칼이 마족의 몸을 걸레 조각으로 만들어 버렸다.

마지막 마족은 다른 둘이 죽은 것을 느꼈다. 안 되겠다 싶은 그는 주변의 병사들을 죽이는 것을 그만두고 달아날 궁리를 했다. 어차피 기사들의 압박에 버티기도 힘들어진 처지였다.

그런 그의 눈에 포위망 얇은 쪽 너머로 공간이 하나 보였다. 그쪽으로만 가면 달아나기 훨씬 쉬워 보였다.

"크아아!"

마족이 검을 크게 휘둘렀다. 마기가 줄줄 흘러나오는 검에 겁을 먹은 병사들이 와락 물러섰다. 미처 피하지 못한 몇은 마기의 끝 자락에 당해 쓰러졌다. 마족은 그 틈에 공중으로 풀쩍 뛰어올랐다. 포위망을 넘기 위해서였다.

그때 미리 캐스팅을 끝내놓았던 궁정 마법사가 손을 뻗었다.

"나와라. 피닉스 스트라이크!"

궁정 마법사는 7서클이다. 그의 손끝에서 빛이 튀어나가더니 불타는 새의 모양으로 바뀌었다. 불새는 공기를 헤집으며 번개처럼 날아갔다. 마족이 공중에서 몸을 뒤틀어 피해보려고 했지만 피닉스 스트라이크는 시전자가 비행 궤도를 조종할 수 있다. 불새가 마족의 몸을 따라 궤도를 틀었다.

피하는 데 실패한 마족은 할 수 없이 검을 휘둘렀다. 불새가 더 빨랐다. 불새가 마족의 몸통에 충돌했다.

순간적으로 마기가 불새의 공격에 저항했다. 그러나 7서클 마법사가 펼친 마법은 마기를 단숨에 깨버리고 마족의 몸통을 꿰뚫어 버렸다.

"께에에에!"

마족이 비명을 질렀다. 그의 가슴에 검게 탄 커다란 구멍이 만들어졌다. 마족의 몸이 힘없이 아래로 떨어지기 시작했다. 사방에서 기사들이 뛰어오르며 마족의 몸을 칼로 토막 내버렸다.

"우와아아아!"

모든 제국 병사들이 환성을 질렀다. 세 마족을 죽인 것에 대해 기쁨을 맘껏 표현했다.

"아직 끝난 것이 아니다!"

제이가 소리를 버럭 질렀다. 십만 명의 함성 속에 그의 목소리가 뚫고 들어갔다. 병사들의 함성 소리가 점점 조용해졌다.

"방금 죽은 세 마족의 영지에 소속되어 있던 자들은 들어라! 너희들 중에는 최근 몇 년 사이에 성격이 포악해지고 힘이 엄청나게 세진 놈들이 있다! 그리고 그중에는 인간이 아닌 마족의 부하, 심장의 노예라고 부르는 것들이 끼어 있다! 그놈들을 경계해라! 곧 조사가 들어갈 것이다!"

제이의 고함 소리에 병사들 사이에서 다시 시끄러운 움직임이 있었다. 몇 명의 사람들을 대상으로 병사들이 창을 겨누었다.

제이가 그 모습을 보며 안도의 한숨을 쉬었다.

그런 제이를 향해 황제가 자기 발로 다가왔다.

"이보시게, 제이 경. 이제 끝난 건가?"

황제가 조심스레 질문했다.

"그렇습니다. 여기서의 마족 사냥은 이것으로 끝입니다. 정밀 조사를 하겠지만 더 있어봐야 한 마리겠지요."

"하하, 다행이군. 적은 피해로 나에게 침투한 마족들을 잡았어."

황제가 기쁜 얼굴로 말했다. 그 모습을 보며 제이는 고개를 저었다.

"죽은 병사와 기사 수가 언뜻 보기에도 수백 명입니다. 피해가 적다니요?"

"적지, 암. 마족 셋을 상대로 겨우 수백이잖나? 다행히 정예군 한가운데에서 발견돼서 피해가 적었군. 그럼 이제 다 끝난 거겠지?"

황제가 밝은 얼굴로 말했다.

"농담 마십시오. 군대 십만 명 중에 마족 셋이 나왔습니다. 더구나 제국 수도 쪽 부대들이라 마족의 수가 적었을 걸 감안한다면, 나머지 백구십만 제국군에는 마족이 적어도 백 마리는 숨어 있다고 봐야지요."

제이의 말에 황제가 다시 질린 얼굴을 했다.

"그렇게 많아?"

"당연히 많지요. 그놈들을 모두 잡고, 또 제국 영토 내에 암약 중일 가짜 귀족들도 다 잡아야 합니다. 그래야 청소가 일단락됩니다. 그건 반드시 해야 하는 일입니다."

"그래, 그래야지."

황제가 고개를 끄덕였다. 이미 증거가 나왔다. 죽은 놈들이 정말 마족인지 확인 작업은 요식 행위일 뿐이다. 그러니 고집을 피울 수 없고 그럴 마음도 없다.

"제국으로 끝이 아닙니다. 일곱 왕국이나 다른 나라들에도 마족들은 암약하고 있습니다. 그놈들도 다 잡아버려야 합니다. 그 일을 위해서는 황제 폐하의 도움이 필요합니다."

"좋아, 좋아. 내가 자네를 전폭적으로 지원하지. 마족들이 날뛰는데 가만히 있을 내가 아니지."

황제가 즉시 동의했다.

"인더스트리에서 각 나라에 이 사실을 통보할 것입니다. 그러나 아까 경험하셨듯이 그걸 순순히 믿어줄 나라는 별로 없겠지요. 제가 직접 마족들을 솎아내는 작업을 하겠지만 아무래도 부족합니다. 황제 폐하께서 제 말이 사실임을 공표한다면 그 일에 큰 도움이 될 겁니다."

제이의 말에 황제가 조금 떨떠름한 표정을 지었다.

"자네 말은 마족들이 내 제국에 침투했음을 인정하란 말인가? 그건 체면이 좀……."

"역사에는 마족의 이번 인간계 공격이 기록될 겁니다. 무척 큰 사건이니까요. 그리고 그걸 해결하는 데 폐하가 얼마나 큰 도움을 주셨는지에 대해서도 남겠지요. 이건 제국만이 아니라 모든 나라 역사에 남을 겁니다. 폐하의 이름을 먼 후세 사람들도 알게 되는 겁니다."

제이의 말에 황제의 얼굴이 다시 밝아졌다.

"알았네. 걱정하지 말게나."

황제가 자신만만하게 말했다.

"그럼 이제 이 전쟁은 어떻게 하시겠습니까?"

제이가 황제에게 질문했다.

"어떻게 하냐니? 마족만 잡아버리면 계속할 수 있잖아?"

"계속하시겠습니까? 마족들의 도발로 시작한 전쟁입니다. 이제 진실을 알았습니다. 이 전쟁, 계속하시겠습니까? 전쟁으로 양측 병력이 다 죽어버리면 마족들만 좋습니다. 마족들이 왜 이런 짓을 했다고 생각하십니까?"

"왜… 했는데?"

황제가 불안한 얼굴로 질문했다.

“이런 식으로 전쟁을 일으켜 우리 인간들의 전력을 소모시킬 계획입니다. 일방적이지 않고, 서로 대등한 전력끼리 부딪치는 전쟁을 끝없이 일으키는 것이 그들의 수법입니다. 그래서 마침내 더 이상 병사를 만들 남자가 별로 없게 되면 그들의 진짜 목적이 시작되지요.”

“진짜 목적? 그거, 설마…….”

황제의 얼굴이 심각하게 변했다.

“신마대전입니다.”

제이의 말에 황제는 물론이고 이야기를 듣던 모든 사람들의 얼굴이 흙빛으로 변했다. 론즈 공작이 다시 호통을 쳤다.

“신마대전이라니! 또, 또 거짓말! 거짓말! 입만 열면 거짓말이구나! 네 말을 책임질 수 있느냐!”

제이가 손을 들어 하늘에 떠 있는 비공정들을 가리켰다.

“폐하, 인더스트리가 모두 동의했습니다. 저들이 왜 저를 도와 이 전쟁에 끼어들었겠습니까? 가만있으면 저들도 마족의 목표가 되기 때문입니다. 마족은 모든 것을 지배할 겁니다. 마족 천하의 세상에는 황족이고 귀족이고 없습니다. 모두 마족의 노예이고 가축일 뿐입니다!”

제이가 소리쳤다. 모든 제국 사람들이 입을 다물고 제이만을 쳐다보았다.

“그러니, 전쟁을 여기서 끝내십시오. 이 시간 이후로 일어나는 모든 인간들끼리의 전쟁은 마족에게 도움을 주는 짓입니다.”

제이의 말에는 천 근 같은 무게가 있었다. 제국에서는 더 이상 아무도 제이에게 반대하지 못했다.

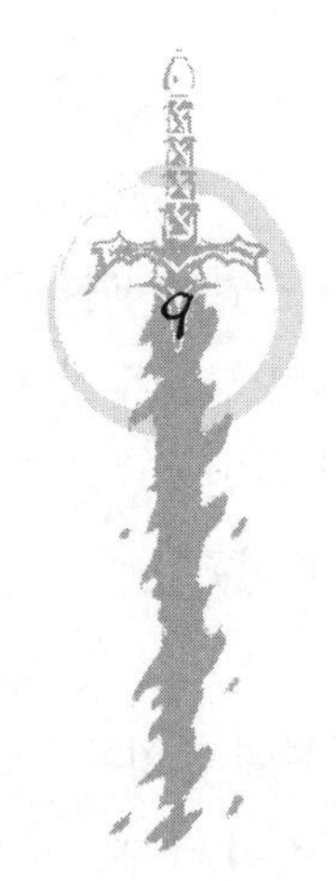

일곱 왕국 연합군의 수뇌부는 침통한 분위기에 싸여 있었다.

"내가 그놈을 처음 딱 봤을 때부터 사기꾼 같다고 생각했어."

인펌 국왕이 중얼거렸다.

"거 그만 합시다. 아직 확인된 것도 아니잖소이까?"

트론 국왕이 속 쓰린 표정으로 말했다.

"확인이 되지 않았다? 하, 이거 트론 국왕께서는 귀국의 사람이라 편을 드시는 것인지요? 적을 유인하기로 한 미끼 십만 명이 그대로 사라졌습니다."

인펌 국왕이 큰소리를 쳤다.

"어허. 우리나라 사람이라니. 그는 단지 임시로 고용한 것뿐이오. 절대로 우리나라 사람이 아니라오. 다만 그가 황제를 직접 잡는다고 한다니 혹시 좋은 성과가 있을지 모른다는 그런 말 아니오?"

트론 국왕이 땀을 닦으며 말했다.

"좋은 성과? 진심이시오? 십만 명을 가지고 무슨 황제를 잡는다는 거요? 게다가!"

인펌 국왕은 거침이 없었다.

"그자가 그걸 우리와 상의하기라도 했소? 이건 우리의 충성스런 귀족들이 빠져나와 전해준 소식 아니오? 부하들이 들른 곳에 메시지 마법을 보낼 수 있는 수정구와 마법사가 없었다면 어쩔 뻔했소? 우리는 아직도 그가 유인해 올 제국군이나 기다리고 있었을 것 아니오?"

인펌 국왕이 거세게 항의했다.

"아니, 내 말은 그럴 가능성도 있다는 거지 누가 뭐라오? 나도 그자에게 불만 많소."

트론 국왕이 급히 변명했다.

"사실 말이 나왔으니까 하는 말인데."

리버 국왕도 한마디 거들었다.

"그자가 정말 황제를 잡으러 갔는지도 확실치 않아요. 어쩌면 제국에 투신하려고 하는지도 모르지요. 그자, 제국의 첩자일지도 몰라요. 애초에 그만한 숫자의 비공정이라니. 그런 규모를 임대하는 건 일반 왕국으로서는 엄두도 못 내지요. 제국이라면 눈 딱 감고 한 번쯤 저지를 수 있겠지만……."

리버 국왕의 말에 트론 국왕은 할 말이 없다. 그의 눈이 딴청을 피우고 있는 아뱃 국왕에게 돌아갔다.

"이보시오, 아뱃 국왕. 어찌 그리 말이 없으시오? 제이를 고용해서 단단히 한자리 주겠다고 하신 분 아니시오?"

트론 국왕은 혼자 맞는 것이 싫었다. 그래서 아뱃 국왕을 걸고 넘어졌다.

"어허, 왜 이러시오? 그를 고용하려던 것이 어디 나 하나요? 다들 그러지 않았소? 나는 단지 속았을 뿐이오. 이제 나는 그를 트론 왕국 사람이라고 생각하니 알아서 하시오."

아뱃 국왕이 기겁을 하며 말했다.

"이거 왜 그러시오. 귀국이 공주를 동원해서 그를 얻으려 한다는 첩보를 들었소."

트론 국왕은 계속 물고 늘어졌다.

"어허, 귀국의 공주는 이미 이곳에 도착했다며? 얼마나 급했으면 그랬을까? 내 딸은 아직 도착 안 했어!"

국왕들의 분위기가 이러니 그 밑의 신하들이 뭐라 할 처지가 아니다. 특히 제이의 영입에 가장 적극적이었던 트론 왕국의 소드 마스터 라이언 후작이나 아뱃 왕국 제일의 전술가인 리처드 후작은 입을 다물어야 했다. 그들이 자기네 국왕에게서 신임받는 처지이기는 하다. 그러나 지금 말 한마디 잘못하면 다른 여섯 국왕에게서 공격받게 되는 입장이다.

그러니 개리슨 백작 같은 말단은 정말 고개도 들지 못했다. 제이를 처음 고용했던 페임 백작은 이미 트론 왕의 주먹에 맞아 두 눈 주위가 퍼렇게 멍들어 있는 상태였다.

"이거 난처하군. 그 친구가 그럴 사람은 아니라고 생각하는데."

복귀 명령을 받고 급히 달려왔던 라이언 후작이 소곤거렸다.

"나도 그렇게 생각하오, 라이언 후작. 내 안목이 부족했다면 지금의 이 위치가 될 수도 없겠지. 그는 이런 식으로 배신할 사람이 아니야. 더구나 제국이 인더스트리의 비공정 수백 척을 임대했다니. 말도 안 되는 소리지.”

리처드 후작이 맞장구를 쳤다.

“당신도 그렇게 생각하는군. 하지만 그에게는 뭔가 다른 목적이 있는 것 같은데. 나는 당신이 모르는 걸 하나 더 알고 있거든?”

소드 마스터 라이언 후작이 씩 웃으면서 말했다. 그 말에 리처드 후작의 얼굴에 호기심이 가득 생겼다.

“같이 좀 압시다. 지금 우리 상황은 죽으면 같이 죽고 살면 같이 사는 그런 처지 아니오?”

리처드 후작도 살짝 미소를 지으며 말했다.

“그 건방진 귀족 놈들이 메시지 마법으로 보낸 바에 의하면 그가 뽑은 십만 명 중에서 마족이 여섯이 나왔다고 하더군.”

“그렇지, 그랬소. 그리고 그 마족들은 하나 빼고는 다 제이 그 친구가 잡아 죽였다고 했지. 남은 하나도 병사들에게 죽고.”

리처드 후작이 맞장구를 쳤다.

“리처드 후작, 혹시 심장을 먹는 자에 대한 소문을 들은 것이 있소?”

라이언 후작이 아는 자의 여유를 가지고 질문했다.

“물론이오. 귀족을 죽이고 그 수하 몇의 심장을 파먹는 자 이야기 아니오?”

“그렇게만 아는 걸 보면 심장을 먹는 자가 당신네 왕국을 거친 적은 없나 보군. 그렇소. 그게 심장을 먹는 자요. 그리고 그에게 당한 귀족은 모두 마족이오.”

“뭣이!”

놀란 리처드 후작이 벌떡 일어서며 소리쳤다. 일곱 왕이 그런 리처드 후작을 노려보았다. 왜 자기들의 대화를 방해하느냐는 의미였다.

"죄송합니다."

리처드 후작이 왕들에게 사과하며 자리에 앉았다. 그리고 라이언 후작에게 다시 소곤거리기 시작했다.

"심장을 먹는 자와 마족의 관계가 소문나지 않은 걸로 봐서 각국이 묻어버렸나 보군."

"그렇소. 아무래도 엽기적인 상황인 데다가, 마족 사냥이 한 번으로 끝나지 않았으니까. 소란이 일어나는 것을 원치 않았기에 무마시키고 조사를 했소. 그리고 그 심장을 먹는 자가 우리 왕국에 넘어와서 일을 저질렀을 때 그에 대한 조사의 책임을 맡은 것이 바로 나요."

라이언 후작의 말에 리처드 후작이 고개를 끄덕였다.

"그렇군. 그럼 당신은 그 심장을 먹는 자가 바로 제이라고 말하고 싶은 것이오?"

"역시 리처드 후작이군. 어떻게 알았소?"

"당신이 다 말해주지 않았소? 심장을 먹는 자가 죽인 귀족들이 바로 마족이라고. 그리고 이번에 제이가 잡아 죽인 자들도 마족이지. 우린 지금 제이에 대한 이야기를 하는 중이고. 그 정도로 정보가 많은데 모른다면 난 이 자리를 내놔야지."

"그렇소. 당신의 말이 맞소. 제이는 마족을 사냥했지. 내가 그의 뒤를 쫓다 보니 정말 귀신처럼 마족을 찾아내서 잡더란 말이오. 그때도 그는 혼자서 마족 셋과 싸워 이긴 적도 있소. 그것도 오우거 열 마리를 같이."

"오호! 대단하군."

리처드 후작이 군침을 삼키며 말했다. 대화를 하면 할수록 탐나는 인재다. 왕들의 분위기가 나빠져서 더 이상 말을 꺼내기는 어려웠지만 돌아가면 조용히 아벳 국왕을 설득해 볼 생각이 들었다.

"그의 전투력은 정말 대단해. 병력 운용 능력도 그렇고. 그리고 마족을 찾는 데도 탁월하고. 그런 그가 제국의 끄나풀이다? 그런 인재를 겨우 첩자로 쓴다? 나는 믿을 수 없소. 그런 사람은 제국 역사를 다 뒤져도 찾기 어려워. 황제가 바보가 아니라면 일개 첩자로 쓸 리 없소."

"그렇지. 차라리 그가 마족을 잡아 죽이고 다닌 일에 어떤 이유가 있다고 생각하는 것이 옳겠지."

리처드 후작이 동의했다.

"그렇소. 그래서 나는 그의 이번 행동에도 이유가 있다고 생각하오. 나는 확신하오."

라이언 후작이 단언했다.

"어쩌면……."

리처드 후작이 생각에 잠겼다.

"무엇 때문에 그러시오? 나는 내가 아는 것을 밝혔소. 그대도 밝히시오."

라이언 후작이 독촉했다.

"어쩌면 말이오. 그는 이번 전쟁에서 병사들을 죽이고 싶지 않은 걸 수도 있소."

"당연하오. 우수한 지휘관이라면 당연히 자기 병사들을 살리고 싶어 하오."

"그게 아니오. 그는 아군만이 아니라 적군의 병사까지 죽이기 싫어 하오. 내가 지난번에 그와 싸워본 후 얻은 결론이오."

리처드 후작의 말에 라이언 후작이 벙찐 얼굴로 변했다.

"말이 되는 소리를 하시오. 이게 무슨 친선 경기인 줄 아시오? 지금 양쪽 군대를 합치면 총 삼백오십만 명이오. 이런 엄청난 전쟁에서 병사를 죽이지 않다니? 그게 가능한 일이라는 거요? 리처드 후작, 당신은 가능하오?"

"택도 없소. 내 실력으로는 이기는 것도 버겁소."

리처드 후작이 대번에 부인했다.

"그런데 무슨 망발이시오?"

"하지만 그는 그걸 추구하고 있소. 그래서 황제를 잡는 무리수를 두는 것 아닌가 하오. 십만 명을 희생해서, 아니, 황제의 호위 부대까지 생각하면 이십만 명 정도 죽는 선에서 이 전쟁을 끝내보려는 것 아닐까 하오."

리처드 후작이 설명했다. 그러나 라이언 후작은 믿을 수 없다는 표정이었다.

"저……."

그들의 대화에 페임 백작이 끼어들었다.

"뭐냐?"

라이언 후작이 기분 나쁘다는 표정으로 노려보며 말했다. 양국의 최고 군사 지휘관들이 심각한 대화를 하는데 감히 일개 백작이 끼어드는 것이 거슬렸다.

"사실 제가 제이 그 사람을 처음 만난 것은 우리 왕국에서 있었던 몬스터 토벌전이었습니다."

페임 백작이 말을 시작했다. 그 말에 리처드 후작이 관심을 기울였다.

"그 토벌전에서 저는 수천 마리의 몬스터들을 상대해야 했습니다. 몬스터가 그렇게 많은 줄 모르고 제가 토벌을 위해 준비한 병력은 이

개 군단. 만 명이었습니다. 그중 한 군단은 농민군이었습니다."

"알고 있네. 정말 완벽한 승리였다고 들었지."

리처드 후작이 칭찬을 했다.

"그렇습니다. 그 토벌전에서 제이 그 친구를 만났습니다. 토벌이 시작되기 전에 그 친구 혼자 숲에 들어가서는 수천 마리의 몬스터들을 서로 싸움 붙여 죽였습니다."

"오, 혼자서 수천 마리를? 설마 단 혼자서 그 일을 했단 말이오? 이건 정말 역사에나 나올 일이군."

리처드 후작은 진심으로 감탄했다.

"저는 몬스터들을 막기 위해서 농민군을 전방에 세웠지요. 그런데 그 농민군들에게 작전 지시를 한 것도 제이 그 친구입니다. 또한 특임대 이백 명을 뽑아 숲으로 데리고 들어가더니 몬스터들을 산산이 흩어지게 하는 전과를 세웠습니다. 우리는 숲에서 조금씩 기어나오는 몬스터들을 잡아 죽였습니다. 그렇게 해서 거의 피해없이 나머지 수천 마리의 몬스터를 죽일 수 있었습니다."

"대단하군, 대단해. 그럼 그 몬스터 토벌전은 결국 그가 다 한 것 아닌가?"

리처드 후작이 군침을 삼켰다.

"이봐, 페임 백작. 나에게 보고한 거와 조금 다른 이야기가 들리는군. 제이의 공이 제법 크긴 하지만 자네의 지휘와 다른 귀족들의 협조 또한 크게 기여했다며?"

라이언 후작이 페임 백작을 노려보며 말했다.

"죄, 죄송합니다."

페임 백작이 고개를 숙이며 말했.

"이 일은 나중에 다시 따지겠다. 하여간 네 말은 몬스터 토벌 때도 죽은 사람은 별로 없다는 것 아니냐?"

"그렇습니다. 그 일을 위해서 그가 직접 숲을 돌아다니며 몬스터들도 잡고 마족도 쳐 죽였습니다."

"흐음, 그럼 제이 이 친구는 정말로 적군도 죽이기 싫은 건가?"

라이언 후작이 턱을 괴고 심각한 얼굴로 말했다.

"내 말이 맞을 거요. 다만 이번에는 너무 욕심을 부렸어. 죽는 사람은 황제의 경호군단들까지 합쳐서 최대 이십만 명으로 끝내고 대신에 삼백삼십만을 살린다. 뜻은 좋지만 사람의 힘으로 성사시키기는 어렵소. 그저 살아만 돌아오면 좋으련만."

리처드 후작이 고개를 저으며 말했다.

"그래도 난 제이가 성공했으면 좋겠군."

라이언 후작이 중얼거렸다.

"제국의 메시지가 왔습니다!"

마법사 하나가 연합군 지휘 막사로 뛰어들어 오며 소리쳤다. 한참 심각한 대화를 나누던 지휘부의 사람들이 모두 마법사를 돌아보았다.

"젠장, 황제가 화났군. 제이 그 자식이 실패했다는 소식일 거야. 이제 제국군이 물밀듯이 밀려들 거라고."

인펌 국왕이 투덜댔다.

"무슨 소식이냐, 어서 보고해라."

리처드 후작이 마법사에게 급히 말했다.

"예! 스트릭 제국 제이십칠대 황제 프라이브가 일곱 왕국의 왕들에게. 의미없는 전쟁을 계속하는 것은 내 뜻이 아니다. 서로 흘린 피가

거의 없는 이쯤에서 끝내기로 하자. 만약 싫은 왕이 있다면 언제든지
도전하도록."

마법사의 말에 잠시 침묵이 흘렀다.

"전쟁이 끝났다는 말입니다."

리처드 후작이 혹시나 하는 왕들에게 해석해 주었다.

"와아!"

왕들이 일제히 두 팔을 들고 만세를 불렀다.

"전쟁이 끝났군. 하하하!"

"거봐. 내가 뭐라고 했소? 우리가 병력을 잔뜩 모으면 제국도 함부
로 못한다니까. 크하하!"

"제국도 별것 아니군. 아하하하!"

왕들의 소란에 마법사가 계속 주춤거렸다.

"왜 그러나? 할 말이 남았나?"

리처드 후작이 마법사에게 질문했다.

"예. 추신이 있습니다."

"추신?"

리처드 후작이 의아한 듯 말했다. 그리고 일곱 왕과 여러 고위 귀족
들이 모두 마법사를 쳐다보았다.

"그래, 추신은 무엇이더냐? 말해보아라."

리버 국왕이 환한 얼굴로 말했다.

"예. 추신. 제이 경에게 감사해라. 그가 너희 모두의 목숨을 구했다."

마법사의 말에 좌중은 침묵에 빠졌다. 다들 그 말의 의미를 이해하
지 못해 멍하니 있었다.

"크하하하! 이 친구! 정말 해냈군!"

갑자기 리처드 후작이 크게 웃었다.

"무슨 일인가, 리처드?"

아뱃 국왕이 궁금한 얼굴로 말했다.

"예, 폐하. 이제 확실합니다. 제이 그 친구의 목적은 처음부터 적의 유인 섬멸이 아니었습니다. 양쪽 모두 피해없이 이 전쟁을 끝내는 것이 목표였죠. 그의 전쟁은 언제나 마찬가지입니다. 하지만 작은 규모라면 모를까, 이렇게 역사에 나올 만큼 커다란 전쟁에서도 가능하다니. 정말 멋진 친구입니다."

리처드 후작의 옆에서 라이언 후작마저 고개를 끄덕여 그 말에 신빙성을 더해주었다.

"이보게, 리처드. 그게 얼마만큼 대단한 실력이란 건가? 자네와 비교하면 어떤가?"

아뱃 국왕이 군침을 삼키며 물었다.

"저와 비교하다니요? 저 같은 놈 열 명이 있어도 이런 결과는 못 냅니다. 십만 명의 침투 부대 모두를 소모해도 어림도 없습니다. 그런데 황제의 메시지를 생각해 보십시오. 아직 서로 흘린 피가 거의 없다고 하잖습니까?"

리처드 후작의 말에 사람들이 숨을 죽였다.

"그 친구, 별 피해 없이 이번 일을 끝낸 겁니다. 데려간 병사들이 좀 죽었다고 해도 황제가 생각하기에 무시할 만큼일 겁니다."

이젠 완전히 정적에 싸였다.

"그를 저와 비교한다면 그건 엄청난 영광이지요. 그는 양쪽 모두 피해없이 전쟁을 끝내 버리는 능력을 가진 자입니다. 이전에도 그랬고 이번처럼 대규모 전쟁도 그의 손에 걸리면 다 마찬가지입니다. 그런 그가 만약 병력 피해를 감수하는 작전을 만들어서 펼친다고 생각해 보십시오. 어느 누가 감히 막을 수 있겠습니까? 설사 두 배, 세 배의 전력을 가진 나라라도 항복할 수밖에 없습니다. 그는 전쟁의 신입니다, 신."

리처드 후작의 말이 끝나자 요란하게 침 삼키는 소리가 들렸다. 각국의 국왕들이 군침 삼키는 소리다.

"그는 우리 트론 왕국의 사람이오. 아까 모두 인정한 것 아니오? 앞으로 다들 신경 끄시오."

트론 국왕이 벌떡 일어서며 소리쳤다.

"무슨 소리요? 그가 당신의 국민이 아님을 바로 조금 전에 직접 부정했잖소!"

아뱃 국왕은 포기하지 않았다.

"말만 그렇게 한 거지. 당신들을 방심시키려고. 난 내 딸을 이미 데려다 놨다고. 그와 결혼시킬 거야!"

"쉽게 될 줄 알고? 내 딸도 거의 다 왔어. 곧 도착한단 말이다!"

두 왕의 대화에 리버 국왕도 나섰다.

"이미 그를 얻은 것처럼 말하지 마시지요. 나에게도 기회가 있지요."

리버 국왕의 말에 서로 싸우던 두 왕이 이빨을 드러냈다.

"어디 감히 끼어들어!"

"제국과의 전쟁도 끝났는데 그냥 이 기세로 리버 왕국이랑 한번 붙어봐?"

두 왕이 성을 내자 리버 국왕이 조금 질린 얼굴로 변했다.

"결국 결정은 그가 하는 거요. 암."

리버 국왕은 그렇게 말하며 꼬리를 말았다.

인펌 국왕과 몇 명의 고위 귀족들은 자기네 막사에 모여 있었다.

"젠장! 그놈이 다른 왕국에 넘어간다면 우린 끝장이다."

인펌 국왕이 손을 떨며 말했다.

"폐하, 걱정 마십시오. 우리 왕국의 군대도 약하지는 않습니다."

인펌 왕국의 고위 귀족이 말했다.

"그딴 소리 한다고 이 일이 해결되지는 않아. 리처드 후작이 비교도 할 수 없다고 칭찬한 인재다. 제국의 황제가 이백만 대군을 데려왔다가 아무것도 한 일 없이 돌아가게 만든 놈이다. 게다가 황제가 그를 제이 경이라고 언급했다. 그 오만한 황제가 자기를 노리고 쳐들어온 적장을 그렇게 부르다니. 세상에. 그놈 정말 전쟁의 신이야?"

인펌 국왕의 말에 귀족들은 대답하지 못했다.

"그놈이 다른 왕국에 넘어가면 어떻게 되겠냐? 내가 딴지 많이 걸었으니 가뜩이나 나에게 불만이 많을 거야. 그러니 우리 왕국에서 데려오기는 애초에 글렀지. 그놈이 만약 아뱃 왕국 같은 곳으로 간다면? 아니, 트론 왕국에 가도 마찬가지야. 손에 칼을 쥐었으면 쓰고 싶지 않겠냐? 우리 왕국을 먹으러 쳐들어오면 우리는 어쩌라고? 제국의 도움도 못 받을걸? 우리가 이길 수 있을까?"

"폐하, 저희들을 믿으십시오."

"믿기는 개뿔이. 설사 막아낸다고 해도 우리 왕국은 거지꼴로 변하겠지?"

인펌 국왕이 걱정 가득한 얼굴로 말했다.

"폐하, 그럼 좋은 방법이 있습니다."

귀족 하나가 국왕에게 다가가며 말했다.

"무슨 방법인데?"

"그자를 우리 왕국에 데려오는 것은 애초에 그른 일이라면, 다른 자들도 얻지 못하게 하면 됩니다."

그 말에 인펌 국왕의 눈이 반짝였다.

"계속해 보거라."

"암살해 버리는 겁니다. 죽여 버리면 누가 얻을 수 있겠습니까?"

"가능할까? 그런 중요 인사를? 게다가 그자는 실력이 보통이 아니라던데?"

"왕국의 운명을 건 일입니다. 죽도록 죽이려 드는데 설마 불가능하겠습니까? 숫자 앞에서는 마족도 못 당하는 법입니다. 본격적으로 작위를 받고 세력을 얻기 전에 쳐 버리는 것이 가장 좋습니다."

"하지만 그는 지금 일곱 왕국을 구한 영웅으로 띄워지는 중이잖아. 그러다 우리가 한 짓이라는 걸 들키면 끝장이다."

"걱정 마십시오. 그가 어느 한 왕국으로 가면 곤란해지는 것은 다른 왕국들도 마찬가지입니다. 누가 죽였는지 알게 뭡니까? 잘될 겁니다."

그 귀족의 말에 마침내 인펌 국왕도 결심을 내렸다.

"좋다, 허가한다. 그놈을 국가의 운명을 걸고 죽여라. 다만 이 일은 중요하니 모두 비밀 유지에 각별히 주의하라."

인펌 국왕이 말했다.

"무마시켜야 해. 어떻게든 무마시켜야 해."

리버 국왕이 혼자 초조하게 앉아서 중얼거렸다.

"그놈, 제국에 내가 작전 계획을 넘겨준 걸 알지도 몰라. 정말 알면 어떻게 무마시키지? 돈을 줄까? 돈 가지고 될까? 아니면 암살할까? 그 대단한 놈을 어떻게 죽이지? 안 돼. 실패하면 큰일나."

어디 의논할 곳도 없는 리버 국왕은 혼자서 고민하며 끙끙 앓았다.

"역시 우리나라로 끌어들여야 해. 입을 막는 건 그것밖에 없어. 그런데 난 뭘 줄 수 있지?"

십만 명의 공중 강습 부대원들이 평원에 모였다. 그리고 그 뒤에는 인더스트리의 비공정 함대가 착륙해 있다. 모두 제이를 기다리고 있었다.

그리고 제이의 앞에는 주요 지휘관들이 모여 있었다.

"돌아가면, 왕들과 협의해서 배운 대로 마족들의 색출 작업을 시작하십시오. 약속된 시간에 제국도 색출을 시작할 겁니다."

"알겠습니다. 그런데 사령관님의 말투가 변한 것 같습니다."

제일기동부대장 다이버 백작이 의아한 듯이 말했다.

"나의 일은 끝났습니다. 난 더 이상 공중 강습 부대의 사령관이 아닙니다. 여기서 그만 헤어져야지요."

제이가 씩 웃으면서 말했다. 그 말에 지휘관들의 얼굴이 딱딱하게 굳었다.

"무슨 말씀이십니까? 전쟁을 끝낸 것은 사령관님 덕분입니다. 돌아가셔서 영웅이 되셔야지요!"

다이버 백작이 항의했다.

"아니요. 혼자 하는 전쟁은 없습니다. 다만 제가 방법을 알기에 이 끌었을 뿐입니다. 제가 한 것은 희생된 분들이 바친 목숨에 비하면 아무것도 아닙니다."

제이가 고개를 저으며 말했다.

"하지만 사령관님을 위한 파티도 잔뜩 준비되어 있을 텐데……."

"아니오. 저는 또 할 일이 있습니다. 마족이 이곳에만 있는 것이 아니니까요. 환영 파티는 여러분이 즐기십시오. 여러분은 그럴 자격이 있습니다."

"사령관님이 가장 큰 공을 세웠거늘 어찌 저희 몇 명만 놀고 즐기겠습니까?"

"여러분이라 함은 공중 강습 부대 전원을 말합니다. 모두 목숨을 걸고 이번 일을 했습니다. 즐길 자격이 충분합니다."

제이가 말을 이었다.

"연합군의 집결지까지는 비공정을 타고 가십시오. 이번에는 남의 눈을 피해 갈 필요가 없습니다. 똑바로 날아가면 금방 도착할 겁니다. 직위 해제자 오백 명 사이에 감시역으로 끼워 넣었던 친구들도 돌아오면 잘 챙겨주십시오."

"어디로 가시려고 하십니까?"

"비밀입니다."

제이가 웃으며 대답했다. 그리고 릴리를 돌아보았다.

"릴리야, 너도 그만 돌아가거라."

제이의 말에 릴리의 눈이 동그래졌다.

"아저씨, 그게 무슨 말이세요?"

"집에 가 있거라. 너무 오래 나돌아다니지 않았니? 부모님이 걱정하시겠다."

"싫어요. 아저씨를 따라갈 거예요."

릴리가 단호하게 말했다.

“지금부터 해야 하는 일은 여러 왕국을 돌아다니며 마족의 위협을 설득하는 작업이란다.”

“몬스터 토벌도 했어요. 마족을 잡는 일도 겪었어요. 전쟁터도 왔어요. 그런데 겨우 그런 일에 저를 빼겠다는 거예요? 그렇게는 못해요.”

릴리는 단호했다.

“이번에는 정말 떨어져 있어야 한다. 이제부터의 위협은 그동안과는 다르다. 모든 적들이 나를 노릴 거다. 더구나, 그 위험은 마족만이 아닐 수도 있단다.”

“그게 무슨 말이세요?”

“내가 노출되면 나를 노릴 자가 늘어난다. 그것이 마족이든, 마족이 사주한 인간이든, 아니면 다른 목적을 가진 자든. 난 그 모든 위협에서 너를 지키기 어렵다.”

“나도 내 한 몸은 지킬 수 있어요.”

“집에 가 있으렴. 걱정 마라. 일이 일단락되면 너를 찾아가마. 그게 내 일을 도와주는 거란다.”

제이가 슬픈 눈으로 말했다.

그 눈을 본 릴리는 더 이상 고집을 피울 수 없었다.

앞으로는 정말 언제 죽어도 이상하지 않을 정도로 위험하다. 제이는 지금처럼 군대의 한복판이 아니라면 릴리를 데리고 다닐 수 없다.

“꼭이에요. 트론 왕국 수도에 오셔서 가든 집안을 찾으세요. 아니, 수도의 마법사들에게 제 이야기를 해도 찾을 수 있어요. 꼭 오셔야 해요.”

릴리가 간절한 눈빛으로 말했다.

"걱정 마라. 꼭 찾아가마."

제이가 웃어주며 말했다. 그리고 페넬을 돌아보았다.

"페넬, 너도 그만 가야지?"

제이의 말에 이번엔 페넬의 눈이 동그래졌다.

"어머, 제이님. 무슨 그런 섭섭한 말씀을 다 하셔요? 나를 어떤 분들이 보냈는지 잘 알면서?"

"그러니 너를 보낸 그들에게 가서 네가 들은 모든 것을 전해라. 마족의 계획을 전하고 천족 보고 대비하라고 해라. 어리버리하게 준비했다가는 천족들도 쫄딱 망할 수 있으니 각오 단단히 하라고 해."

페넬을 쫓아 보내려고 제이는 적당한 핑곗거리를 가르쳐 주었다. 제이의 말에 페넬은 할 말이 없다.

'확실히 이만한 핑계면 돌아가도 될 것 같기는 하네. 제이님 곁에 있는 게 훨씬 재미있지만 저렇게 정색을 하니 어쩔 수 없나?'

페넬은 빠르게 단념했다.

"알았어요. 하지만 걱정 말아요. 볼일만 다 보면 다시 제이님을 찾아갈 테니까."

페넬이 요염하게 웃으며 말했다. 그리고 페넬도 떠난다는 사실에 릴리는 조금 안도했다.

"제이님, 나도 가야 하나?"

징거가 제이를 보고 말했다.

"그거야 당신 마음대로 해. 나는 이제부터 비공정 윙스 오브 퓨리를 타고 움직인다."

제이가 말했다. 그 말에 징거의 얼굴이 환해졌다.

"하하, 윙스 오브 퓨리라면 나도 당분간 신세를 지려고 했던 비공정이군. 브라이언 함장이랑 거하게 한잔해야지."

징거가 호탕하게 웃으며 말했다.

"그럼 여러분, 이만 헤어집시다. 시간은 아껴야 하니까. 그리고 우리 릴리를 집까지 잘 좀 데려다 주십시오."

제이가 말했다. 그 말에 귀족들이 일제히 가슴에 손을 얹었다.

"레이디의 안전은 목숨을 걸고 사수하겠습니다!"

귀족들이 한 목소리로 대답했다.

연합군은 하늘만 바라보고 있었다.

"비공정이다!"

누군가가 소리쳤다.

"아주 많다!"

다른 사람도 맞장구를 쳤다. 연합군의 수뇌부도 하늘을 확인했다.

"드디어 오는군."

트론 국왕이 뿌듯한 얼굴로 말했다. 그의 옆에는 아리따운 아가씨가 한 명 서 있었다.

"아바마마, 그가 정말로 그렇게 대단한 사람인가요?"

"암, 이 세상 최고의 남편감이지. 게다가 어디의 왕자도 아니다. 신분 차이가 심하니 네가 꼭 잡을 수 있단다."

"호호. 알았어요. 맡겨만 두세요."

밍스 공주가 신이 나서 말했다.

"흥, 벌써 자기 사람이 된 것처럼 말하는군."

옆에서 아뱃 국왕이 코웃음을 쳤다. 그의 옆에도 예쁜 아가씨가 서 있었다.

"그러게요, 아바마마. 우리 제이님을 가지고 함부로 말하니 제 기분이 다 나빠지려고 하네요. 쳇!"

아뱃 왕국의 라이 공주가 혀를 차며 말했다.

"뭐얏! 네 제이님이라고?"

밍스 공주가 눈에 쌍심지를 켰다.

"그래, 내 제이님이야. 함부로 노리지 말앗!"

두 공주는 어차피 제이에게는 별다른 감정이 없다. 하지만 서로에게는 감정이 많다. 더구나 둘 다 노리는 대상이 왕국의 운명을 바꿀 정도로 대단한 인재라고 하니 욕심이 동할 대로 동한 상태다. 그래서 서로 이를 갈았다.

어떤 이는 서로 시비가 붙고 어떤 이는 기대감을 가지고 기다리는 사이 비공정 함대들이 다가왔다. 그들이 착륙하기 시작하자 수많은 사람들이 모여들었다. 그들 중 비공정을 가까이에서 본 사람은 극히 드물었다. 모든 사람들이 신기한 마음을 감추고 잔뜩 기대를 가지고 서 있었다.

그리고 비공정이 하나씩 착륙하고 병사들이 내리기 시작했다. 사람들은 아는 얼굴이 보일 때마다 박수를 치고 환성을 질렀다.

그러나 왕과 고위 귀족들의 얼굴은 점점 굳어갔다.

"왜 제이가 없지? 그가 가장 먼저 내려야 하는 것 아닌가?"

트론 국왕이 찜찜한 느낌에 중얼거렸다.

"작전에 참가한 귀족들이 돌아오고 있습니다. 저 녀석들에게 물어보면 무슨 일인지 알 수 있습니다."

"영웅은 원래 마지막에 등장하는 것 아닙니까? 몸값을 올리고 있나 보지요."

대부분은 제이의 등장을 계속 기다렸다. 그리고 마침내 모든 병력이 내리고 나자 왕들의 얼굴은 완전히 굳었다.

인펌 국왕은 자기 막사에 들어오자마자 물건을 집어 던졌다.

"그 새끼. 눈치챈 거야. 내가 노리고 있는 걸 눈치채고 달아난 거야. 틀림없어."

인펌 국왕은 손까지 떨고 있었다.

"폐하, 걱정 마십시오. 지가 달아나 봐야 어디까지 가겠습니까? 왕국의 전력을 기울여 그를 제거하겠습니다. 어쨌거나 한 놈 아닙니까? 자기 세력도 없는 놈입니다."

고위 귀족이 인펌 국왕에게 아부했다.

"그렇지, 틀림없이 처리하게. 그자가 다른 왕국에 넘어가서는 안 돼. 절대로."

리버 국왕은 자기 막사에서 두 손을 꼭 쥐고 있었다.

"다행이다. 그가 안 왔다. 다행이다. 내 이야기는 없었다. 다행이다. 모르나 보다."

리버 국왕이 계속 중얼거렸다.

강습 부대가 황제를 공격하는 것에 반대했다가 직위 해제된 오백여 명은 비공정들이 복귀한 때로부터 여러 날이 지나서야 거지꼴이 돼서 복귀했다.

"폐하만 만나면 그 자식의 목을 쳐 버리라고 건의하겠어."

"그놈이 살아 있기나 할까? 스트릭 제국의 황제를 공격한다고 갔어.

벌써 죽었을 거야."

"살았어도 산 게 아니야. 황제의 분노를 샀으니 죽은 거나 다름없지. 하하하!"

"그래도 나는 내 눈으로 그놈이 죽는 꼴을 보고 싶소."

귀족들은 제이의 욕을 신나게 하면서 지휘부를 찾아갔다.

"그런데 어째 본대가 꽤 줄어든 것 같지 않소이까?"

귀족 하나가 고개를 갸우뚱하며 말했다.

"그러게요. 마치 잔류 병력 같은 느낌이군요."

"에이, 작전에 나갔겠지. 우리가 보내준 정보를 보면 원래 작전을 취소했겠지. 전쟁이 끝난 것도 아니니 새 작전을 마련했을 거요."

"하긴. 전쟁은 아직 제대로 시작도 안 했으니까."

귀족들은 서로 즐거워하며 왕들이 있던 지휘 막사로 이동했다.

제이는 왕들에게 직접 명령권을 받았다. 따라서 이들은 복귀 보고를 왕에게 직접 할 명분이 있다.

'이 기회에 폐하에게 눈도장을 찍어둬야지.'

그것이 귀족들의 한결같은 생각이었다. 심지어 그들을 따라오는 평민 지휘관들도 이 기회에 이름 좀 알려볼 생각으로 가득했다.

그러나 그들을 맞은 것은 텅 빈 지휘 막사였다. 썰렁하기까지 한 막사를 본 귀족들은 잠시 멍한 느낌을 감출 수가 없었다.

"이거, 어떻게 된 거지?"

"하하, 아무래도 다들 다른 곳으로 이동하셨나 보군."

"그래, 그렇겠지. 어이, 거기 가는 기사. 이리 좀 와보게나."

인펌 왕국의 스카티 백작이 뒷정리를 위해 바삐 걸어가던 기사를 불렀다. 복장이 좀 더러운 꼴이지만 그래도 귀족 같아 보이는 사람들이 자기를 부르는 것을 보고 기사가 급히 다가왔다.

"무슨 일이십니까?"

"에헴, 폐하들께서는 모두 어디로 이동하셨나?"

스카티 백작이 거드름을 피우며 말했다.

기사가 질문을 제대로 이해하지 못했다.

'일곱 왕이 모두 자기네 나라로 돌아간 지 언젠데, 이게 무슨 자다가 봉창 두들기는 소리냐?'

기사는 긴 문장으로 되묻고 싶었다. 하지만 상대는 귀족들이다. 그는 자신의 질문을 한 글자로 줄였다.

"네?"

기사의 이해 못하겠다는 표정에 백작이 역정을 냈다.

"어허, 혹시 폐하들의 안전을 위해서 함부로 말하지 못하는 거라면 내 이해를 하네. 하지만 걱정 말게. 우리는 블루 드래곤 기동 부대의 생존자들이네. 어서 전황을 보고해야 한단 말이네!"

백작의 큰소리에 기사가 깜짝 놀랐다.

"블루 드래곤 공중 강습 부대 말씀이십니까? 얼마 전에 십만 명을 차출해서 만든 그 부대 말씀이십니까? 그런데 그 부대의 생존자들이시라구요?"

"그렇다니까. 그건 정말 치열한 전투였다네. 우리만 겨우 살아남았지."

백작의 말에 기사가 알겠다는 표정을 지었다.

"잠시만 여기서 기다려 주십시오. 곧 다른 분들을 모셔 오겠습니다."

기사가 빠르게 말하고 뛰기 시작했다.

"오, 달음박질이 장난이 아니군."

"얼마나 놀랐으면 저리 뛸까?"

"아마 검기를 다루는 기사인가 봐. 사람의 속도가 아니군."

"그런데 어째 저 기사의 얼굴 표정이 꽤나 밝았다는 기분이 드는데? 우리 이야기를 듣고 마치 웃는 것 같았는데?"

"우리가 왔다는 것을 제일 먼저 알린다는 것 자체가 저 기사에게는 영광이겠지. 웃을 수밖에."

"에잉, 나쁜 놈. 미친놈 하나 때문에 병력 십만을 잃었는데 좋아하다니."

귀족들은 이런저런 잡담을 하며 시간을 보냈다. 주로 앞으로 있을 포상에 관한 것이었다.

"오, 저기 오는군!"

백작 하나가 달려오는 병사들을 보면서 반갑게 말했다.

"꽤 많은데? 군단 두세 개는 되겠어."

"하하, 환영 인파야 많을수록 좋지. 에헴, 그럼 내가 대표로 나서서 맞도록 하겠소."

스카티 백작이 앞으로 나서며 말했다. 그리고 두 팔을 크게 벌리며 소리쳤다.

"여러분, 환영에 감사합니다. 그러나 우리는 무능한 사령관의 미친 짓을 막지 못한 죄가 있습니다. 그러니 너무 거창한 환대는 감당하기 힘듭니다. 조금만 진정하십시오."

백작의 소리에 달려오는 병사들 사이에서 웃음소리 비슷한 환성이 들렸다. 백작이 고개를 뒤로 돌려 일행을 보았다.

"다들 좋아하는데?"

스카티 백작이 환히 웃으면서 말했다. 다른 귀족들도 즐거운 얼굴이었다.

"그런데 어째 이 병사들이 우리를 포위하는 기분이 드는군요."

자작 하나가 어색한 표정으로 말했다.

"걱정 말게. 우리를 둘러싸고 환영하는 거야. 보라고, 다들 웃고 있잖아."

스카티 백작이 병사들에게 웃어 보이며 중얼거렸다.

그리고 물샐틈없는 포위망이 구축된 뒤 둘러싼 병사들 사이에서 귀족 하나가 앞으로 나섰다.

"나는 트론 왕국의 로트 후작이오. 그대들이 블루 드래곤 공중 강습 부대에서 최종 공격 직전에 빠져나온 그 사람들 맞소?"

로트 후작의 말에 귀족들이 일제히 앞으로 나섰다. 그리고 스카티 백작이 슬픈 얼굴로 말을 꺼냈다.

"맞습니다. 바로 우리가 그들입니다. 참으로 안타깝게도……."

"모두 체포햇!"

로트 후작이 소리쳤다. 그 말과 함께 만 명이 넘는 병사들이 일제히 창칼을 내밀었다.

"무, 무슨 짓입니까?"

스카티 백작이 당황해서 소리쳤다.

"너희들을 모두 전시 명령 불복종 혐의로 체포한다."

로트 후작의 말에 귀족들은 당황했다.

"이보십시오, 로트 후작님. 황제를 치자는 건 제이 그 새끼의 독단이었단 말입니다. 우리는 그것을 과감히 거부하고 돌아왔습니다. 우리 잘못이 아닙니다."

스카티 백작이 급히 변명했다.

"뭐? 아니, 이놈들이 미쳤나? 어디서 감히 제이 경께 그딴 상스러운 욕을 해? 이거 곱게 다뤄서는 안 되겠군. 뭣들 하느냐! 모두 포박해라! 저항하는 자는 베어버렷!"

로트 후작이 화를 버럭 내며 소리쳤다. 그 말에 병사들이 달려들어 오백여 명의 사람들을 붙잡기 시작했다.

"잠깐, 잠깐, 나는 아뱃 왕국 사람이오. 트론 왕국이 나를 체포할 수는 없소!"

귀족 하나가 소리쳤다.

"네놈들에 대한 체포 명령은 일곱 국왕께서 같이 내리신 것이다. 네놈들 중에 빠져나갈 수 있는 놈은 단 하나도 없어!"

로트 후작이 다시 소리쳤다. 정확히 말하면 제이가 끼워 넣은 기사 몇 명은 예외다.

귀족들은 포기할 수 없었다. 스카티 백작이 다시 나섰다.

"제국의 황제께서 화나셨습니까? 이해합니다. 나라도 그러겠지요. 자기 목을 노렸는데. 하지만 우리는 그 일에 조금도 책임이 없단 말입니다. 오히려 반대했습니다. 그러니 우리에게 명예를 회복할 시간을 주십시오. 전쟁에서 공을 세우겠습니다. 이렇게 끌려가게 하지 마십시오."

스카티 백작이 간절한 목소리로 애원했다.

로트 후작이 그런 백작 앞으로 다가왔다. 백작의 눈에 희망의 빛이 스쳤다.

"이런, 이런. 네놈들은 아직도 모르고 있구나. 하긴, 알았다면 이리 오지도 않았겠지."

"뭘 말씀이십니까? 말해주시면 귀를 씻고 경청하겠습니다."

"전쟁은 이미 끝났다."

"헛! 그게 무슨 말도 안 되는 개소리입니까?"

"제이님과 블루 드래곤 공중 강습 부대가 전쟁을 끝냈다. 제국군은 철수 중이다. 우리 연합군도 마찬가지지. 여기 남은 병력은 뒷정리를 하는 마지막 부대다."

"그, 그럼 제이 그 작자는 어떻게 됐습니까?"

"말을 조심하는 게 좋을 거다. 그분이 어떤 분이신지 아나? 우리 일곱 왕국과 제국 모두에게 영웅이신 분이다. 이미 모든 왕국이 그분 영입 작전에 뛰어들었다. 그분이 좋다고만 하시면 어느 나라에서든 공작 작위는 기본이다. 그런 분을 함부로 욕하면 쉽게 죽지 못하지."

"믿을 수 없습니다!"

"믿든 말든 너희들은 이제 끝났다. 귀족 직위 박탈에 영지 몰수까지 각오해야 할걸? 아니지. 살아남는 거나 걱정하라고. 네놈들에 대해서 폐하들의 감정이 많이 안 좋아. 너희들 중에 자기네 왕국 사람이 많으면 제이 경에게 면목이 안 서잖나."

로트 후작의 말에 오백여 명의 얼굴이 창백해졌다. 그들이 넋 나간 표정으로 주저앉았고 병사들이 다가와 그들을 묶었다.

"아, 배 아프라고 알려주는 건데 말이야."

로트 후작이 마치 막 생각났다는 듯이 말했다.

"제이 경을 따랐던 십만 명의 피해는 아주 작아. 그리고 살아남은 사람들은 모두 포상을 단단히 받게 됐지. 작위가 오른 사람도 많고, 군대 내의 지위가 한 단계 상승한 사람은 셀 수도 없어. 평민에서 남작 작위를 받은 자들도 제법 될걸? 그 좋은 기회를 왜 박찼나? 나 같으면 돈을 써서라도 그분 밑에 들어갔을 텐데."

로트 후작의 놀림이 제이를 따르지 않은 자들의 가슴에 비수가 되어
박혔다.

*　　　*　　　*

마계의 분위기는 싸늘하게 식었다. 마왕은 심통이 잔뜩 난 얼굴로
자리에 앉아 있었다. 그리고 그 앞에 가문 연합의 크랙이 고개를 숙였
다.

"으드득. 그러니까 실패군?"

마왕이 이를 갈며 말했다.

"마왕님, 아직 모든 계략이 다 실패한 것은 아닙니다. 제국이 하나만
있는 것도 아닌 데다가 다른 왕국들도 있고 또 영지 간의 전투도 있습
니다."

크랙이 급히 변명했다.

"지랄하고 자빠졌네. 하는 일마다 실패하면서 뭐가 어쩌고 어째? 아
직 다 실패한 것은 아니다?"

마왕이 마기를 풀풀 날렸다. 크랙은 기가 죽어서 더욱 몸을 움츠렸
다. 그의 등으로 식은땀이 흘렀다.

"마왕님, 우리 계획은 완벽했습니다. 하지만 그 쳐 죽일 놈 하나가
모든 것을 망쳤습니다. 작은 변수를 예상하지 못한 것이 실수입니다."

크랙의 변명을 듣던 마왕이 벌떡 일어서더니 달려들었다. 크랙의 목
을 움켜잡은 그는 이빨을 드러내며 잡아먹을 듯한 표정으로 말했다.

"작은 변수라고 했냐? 모든 계획은 그놈 하나 때문에 망가지고 있

249

다. 그게 어떻게 작은 변수냐? 그런 걸 심각한 장해물이라고 하는 거
다."

마왕이 으르렁거리자 크랙은 정말로 잡아 먹힐지도 모른다는 두려
움에 빠졌다.

"마, 마왕님. 반드시, 반드시 복구하겠습니다. 그러니 노여움을 잠시
만 참아주십시오."

크랙이 덜덜 떨면서 말했다. 평소의 계산 빠른 그의 머리도 마왕의
먹잇감이 될 위험에 빠지자 제대로 돌지 않았다.

"그래야 할 거야. 안 그리면 가문 연합, 네놈들을 가만두지 않을 테
니까. 네놈들 때문에 들어간 물자가 얼마나 많은지 안다면 제대로 해
야지."

"네! 네!"

크랙이 급히 동의했다.

"일단 그 제이라는 놈부터 찾아서 잡아 죽여라. 쓸 수 있는 건 다 써
서 그놈을 잡아 죽여. 이제 산 채로 잡아올 필요 따윈 없다. 대가리만
가져와. 그 머리통만이라도 씹어 먹겠다."

마왕이 으르렁거렸다.

*　　　*　　　*

십이평의회의 천족들은 멍하니 앉아 있었다.

"엄청나군, 엄청나. 이건 정말 할 말이 없군요."

"그러게요. 제이 그자의 능력은 끝이 없군요."

"지금 그게 중요한 게 아니지요. 마족이 전쟁을 준비하고 있다잖습

250

니까? 신마대전이라. 역사에나 나오는 그 신마대전이라니.”

“그자의 말을 믿어야 할까요?”

“안 믿으면? 전해 들은 모든 정황이 그자의 말이 사실임을 주장하고 있어요.”

“그래요. 비록 우리가 직접 수집한 정보는 아니지만 마족이 노리는 바는 명확한 것 같군요.”

“휴우. 큰일이야, 큰일이에요.”

천족들은 푸념을 거듭했다.

“그런데 믿어지십니까? 인간의 능력으로 이런 것들이 가능한지가?”

한 천족이 중얼거렸다.

“아니면요? 그놈이 신이라도 된다는 말씀이십니까?”

“정말 그러면 어떻게 감당하려고 함부로 그러십니까? 정말로 우리가 신을 소환했을 수 있습니다.”

“에이, 그런 말도 안 되는 소리는 그만 합시다.”

“아니. 나는 그 의심을 떨칠 수 없습니다. 차원 간 소환 마법진에 대해서 다시 분석해 봐야겠습니다. 어째서 그가 소환됐는지, 변형된 검색 조건은 도대체 무엇이었는지.”

천족 하나가 포기하지 않고 말했다.

“쓸데없는 짓을 하시려고 하는군요. 그보다 우리는 전쟁 준비가 더 시급한 문제입니다.”

“그렇지요. 동족 전체에게 전투 준비를 시켜야 합니다.”

“인간계는 별 피해 없이 병력을 잔뜩 끌어 모았습니다. 그들이 해산되지 않고 오히려 훈련에 박차를 가하도록 압력을 넣읍시다.”

“인더스트리. 그들은 큰 전력이 됩니다. 더구나 놈들은 슬슬 새로운

수리 기술을 익혀가고 있습니다. 마더가 우리 손에 있을 때 통제를 강
화해야 합니다."

"어쨌든 이건 기회입니다. 전쟁을 반대하는 다른 자들도 이젠 더 이
상 말리지 못하겠지요. 마계를 토벌하고 우리가 모든 것을 지배하는
세상을 만듭시다!"

천족들이 결의를 다졌다.

"**하**하하! 어서 오십시오, 제이."

인더스트리 최고회의 의장이 환히 웃으며 제이를 환영했다.

"공중 강습 함대를 지원해 주신 것에 대해서 감사합니다. 그런데 피해가 제법 커서 뭐라 드릴 말씀이 없습니다."

제이가 사과했다.

"어허! 무슨 그런 섭섭한 말을 하십니까? 이건 인류 전체를 위해 하는 큰 사업인 것을. 어서 갑시다. 환영 파티를 준비했습니다."

의장이 손사래를 치며 말했다.

"저는 시간이 많지 않습니다. 당장 최고회의를 소집했으면 합니다."

제이가 심각한 얼굴로 말했다.

"그래도 신의 손이 온다고 다들 기대가 큰데… 제이님의 얼굴을 보겠다고 다른 공중 도시에서 온 분들도 많고⋯⋯."

의장이 못내 아쉬운 듯이 말했다. 제이와의 친분은 그의 정치적 지위에 긍정적인 영향을 끼친다. 제이를 보겠다고 모든 공중 도시에서 주요 인사들이 모여들었으니 이 기회를 놓치기는 아까웠다.

'하지만 제이님 말이 더 중요하니까.'

의장은 금방 포기하고 마음을 고쳐먹었다.

"알았습니다. 당장 소집하겠습니다. 어차피 대부분 이 도시에 모여 있으니 금방 될 겁니다."

"상황은 모두 아실 겁니다. 스트릭 제국과 일곱 왕국이 마족 색출 작업을 시작했습니다. 거기서 아마 수백 마리는 족히 나올 겁니다."

제이가 설명했다. 의장이 즉시 화답했다.

"우리도 정보부를 통해 소식은 전해 들었습니다. 지금 모든 왕국이 그 문제로 난리가 났다더군요."

"그렇습니다. 하지만 아쉽게도 다 그 이야기를 믿는 것은 아닙니다. 상당수의 왕국은 제국의 음모가 아닐까 하며 이 이야기를 믿지 않습니다. 그런 곳은 마족들의 침투가 너무 깊기 때문입니다. 마족 놈들이 수작을 부리는 것이지요. 저는 그들에 대한 설득 작업을 해야 합니다."

제이가 눈을 빛내며 말했다. 최고회의 의원들은 모두 제이에게 절대적인 지지를 보내고 있다.

"우리 인더스트리가 그 일에 최대한 지원을 아끼지 않겠습니다."

"그렇습니다. 돈은 귀신도 부린다고 했습니다. 돈을 풀어서라도 일을 추진하겠습니다."

"이미 스트릭 제국이나 일곱 왕국에게 전해 들은 이야기가 있을 테니 그들도 우리 이야기를 흘려듣지는 못할 겁니다. 걱정 마십시오."

의원들이 너도나도 일어서며 큰소리를 쳤다.

"감사합니다. 적극적인 협조를 바라겠습니다. 그리고 그와 병행해서 우선 처리해야 할 일이 하나 있습니다."

"어떤 일입니까? 말씀만 하십시오."

의장이 큰소리를 쳤다.

"인더스트리가 천족에게 협조하고 있는 이유를 알아야겠습니다. 앞으로 마족과의 전쟁이 벌어질 가능성이 높습니다. 그때 천족이 부리는 대로 움직인다면 인더스트리는 감당할 수 없는 피해를 입게 됩니다. 인간은 천족의 도구가 아닙니다."

제이의 말에 의장의 얼굴이 굳었다. 그는 고개를 돌려 의원들을 둘러보았다. 의원들이 고개를 끄덕였다.

"휴우. 어차피 제이님은 남이 아니니까 말씀드리겠습니다. 이건 우리 인더스트리의 최대 비밀입니다."

"퍼뜨리지 않겠습니다."

"우리 인더스트리에서 제일 중요한 것이 무엇인지 아십니까?"

"수리 시스템의 정점. 마더겠지요."

제이가 즉시 대답했다.

"헛! 마더에 대해서 어떻게 아셨습니까?"

의장이 기겁을 하며 질문했다.

"인더스트리의 수리 시스템 복구에 대해서 연구를 하다 보면 알아내기 어렵지 않습니다. 이곳의 체계는 한 기계가 고장나면 그것을 수리하는 상급 기계가 있는 방식입니다. 그것이 반복되지요. 하지만 그런 수리 시스템이 무한히 있는 것은 아닐 테니 어딘가 끝이 있겠지요. 마

더라는 단어는 전에 한번 언급하신 적이 있습니다. 조합해 보면 답이
나옵니다.”

제이가 별것 아니라는 듯이 대답했다. 지구의 산업 체계에 익숙한
그가 인더스트리의 수리 시스템을 총체적으로 점검까지 했다. 구조적
문제가 뭔지 알아내는 것은 어렵지 않다.

“맞습니다. 역시 신의 손이시군. 우리 수리 시스템의 정점에는 최종
수리 시설이 존재합니다. 바로 이 공중 도시 드림에만 있는 유일무이
한 시설이지요. 우리는 그것을 마더 오브 올 머쉰스, 줄여서 마더라고
부릅니다.”

의장이 나름대로 감탄하며 말했다.

“그리고 그것이 천족의 손에 있습니까?”

“켁! 그건 또 어떻게?”

의장이 입을 떡 벌리고 말했다.

“수리 시스템들을 분석해 보면 그것들의 상태가 그다지 좋지 못하다
는 것을 알 수 있습니다. 그건 그 상위 수리 시스템의 상태가 나빴다는
뜻이지요. 그리고 그건 더 상위의 수리 시스템에 문제가 있다는 거고.
그렇게 보면 최상위 수리 시스템의 사용에 치명적 문제가 생겼다는 것
을 예상할 수 있습니다. 인더스트리의 상황과 엮어서 생각하면 이것도
쉽게 답이 나옵니다.”

제이의 질문에 의장의 눈에 핏발이 섰다.

“그렇습니다. 그 간사한 놈들. 전해지는 이야기에 의하면 백 년이
훨씬 넘는 옛날 언젠가 고위 천족 몇이 우리 공중 도시를 방문했습니
다. 천계의 수뇌부인 십이평의회 놈들이 직접 왔기 때문에 우리도 매
정하게 대할 수 없었지요. 직접 비공정까지 보내서 모셔 왔습니다. 그

죽일 놈들을 우리 비공정으로 직접 데려왔단 말입니다. 으드득."

의장이 이를 갈았다.

"마더가 중요한 것이라면 경비가 삼엄했을 텐데요?"

"물론입니다. 마더에는 대공 애로우 런처가 다수 설치되어 있고 상주 경비 병력도 만만치 않습니다. 유사시에는 입구를 폭파하여 폐쇄토록 되어 있으니 설사 마족이 쳐들어온다고 하더라도 지켜낼 자신이 있었습니다."

"마족이 아니라 천족이라 지키는 데 실패했군요."

"정말 모르시는 것이 없군요. 그렇습니다. 그 간악한 놈들은 마더의 존재를 알고 있었습니다. 그리고 꼭 구경해 보고 싶다고 했습니다. 상대가 천족의 수뇌라 우리는 차마 거절할 수가 없었지요. 그리고 그놈들, 마더를 관람하다 돌변했습니다. 안내하던 자들을 죽이고 마더를 장악해 버렸습니다."

"인더스트리의 마법 방해 시스템은 어떻게 해결했습니까?"

"십이평의회의 천족들은 워낙 대단한 놈들인지라 약간의 마법 사용이 가능했습니다. 그놈들의 실력이면 손이 닿는 거리에 있는 마더를 공격 마법으로 망가뜨릴 수 있습니다. 우리는 도저히 모험을 할 수 없었습니다."

"그럼 지금 마더를 장악하고 있는 놈들은 누구입니까?"

"십이평의회가 그걸 장악하고 나서 자기 부하들을 불러들였습니다. 육체적 능력이 강한 자들로 모아왔더군요. 칼만 가지고도 마더를 부술 수 있는 자들입니다. 그들이 서로 임무 교대하는 것을 우리는 구경할 수밖에 없었습니다."

"흐음."

제이는 잠시 생각에 잠겼다. 상황은 그가 예상하던 것과 크게 다르지 않았다. 어쨌든 천족은 인더스트리의 약점을 잡고 있다. 그가 고개를 들었다.

"오래전 일인데 꽤 자세히 알고 계시군요?"

"물론입니다. 그놈들이 항상 버티고 있는데 어떻게 이 이야기가 잊혀질 수 있겠습니까? 이건 신임 최고회의 의장과 의원들에게 전임자들이 확실히 전하는 이야기입니다. 잘 모르고 함부로 마더를 찾으려 했다가는 우리가 멸망할 수 있으니까요."

의장의 말에 제이가 고개를 끄덕였다.

"알겠습니다. 확실히 옛날에는 어려운 길로 가는 바보짓을 했군요. 하지만 이미 지난 일이지요."

"바보짓이라니요?"

"천족의 수뇌가 왔다면서요? 그놈들, 꽤나 욕심이 많습니다. 욕심이 너무 많으면 자신을 희생하기 싫어하지요. 그 당시 인더스트리는 배짱을 튕겨야 했습니다."

"하지만 그들이 장악한 것은 우리 인더스트리의 생명줄입니다."

"그놈들이 건 것은 그들의 목숨입니다. 그러니 인더스트리는 '까짓 것 부숴라. 어차피 우리는 자식들이 살아 있는 동안까지도 부귀영화를 누릴 수 있다. 대신에 너희들은 여기서 확실히 죽는다. 지금이라도 포기하고 나오면 순순히 돌려보내주겠다' 그렇게 주장해야 했습니다."

"하지만 그놈들이 믿지 않으면 어떻게 합니까?"

"안 믿을 리가요. 그놈들이 정말 목숨을 걸었겠습니까? 인더스트리는 존망을 건 일이 아니라면 천족의 수뇌를 몰살시킬 수 없습니다. 전체 천족의 힘이 더 세니까요. 그들은 그걸 아니까 마음 놓고 일을 벌인 겁니다. 배짱만 제대로 부렸으면 그놈들, 반드시 물러났습니다.”

“그런…….”

의장이 허탈한 얼굴로 말을 잇지 못했다.

“뭐, 어차피 이젠 늦은 일입니다. 지금 마더를 쥐고 있는 것은 그 부하들이니까. 목숨을 걸 만한 놈들로 골랐겠지요. 그러니 마더를 찾기 위해서는 그때와는 또 다른 대책을 세워야지요.”

제이의 말에 의장의 얼굴에 화색이 돌았다.

“찾을 수 있다는 말입니까? 마더를 온전히 돌려받을 수 있다는 말입니까?”

의장의 말에 제이가 고개를 저었다.

“이건 위험한 일입니다. 실패할 가능성이 높습니다. 하지만 그래도 해야 합니다. 현재의 상황에서는 차라리 마더를 부숴 버리고 천족의 압력에서 벗어나는 것이 더 낫습니다. 인더스트리의 수리 시설들은 매뉴얼을 최대한 찾아 직접 복구하도록 노력하면 제법 살릴 수 있을 겁니다.”

“하지만 마더입니다. 부술 수는 없습니다.”

“최악의 경우 그렇게 해야 합니다. 이대로 천족이 시키는 대로 휘둘리면서 마족과 싸우면 인더스트리는 존립 자체에 위협을 받습니다. 역사 속의 신마대전과는 다릅니다. 이대로 가면 이번에는 인더스트리가 천족의 완벽한 방패막이가 됩니다.”

“그래도…….”

“공중 도시는 대단한 공격 무기입니다. 그렇지 않습니까?”

제이의 질문에 의장의 얼굴에 자랑스러움이 비쳤다.

“그렇습니다. 공중 도시는 이동이 가능합니다. 따라서 엄청난 병력과 물자를 수송할 수 있습니다. 공중 도시에 대한 공격 방법이 별로 없으니 방어력은 거의 절대적입니다. 또한 투하식 폭탄에 의한 지상 공격 능력이 있습니다. 공중 도시에서는 지상으로 돌만 던져도 그 위력이 투석기보다 강력합니다. 그야말로 공략 불가능한 공중 요새입니다."

의장이 어떠냐는 듯이 말했다.

"대단합니다. 예상은 했습니다만 정말 훌륭합니다."

제이가 박수까지 치면서 덧붙였다.

"공중 도시의 그 전투력은 마족에게도 큰 위협이 됩니다. 그 말은 천족에게 아주 유용하다는 뜻입니다."

제이가 설명했다.

"당연히 그렇겠지요."

의장이 자랑스럽게 고개를 끄덕였다.

"그러니 전쟁이 벌어지면 천족이 공중 도시를 그냥 둘 리가 없습니다. 지금의 우월적 지위를 이용하여 공중 도시들을 장악한 후 최전선으로 내몰 겁니다."

"뭐라구욧! 아무리 공중 도시라고 해도 그건 무리입니다!"

의장이 버럭 소리를 질렀다.

"당연합니다. 인더스트리가 마계 전체를 상대로 적극적인 공격을 한다면 그 결과는 명확합니다. 전쟁이 끝날 때쯤에는 공중 도시 한두 개 살아남으면 기적입니다. 몰살당해도 이상하지 않습니다."

제이의 말에 최고회의 전체가 서리라도 내린 듯 싸늘해졌다.

"우리의 멸망이군요."

의장이 중얼거렸다.

"그렇습니다. 그렇기 때문에 마더를 탈환할 수 없다면 차라리 부숴 버려야 한다는 겁니다."

제이의 말에 의장은 반박할 말을 찾을 수 없었다.

"하지만 부수는 것만은……."

"최악의 경우가 그렇다는 겁니다. 하지만 아무리 양보해도, 우리는 최대한 빠른 시간 안에 마더를 탈환해야 합니다."

제이의 말에 최고회의는 잠시 침묵에 빠졌다. 의장은 의원들과 조용히 의견을 나눈 후 제이를 돌아보았다.

"동의합니다."

의장이 침울한 얼굴로 말했다.

"좋습니다. 가능한 한 빨리 시작하겠습니다. 마더의 구조에 대해서 잘 아는 사람들을 불러주십시오. 인더스트리에서 보유하고 있는 특수 부대 중 최고를 모아주십시오. 모든 작업을 천족이 모르게 해주십시오."

제이가 일어서서 책상을 짚고 말했다.

"제이님의 말씀, 잘 알겠습니다. 직접 전투에는 야전군이 제격입니다. 그들을 쓰십시오. 비밀 유지는 걱정 마십시오. 천족들은 마더 내에서 아예 살고 있으니까. 그놈들을 다 없애 버려주십시오."

결심이 선 의장이 눈을 빛내며 말했다. 이제 오랜 숙원을 해결할 시간이다.

"갈아 마셔 버리겠습니다."

제이가 책상을 짚은 채 말했다. 어찌나 힘을 주고 있었는지 책상 위에 그의 양 손바닥 자국이 선명하게 남았다.

마더는 최상위 수리 시설이다. 여러 분야의 수리 시스템 중 마지막 몇 가지가 마더에서 수리된다. 그러나 이 시설은 사용되지 않은지 무척 오랜 시간이 흘렀다. 가끔 인더스트리의 기술진이 들어와 기름칠과 시운전만 하는 것이 고작이다.

이 시설을 지키고 있는 천족은 열이다. 그들 하나하나가 유사시에는 마더의 주요 부위를 부숴 버릴 수 있는 실력자다. 습격을 했다가 하나만 놓쳐도 기존 인더스트리의 구조에서라면 마더는 끝장이다.

"체크메이트!"

천족 하나가 동료와 체스 비슷한 게임을 하다가 소리쳤다. 그리고는 일어서서 손뼉을 치며 빙빙 돌았다.

"뭐 하는 건가요?"

방금 게임에서 진 천족이 심드렁한 얼굴로 말했다.

"이겼으니 뭔가 기쁨의 표현을 해야지요. 아주 기쁜 행동을 하면 조금이라도 재미있을지 몰라요."

"흥! 이 망할 곳에 갇혀 있은 지 벌써 십 년이 넘었어요. 할 일이라고는 아무것도 없는 이곳에서 이 게임만 만 판을 넘게 했더니 이젠 너무 지겹군요. 에라이!"

진 천족이 게임판을 뒤집어엎었다. 그 모습을 본 천족 몇이 즉시 달려들어 말들을 주웠다.

"미쳤어요? 이거라도 안 하면 이 지루한 공간에서 뭐 하면서 시간을 때우라고!"

천족 하나가 짜증을 내면서 말했다.

"그러게 말입니다. 공중 도시는 마나의 흐름이 막혀 있어 수련을 할 수도 없고, 정말 아무것도 할 짓이 없어요."

"매일매일 보초나 서고 멍하니 있다가 먹고 자고. 이게 벌써 십 년입니다. 도대체 우린 언제 여기서 나가는 걸까요? 십이평의회 분들이 교대할 자들은 언제 보내주는 건가요. 우리 이제 할 만큼 했는데!"

판을 엎은 천족이 머리를 쥐어뜯으며 말했다.

"가만. 누가 옵니다!"

보초를 서던 천족 중 하나가 소리쳤다. 그 말에 천족 열 마리의 얼굴이 모두 밝아졌다.

"정기 점검인가요?"

"그런 것 같습니다."

"점검할 때가 벌써 됐던가? 이번에는 좀 빠르다는 느낌이 드는군요. 흐흐흐."

"무슨 상관입니까? 우리가 언제 날짜 세면서 여기 있었나요? 장난감들이 온 게 중요하지요. 히히히."

천족들이 기뻐하며 말했다.

"적어도 오늘은 심심하지 않겠군요. 오늘은 무얼 할까요?"

"오늘은 피만 보는 거로는 성에 차지 않아요. 난 정말 지겨워요. 한 놈쯤 직접 죽여야겠어요."

"좋지요. 아예 몇 놈 죽입시다."

지루함에 가득 찬 천족들이 신이 나서 말했다.

천족들이 기대에 찬 얼굴로 사람들을 기다렸다. 그러면서도 각자 마더의 주요 부위에 서 있는 것을 잊지 않았다. 유사시에 자기가 맡은 부분을 부수는 것이 그들의 임무다.

"긴장하지 마라. 계획대로만 하면 돼."

이십 명 정도의 일행에 섞여 들어가며 제이가 작게 중얼거렸다.

"예, 신의 손. 아니, 특공대장님."

제이의 옆을 걷던 사람이 속삭이듯 대답했다.

마더 탈환 특공대 이십 명은 기술자로 위장하고 제법 큰 건물로 걸어 들어갔다.

"크하하! 어서 와라. 심심한데 잘 왔다."

"조금만 허튼짓을 해라. 잡아다가 천천히 토막을 쳐줄 테니까."

"인더스트리는 이번에도 검술가는 없는 건가? 나와 겨뤄볼 만한 사람도 없다니. 너희들은 정말 무능하구나."

천족들이 마더의 여기저기에 서서 특공대를 놀렸다.

제이는 마더를 둘러보았다. 마더는 제법 거대한 구조물이었다. 그리고 마더의 아래에 바짝 붙은 천족 몇이 있었다. 고개를 들어보니 위쪽에도 몇 마리의 천족이 올라가 있었다.

"그런데 거의 다 처음 보는 얼굴이군. 지난번에 왔던 인간은 하나뿐이네?"

천족 하나가 조금 의심스러운 얼굴로 말했다. 특공대원들의 심장이 쿵쾅거렸다. 민간인으로 지난번에 마더를 담당했던 사람이 나섰다.

"지난 일 년 동안 우리 인더스트리에도 조직 개편이 좀 있었습니다. 중요 수리 기계가 하나 고장나서 여러 사람들이 일자리를 잃고 쫓겨났지요. 그 자리를 채우느라 승진도 많이 하고 조직 이동도 많았습니다. 그래서 마더 담당자들도 모두 교체됐습니다."

그의 변명에 천족이 금방 납득했다.

"하하하. 그게 아니라 우리가 무서워서 그걸 핑계로 도망간 거겠지. 원래 한번 온 사람들이 다시 오는 건 절반밖에 안 되잖아?"

천족이 유쾌하게 웃으며 말했다.

"그렇습니다. 계속 오는 사람들도 사실 이 일 하나에 돈을 꽤 많이 주기 때문에 일하는 겁니다. 하지만 조직 개편으로 이번에는 돈을 많이 주지 않아서요."

"푸하하! 돈 때문에 목숨을 걸다니. 우리 동족은 그런 일 안 해. 우리는 명예나 고귀함을 위해서 목숨을 걸지. 미천한 인간과는 다르니까. 그나저나 이번에는 왜 숫자가 이렇게 많아?"

"예. 경험자가 저 하나뿐이라서요. 다들 경험이 모자라니 숫자라도 두 배로 투입해야지요."

"그래? 그거 잘됐군."

천족 하나가 수리 시설 위에서 툭 뛰어내리며 말했다.

"가뜩이나 우리가 심심했는데 숫자도 많다니 이 얼마나 즐겁지 않겠냐? 몇 명쯤은 우리를 위해서 놀아줘야겠다."

천족이 이를 드러내며 말했다.

"무슨 말씀이신지?"

"너, 그리고 너. 둘이 싸워봐라. 이기는 놈에게는 내가 미스릴을 한 조각 주지."

천족이 손톱만 한 미스릴 조각을 꺼내 보이며 말했다. 깊이있는 은빛을 내는 그 금속은 틀림없는 미스릴이었다.

"정말로 주신다는 말씀이십니까?"

조금 뒤에 서 있던 제이가 욕심 가득한 표정을 지으며 말했다. 그는 천족에게 지목당하지 않았다.

"왜? 너도 끼게? 좋아. 그럼 저 둘 중에 이기는 놈과 네가 싸워라. 그래서 이기면 이걸 주마. 아, 그리고 네놈들도 짐작하겠지만 지는 놈들은 모두 죽는다. 우리가 가지고 놀다가 밟아 죽일 거다. 마치 구더기처럼 말이야. 으하하하.”

욕구불만에 가득 찼던 천족이 시원하다는 듯이 웃었다. 다른 천족들도 흥미진진한 얼굴로 제이 일행을 쳐다보았다.

“자, 어서 시작해라. 시간을 끌면 그만큼 네놈들의 마더를 점검할 시간이 부족하다. 빨리 끝내야 기름도 듬뿍 바르고 시운전도 할 거 아니냐?”

처음 말을 꺼낸 천족이 독촉했다. 지루함에 빠진 그들은 빨리 목숨을 건 결투를 보고 싶었다.

“두 사람. 어서 싸우라고. 자네들이 술집에서나 쓰던 막싸움 실력을 한번 보여봐. 난 이긴 자가 지치면 싸워 이기겠네.”

제이가 마치 두 사람을 놀리는 듯이 말했다. 어찌해야 할지 모르던 특공대원 둘은 그 말에 자기들의 싸움 방식을 깨달았다.

그리고 천족들은 그런 말을 하는 제이를 보며 크게 웃었다.

“하하하. 이거 정말 재미있는 놈이구만. 맘에 들어.”

천족들의 웃음소리 속에서 특공대원 둘이 싸움을 시작했다. 그들은 보란 듯이 어깨에 힘을 잔뜩 주었다. 주먹도 큰 동작을 그렸다. 스텝은 아예 팔아먹고 두 다리는 제자리에서 꿈쩍도 하지 않았다. 둘 다 자기들이 가진 살인 기술을 최대한 잊어버리려고 애썼다.

“하하하. 이 바보 같은 놈들. 저 거친 동작을 보라고.”

천족들이 왁자지껄 웃어댔다. 애들 싸움처럼 팔을 풍차 돌리기까지 했다.

“그래도 제법 기본이 잡혔는데?”

천족 중 하나가 조금 이상함을 눈치채고 말했다. 그 말을 들은 제이는 더 이상 기다릴 수 없음을 깨달았다. 검술에 강한 천족들만 모아놓은 곳에서 이런 연기는 오래 갈 수 없다.

"기회다!"

제이가 크게 소리치며 싸우는 두 사람에게 달려들었다. 그리고 몸을 붕 띄우며 양 발로 두 사람을 걷어찼다. 싸우던 두 사람은 옆에서의 공격에 얻어맞자 버티지 못하고 넘어졌다. 그러나 발차기하던 제이도 몸을 제대로 띄우지 않고 뒤로 나동그라졌다.

"오. 저놈 좀 하는구나. 머리만 간사한 게 아니었어. 하하하!"

천족들이 크게 웃으며 박수를 쳤다. 제이의 무술 실력은 보통의 마족보다도 월등하다. 천족 따위와는 당연히 차원이 다르다. 천족들은 제이가 일부러 어설프게 보여주는 동작을 조금도 간파하지 못했다.

제이가 등판을 문지르며 벌떡 일어섰다. 반면에 넘어진 두 특공대원은 이제 어찌해야 할지 몰라 엉거주춤 일어서고 있었다.

제이가 그들에게 몸을 날렸다. 막 일어서던 두 사람에게 양팔을 벌리며 그대로 충돌했다. 셋이 나뒹굴었다.

"미스릴은 내 거야!"

제이가 소리치며 쓰러진 두 사람을 패기 시작했다. 일어나려 하는 자는 걷어차고 쓰러진 자는 주먹으로 때렸다. 그 모습이 하도 진짜 같아 다른 특공대원들은 이걸 말려야 하나 잠시 갈등했다.

그리고 천족들은 박수를 치며 즐거워했다.

"하하하. 시궁창에 뒹구는 개싸움이구나, 개싸움."

천족들의 소리를 한 귀로 흘리며 제이는 열심히 두 사람을 때렸다.

맞는 두 사람이 억지로 저항할 이유가 없다. 그들은 제이의 의도를 알고 있다. 진짜로 때리는 것에 조금 당황했을 뿐이다.

“항복!”

“졌다, 졌어!”

실컷 맞은 두 사람이 몸을 웅크리며 말했다. 제이가 배우 뺨치는 거 짓 웃음을 지으면서 일어섰다. 그리고 두 손을 번쩍 들었다.

“미스릴은 내 거야!”

그 모습을 본 천족들이 실실 웃었고 그중 하나가 손짓으로 제이를 불렀다.

“미스릴이 갖고 싶다고?”

“예. 감사히 받도록 하겠습니다.”

제이가 고개를 숙이며 말했다.

“그따위 질 낮은 싸움을 하고도 미스릴을 갖겠다는 거냐? 겁이 없구 나.”

천족이 가지런한 이빨을 드러내고 웃으며 말했다.

“주, 주신다고 하셔서… 저는 다만…….”

제이가 떠듬거리며 말했다.

천족이 발을 앞으로 한 발짝 내밀었다.

“내 발을 핥아라. 그럼 미스릴을 주는 문제를 한번 고려해 보마.”

천족이 말했다.

“알겠습니다. 미스릴을 위해서라면.”

제이가 엎드려 천족의 발 쪽으로 다가가며 말했다.

“프흐흐. 비천한 놈. 그 더러운 입을 내 발에 대겠다니.”

천족이 웃으며 검을 뽑았다. 놀이의 시작을 기념해서 제이의 팔이라 도 하나 자를 생각이었다.

그런 그의 귀에 제이가 뭐라고 중얼거리는 소리가 들렸다.

"이 미천한 것이 뭐라고 중얼거리는 거냐?"

천족이 호기심에 귀를 기울였다. 그리고 그의 안색이 돌변했다.

"정령?"

천족이 믿어지지 않는다는 듯이 단어를 흘렸다. 그러나 다른 천족들은 그 말을 듣고도 특별히 반응하지 않았다.

"설마. 인더스트리 인간이 정령술을 쓰다니. 마법을 쓴다는 말보다 더 황당하군. 말이 되는 소리를 해야지."

구경하던 천족 하나가 말하면서 다가왔다.

"이제 나도 한 놈 잡아다가 좀 놀자고. 싸움을 그렇게 시키면 되나. 그건 진정한 검투가 아니지. 무기가 없잖아."

그 천족이 혀로 자기 입가를 핥으며 말했다.

하지만 처음 천족의 생각은 달랐다. 그의 눈이 매서워졌다.

"이놈, 시도는 가상하지만 그 대가는 조금 더 빠른 죽음이다!"

처음 천족이 발로 제이의 얼굴을 걷어차며 소리쳤다. 발이 제이를 향해 거세게 날아왔다.

제이의 고개가 옆으로 슬쩍 움직였다. 천족의 발은 빗나갔다. 천족은 등골이 오싹해지는 것을 느꼈다. 제이의 얼굴은 웃고 있었다.

"지금까지 부른 나의 모든 친구들이여. 이 개 같은 천족들을 속박해 다오!"

제이가 소리쳤다. 그와 동시에 마더의 여기저기에서 하급 정령들이 불쑥불쑥 솟아올랐다. 바닥에서는 땅의 정령 노옴의 손이 잔뜩 나타나 천족들의 발을 잡았다. 공중에서는 바람의 정령 실프가 천족의 몸을 감싸며 맹렬히 회전해 움직임을 늦췄다. 여기저기 있던 물통에서 물의 정령 운디네가 솟아나 천족들의 손을 투명한 팔로 붙들었다. 마더 속

에서는 불의 정령 사라만다가 불쑥 튀어나왔다. 마더 위에 있던 천족
은 갑작스런 불세례를 뒤집어썼다.

"하급 정령 따위가!"

천족 하나가 소리를 질렀다. 나타난 사대 원소의 정령들은 모두 하
급 정령이었다. 그러나 그 숫자가 수십이었다.

천족들이 잠시나마 행동에 제약이 생기는 순간 특공대원들은 일제
히 품속에서 애로우 런처를 꺼냈다. 런처의 개머리판 대부분을 잘라내
크기를 대폭 줄인 물건이었다. 연습은 여기 오기 전에 충분히 했다. 그
들이 빠르게 방아쇠를 당기기 시작했다.

화살이 행동이 굳어진 천족들을 향해 소나기처럼 날아갔다.

"가소로운 것!"

발이 묶인 천족 하나가 소리치며 팔을 휘둘렀다. 화살들은 그의 손
에 맞아 허무하게 부서져 나갔다. 하지만 모든 화살이 실패한 것은 아
니다.

"끼아악!"

발은 노옴에게 잡히고 손은 운디네에게 잡힌 천족 하나가 몸통에 화
살을 얻어맞고 비명을 질렀다. 그 천족의 몸에 몇 발의 화살이 추가로
틀어박혔다.

천족은 마족이 아니다. 마족은 육체 능력이 극대화되어 있어 그 생
명력의 질김이 상상을 초월한다. 그러나 천족은 육체보다 마법 능력이
강하다. 육체는 인간보다는 낮지만 마족처럼 불사신에 가깝지는 않다.
천족은 화살 몇 방이면 죽는다.

"다 죽여 버리겠… 커억!"

제이를 걷어찼던 천족이 고함을 치다 말고 비명을 질렀다. 그의 심

장에는 소리없이 다가온 제이의 단검이 깊숙이 박혀 있었다.

"정령사가 어떻게 이런 움직임을……."

심장을 뚫린 천족이 뒤로 스윽 넘어갔다. 제이는 손을 뻗어 그 천족이 쥐고 있던 칼을 빼앗았다. 그리고 다른 천족들을 향해 몸을 날렸다.

그사이에 또 다른 천족 하나가 화살에 맞아 쓰러졌다.

'남은 것은 여덟. 화살이 떨어졌고 정령도 한계다.'

제이가 재빨리 생각을 굴렸다. 특공대원들은 카트리지 하나에 내장된 열 발씩의 화살을 어느새 다 소모했다. 그들은 재빨리 가져온 박스들을 열어 새 무기를 꺼내려고 했다.

정령들은 더 이상 천족을 붙잡을 수 없다. 애초에 하급 정령으로 천족을 잡는 것 자체가 말이 안 되는 짓이다. 시간 벌어주기는 이제 끝났다.

"나와라. 발칸 파이어!"

제이가 소리쳤다. 몸에서 마나가 쭉 빠져나가는 느낌이 들며 그의 왼손 앞에 수십 개의 파이어 볼트가 만들어졌다.

"마법이다!"

"말도 안 돼. 공중 도시에서 저런 걸 만들 마나라니!"

천족들이 깜짝 놀라며 소리쳤다. 그들에게 캐스팅없이 마법을 펼치는 것은 그다지 놀라운 모습이 아니다. 다만 그걸 만들어내는 데 들어갈 것으로 예상되는 마나량이 문제다. 그들도 공중 도시에서는 제이처럼 덩치 큰 마법을 만들 수 없다.

제이가 손을 획 뿌렸다. 파이어 볼트 수십 발이 천족들을 향해서 날아갔다. 일부는 조준이 빗나가 마더를 향했다. 그러나 할 수 없다. 파이어 볼트는 상당히 약한 마법이고 마더는 거대하다. 제이는 마더가 버텨주기만 바랐다.

"이 미친 새끼!"

천족 하나가 욕을 하며 물러섰다. 그들이 적진이나 다름없는 이곳에서 버틸 수 있었던 이유는 마더 때문이다. 인더스트리가 마더를 얼마나 소중히 하는지 알기 때문에 유사시 그걸 부숴 버린다는 협박이 먹혔다. 그러나 지금 자기를 습격하는 제이는 마더까지 통째로 마법의 공격 범위에 넣고 있었다. 천족들이 당황했다.

제이가 몸을 날렸다. 그의 몸은 일반인이 본다면 잔상이 주르륵 남을 정도로 빠르게 움직였다. 뿐만 아니라 특공대원들 중 몇은 뜯어낸 상자에서 애로우 런처가 아니라 검을 꺼내 들고 뛰어왔다.

제이의 검이 첫 천족의 몸을 베었다. 아직 정령의 속박에서 완전히 벗어나지 못했던 천족이다. 그 상태에서 나오는 어설픈 동작으로는 제이의 공격을 막을 수 없다.

천족 하나를 죽임과 동시에 제이의 몸이 용수철처럼 튀었다. 막 정령을 쫓아내고 자유로워진 천족이 그의 시야에 들어왔다. 그 천족에게 붙었던 정령은 완전히 무력화되어 정령계로 돌아간 후였다. 천족은 제이를 노려보며 칼을 뽑았다.

제이의 검이 천족을 노리고 꽂혔다. 천족이 칼을 들어 제이의 검을 막았다. 천족의 검술은 영웅 개발 교육 과정에서 충분히 경험한 제이다. 제이의 검이 나선형 회전을 그리며 천족의 검을 타고 움직였다.

"헛!"

헛손질한 천족이 기겁을 하며 몸을 피하려고 했다. 그러나 제이의 검이 훨씬 빠르다. 그의 검이 천족의 가슴을 베고 지나갔다.

“으아악!”

천족이 인간 같은 비명을 질렀다. 제이가 다른 천족을 노리고 몸을 날렸다. 그가 남겨둔 비틀거리는 천족을 향해 화살 몇 발이 날아와서 깊게 꽂혔다.

제이를 제외한 아홉 명의 특공대원이 검을 들고 천족에게 달려들었고 열 명의 특공대원이 애로우 런처를 날렸다. 한 명의 민간인마저도 열 명에 포함되어 열심히 화살을 날렸다. 화살은 천족의 움직임을, 칼은 천족이 헛짓을 못하도록 막았다.

그리고 제이가 싸움터를 제압했다. 천족들은 나름대로 칼 좀 쓴다고 뽑아온 자들이지만 제이에 비할 바는 아니다. 십이평의회는 초기에는 마더를 지키기 위해서 최고의 전사들을 보냈다. 그러나 그런 실력자들은 십 년씩이나 이곳에 묶여 있는 것을 싫어했다. 그러다 보니 오랜 시간이 지난 지금은 마더를 칼로 부술 수 있을 정도의 실력만 갖춘 천족들이 이 임무를 맡았다.

그 정도도 보통 실력은 훨씬 넘지만 그래 봤자 제이의 칼 한두 번 받기도 힘들었다. 천족들은 빠르게 제거됐다.

“공격 중지!”

갑자기 제이가 소리를 질렀다. 그의 외침에 모든 공격이 정지됐다. 화살도 날아가지 않았다.

그들의 눈에 마더의 위에서 검을 들고 있는 천족이 보였다.

“으드득. 한 마리 놓쳤구나.”

제이가 이를 갈며 말했다. 검을 들고 있는 천족은 공포에 질린 상태였다.

“이 새끼들! 미쳤구나, 다 미쳤어! 멸망하고 싶어서 환장한 거냐!”

천족이 덜덜 떨면서 소리쳤다.

그때 요란한 소리와 함께 마더가 위치한 건물의 출입구가 벌컥 열렸다. 그리고 수많은 병사들이 쏟아져 들어오기 시작했다. 후위 돌격 부대였다. 초기 작전에 실패했을 경우 천족을 제압해 마더의 파손을 최소한으로 줄이기 위한 부대였다.

천족의 떨림이 심해졌다.

제이의 곁으로 최고회의 의장이 다가왔다.

"제이님, 어떻게 됐습니까?"

"보시는 바와 같습니다. 한 놈이 살아남았습니다."

제이의 말에 의장의 얼굴이 일그러졌다.

"실패한 겁니까?"

"실패라… 글쎄요. 저놈이 망가뜨릴 수 있는 것은 겨우 한 부분입니다. 복구할 수 있습니다."

제이가 큰소리쳤다. 정말 복구가 가능한지는 알 수 없다. 이건 인더스트리 모든 시스템의 최상위 시설이다. 어떤 희한한 기술이 적용되어 있는지 알 수 없다. 만약 여기에 수리 매뉴얼이 없다면 큰일날 수 있다.

'게다가 저 부분은 아무리 봐도 이 시설의 핵심일 것 같단 말이야.'

제이가 걱정하는 것이 바로 그 점이다. 살아남은 놈은 강하거나 영리한 놈이다. 운도 좋은 놈이다. 그런 놈이 맡은 부분이다. 쉽게 볼 수 없다.

그러나 그런 속마음과 달리 겉모습의 제이는 웃고 있다.

그들의 대화를 들은 천족은 심장이 터질 것처럼 뛰었다.

"이, 이 새끼들. 네놈들이 이걸 고칠 수 있을 리 없잖아. 네놈들, 조금만 허튼수작하면 멸망시켜 버릴 테다!"

천족이 발작적으로 소리쳤다.

제이가 한 걸음 앞으로 걸어나갔다. 천족이 움찔했다.

"너, 너 이 마족보다 더한 새끼. 너 특히 더 움직이지 마!"

천족의 말에 제이가 가소롭다는 듯이 웃었다.

"머리가 있으면 생각을 좀 해봐라. 우리가 기계를 복구할 방법을 찾지 못했으면 이런 짓을 벌일 리 없잖아."

제이의 말에 천족의 얼굴이 창백해졌다. 그러나 천족은 곧바로 머리를 흔들었다.

"거짓말 마. 그런 게 가능하다면 처음부터 대병력으로 밀고 들어왔겠지. 몇 놈만 들어와서 기습할 리가 있냐!"

천족이 소리치며 부정했다. 그 말에 제이가 입맛을 다셨다.

'확실히 머리는 좀 돌아가는 놈이군. 그러니 그 공격의 외중에도 살아남아서 저 자리를 잡았겠지.'

"네가 잘 모르나 본데, 우리는 자신이 없으면 안 해. 지금까지 잘 지내왔는데 여기에 우리 운명을 걸 리가 없잖아. 우리가 이런 기습 작전을 짠 건 다른 이유야."

"무슨 이유란 말이냐!"

"네가 그걸 망가뜨리면 고치는 데 돈이 많이 들거든. 어찌나 돈이 심하게 드는지 허리가 다 휘청거려. 우리 인더스트리가 돈을 손해 보는 짓, 할 리가 없잖아?"

제이의 말에 천족의 얼굴이 걸레처럼 일그러졌다.

'먹히고 있다.'

제이가 쾌재를 불렀다.

"잘 생각하라고. 지금 너를 겨누고 있는 애로우 런처만 백 대가 훨씬 넘어. 네가 그걸 부수면 넌 그 즉시 고슴도치가 된다. 하지만 순순히 항복하면 살려주마."

제이의 말에 천족이 주위를 둘러보았다. 수많은 병사들이 그를 향해 인더스트리 보병 표준 무기인 애로우 런처를 겨누고 있었다.

"닥쳐! 임무를 포기하면 십이평의회 분들이 나를 용서하지 않을 거야! 어차피 죽을 목숨이라면 이걸 부수겠어!"

천족이 다시 소리쳤다.

"이봐, 이봐. 잘 생각해 봐. 우리는 이미 자체 수리 기술을 확보했어. 네놈이 그걸 부숴도 우리가 손해 보는 건 단지 돈이야, 돈. 게다가 천족들도 인더스트리가 망하는 건 바라지 않잖아? 너희들은 우리를 이용해야지. 앞으로도 계속해서 말이야. 하지만 네가 그걸 부수면 천족도 큰 손해를 봐. 그러니 살아 돌아가서 이 사실을 보고하는 게 낫지 않아?"

제이의 설득에 천족은 갈등했다. 천족도 생명체다. 미족조차 살 방도가 있으면 달아나는 일이 비일비재한데 천족이 죽고 싶을 리가 없다.

"나를 살려준다고 어떻게 믿어?"

천족의 말에 제이의 얼굴에 화색이 돌았다.

'넘어왔다!'

제이는 속으로 쾌재를 불렀다. 그리고 의장을 돌아보았다. 의장이 무슨 뜻인지 눈치채고 앞으로 나섰다.

"나 최고회의 의장이오."

의장의 말에 천족이 고개를 끄덕였다. 확실히 본 기억이 났다. 의장

선거에서 두 번이나 재선된 그는 십 년 전에도 의장이었다.

"내 직위와 명예를 걸고 말하겠소. 그대가 항복한다면 그 목숨은 내가 보장하리다. 원한다면 공중 도시에서 살아도 좋소."

의장이 선언했다. 천족은 갈등했다. 이렇게 여러 사람 앞에서 하는 의장의 말은 가볍지 않다.

'십 년이나 여기 갇혀 있었어. 파란 하늘을 보고 싶다.'

천족이 생각했다. 그의 검이 스르르 내려왔다.

그 모습에 실내의 모든 사람들이 안도의 한숨을 쉬었다. 천족을 겨누고 있던 애로우 런처 카트리지를 잡은 손에서 긴장이 조금씩 풀렸다.

그리고 마음이 풀어진 한 병사의 손가락이 잘못 움직였다. 방아쇠에서 떼던 손가락이 다른 방아쇠를 건드렸다. 여전히 조준된 상태였다.

화살이 날카로운 소리와 함께 발사됐다. 런처에서 천족이 서 있는 위치까지 직선이 그려졌다. 화살이 천족의 얼굴 근처를 스치고 지나갔다.

침묵했던 실내의 분위기는 유리가 금이 가서 깨지듯 단숨에 부서졌다. 천족이 검을 번쩍 들었다.

"나를 속였어!"

천족이 소리를 지르며 검을 내려쳤다. 검에는 검기가 담겨 있었다. 그 칼이 사람 팔뚝만 한 쇠기둥을 단숨에 잘라 버렸다.

"안 돼!"

제이가 소리 질렀다. 그와 동시에 수많은 병사들의 애로우 런처가 일제히 화살을 토해냈다. 수백 발의 화살이 천족을 향해 날아갔다. 천족은 몸을 솟구치며 검을 휘둘렀다. 그를 노린 화살 몇 발은 검에 잘려 나갔다. 나머지는 천족이 서 있던 자리에 날아가서 무수히 꽂혔다. 그리고 움직이는 천족을 따라 계속해서 화살이 빗발치듯 날아갔다.

"으아악!"

허공에서 화살비를 다 막아내지 못한 천족이 비명을 질렀다. 떨어지는 그의 몸에 연이어 화살이 날아가 박혔다.

그때 천족이 잘라놓은 기둥이 서서히 넘어갔다. 기둥과 연결된 기계 부위 한 뭉치가 같이 무너졌다. 요란한 굉음이 울리며 마더의 한 부분이 완전히 박살났다.

"제기랄!"

제이가 욕설을 내뱉었다. 다들 현재 상황에 입을 다물지 못하고 있었다.

"도대체 어떤 새끼가 처음에 쏜 거냐!"

병사들이 서로 소리를 질러댔다.

의장이 제이에게 다가왔다.

"제이님, 이제 이걸 어떻게 하지요?"

의장이 울 것 같은 얼굴로 말했다.

"언젠가는 복구할 수 있습니다. 지금까지 잘해오지 않았습니까? 운이 나쁘지만 않다면 수리 시설들이 앞으로 수십 년은 버티겠지요. 그때까지 해결법을 찾으면 됩니다."

"그, 그렇지요?"

"그리고 기왕 이렇게 된 거, 마더를 좀 뜯어야겠습니다."

"무슨 말씀이십니까? 마더를 더 망가뜨리겠다는 겁니까?"

의장이 화들짝 놀랐다.

"여기에도 수리 매뉴얼이 있는지 좀 찾아봐야겠습니다. 어차피 망가진 것 아닙니까?"

"그렇지만······."

"반드시 해야 합니다."

제이가 단호하게 말했다. 그 기세에 밀린 의장이 고개를 끄덕였다.

"신의 손이 하시는 일이니 믿겠습니다. 그래도 가능한 한 조금만 망가뜨리면서 해줬으면 합니다."

의장이 할 수 없이 허락했다.

"알겠습니다. 누가 가서 드워프들 좀 불러오십시오. 모두 자기 전투 도끼를 챙겨오라고 하고."

"도, 도끼라니요?"

"수리 매뉴얼을 찾을 때는 의심스러운 철판을 도끼로 찍어보는 것이 제일 빠르고 쉽습니다."

제이의 말에 의장의 얼굴이 백지장처럼 변했다.

*　　　*　　　*

천족 십이평의회 의원들은 식사를 하며 담소를 즐기고 있었다.

"그나저나 마더를 지키는 놈들은 잘하고 있겠지요?"

한 천족이 지나가는 말로 중얼거렸다.

"당연하지요. 우린 벌써 백 년이 넘게 그걸 지켜왔는걸요. 이제 와서 무슨 일이 있겠습니까?"

다른 천족이 대수롭지 않게 대답했다.

"뭐, 어차피 다음 교대 때까지는 이쪽에서 연락할 방법도 없으니까. 무슨 일이 있으면 비상용 메시지라도 날리겠지요. 아마 잘 있을 겁니다. 신경 끄세요."

천족 하나가 음식을 씹으며 중얼거렸다. 마더를 지키는 천족들은 공중 도시의 마법 방해를 뚫고 메시지 마법을 날릴 수는 있다. 하지만 그럴 정도로 강력한 메시지 마법은 마나 소모량이 만만치 않기 때문에 그것을 위해서 하급 마정석이 하나 소모된다. 또한 메시지 발신 사실도 인더스트리가 알게 된다. 그래서 평소에는 절대로 사용하지 않는 비상용이다.

물론 그 비상 메시지는 발동에 시간이 걸린다. 이번처럼 단숨에 몰살당한다면 써볼 수 없다.

*   *   *

"찾았습니다!"

작업을 돕던 드워프 하나가 소리쳤다. 제이가 즉시 그쪽으로 달려갔다. 그의 눈에 방금 도끼로 찍은 철판이 보였다. 그 도끼 자국 너머로 어두운 빈 공간이 있었다.

제이가 급한 마음에 그 갈라진 틈에 두 손을 집어넣었다. 마나를 끌어내어 온몸에 돌렸다. 혈도는 아직 다 낫지 않았지만 그래도 힘이 솟는 것이 느껴졌다.

"이야아압!"

제이가 기합을 지르며 양팔을 힘껏 벌렸다. 그다지 두껍지 않은 철판이 서서히 찢어지며 벌어졌다.

"우와아! 신의 손!"

사람들이 일제히 환성을 질렀다.

"손힘마저도 신의 손이군."

의장이 어이없어하며 중얼거렸다.

'당신의 능력은 도대체 끝이 있기는 한 거요?'

의장이 고개를 저으며 생각했다.

제이는 철판을 활짝 벌린 후 손을 털었다. 그리고 조용히 중얼거렸다.

"나와라. 달의 속삭임."

그의 시동어에 의해서 눈앞에 작은 빛 덩어리가 하나 생겼다. 그는 그것을 어두운 공간으로 집어넣었다. 눈앞에 아래로 내려가는 계단이 보였다. 다른 시설의 경우에는 책 몇 권 들어가는 공간이 고작이었다.

"마더 오브 올 머쉰스는 다른 것과 다르다는 건가?"

제이가 씩 웃으며 계단으로 걸어 들어갔다. 그의 뒤로 의장을 포함한 몇 사람이 따라 들어갔다.

계단 아래로 내려온 제이의 눈에 보이는 것은 사방이 책으로 가득 쌓인 넓은 서고였다. 이곳의 의미를 깨달은 제이는 움직일 수 없었다.

"와! 도서관이군요. 우리 인더스트리에는 이만한 규모의 도서관은 없었는데 이제 하나 생겼군요."

의장이 감탄하며 말했다. 그러나 제이는 의장처럼 생각이 없지가 않다.

"백업."

제이가 중얼거렸다.

"네?"

의장이 제이의 말을 이해하지 못하고 물었다.

"공학자들이 가진 모든 기술의 백업. 여기는 그들이 가진 기술을 기록해 놓은 서고입니다."

제이의 말에 의장의 눈이 찢어질 듯 커졌다. 그는 급히 달려들어 책장에서 책을 한 권 뽑았다. 최고급의 종이를 사용한 책은 보관 상태가 워낙 좋아 아직도 신품처럼 생생했다.

"지, 진짜다. 하. 하. 하……."

의장이 우는 건지 웃는 건지 알 수 없는 표정으로 말했다. 그가 펼친 것은 분명히 다른 수리 매뉴얼과 같은 형식의 책이었다. 오히려 수리 매뉴얼보다 훨씬 자세한 내용을 담고 있었다.

제이는 의장에게 신경 쓰지 않았다. 그는 바닥에 큼지막하게 새겨져 있는 글씨를 보고 있었다.

우리는 조국을 버리지 않았다.

그 글을 보는 제이는 가슴이 쓰라렸다.

'당신들은 버리지 않았습니다. 버림받았지요.'

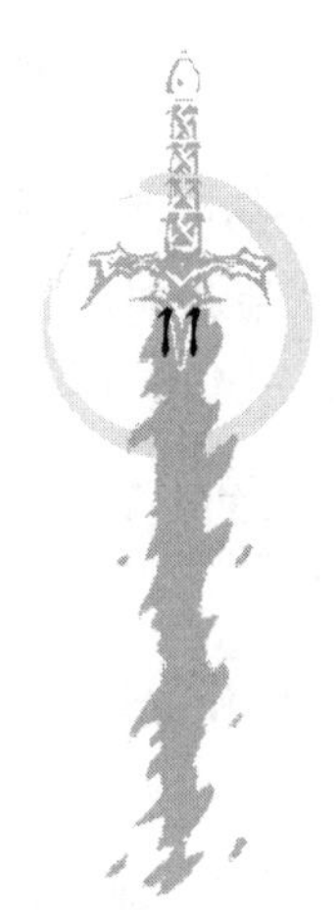

"**떠**나신다니요!"

최고회의 의장이 의자에서 벌떡 일어서며 소리쳤다. 그뿐만이 아니라 의원들도 놀란 얼굴이긴 마찬가지다.

"안 됩니다. 기술을 찾았지만 그걸 익히기 위해서는 신의 손이 꼭 필요합니다."

"그렇습니다. 우리만으로 어떻게 하라는 겁니까?"

"하위 인간들을 설득하러 가는 건 우리가 대신 하겠습니다."

최고회의 의원들도 전부 들고 일어났다.

제이가 고개를 흔들었다.

"인더스트리는 스스로 해야 합니다. 과거의 공학자들은 모든 것을 남겼습니다. 기초부터 고급까지 필요한 것은 전부 그 도서관에 들어 있습니다. 이제부터는 연구하십시오. 공부하고 또 공부하십시오."

제이가 말했다. 최고회의는 여전히 불만이 가득한 얼굴이다.

"내가 할 일은 없습니다. 스스로 해야 자기 것이 됩니다. 내가 먼저 분석해서 일방적으로 가르쳐 주면 바뀌는 것이 없습니다. 왜냐고요? 인더스트리 사람들은 제가 가르치면 그것만을 익힐 겁니다. 그러면 안 됩니다. 스스로 연구해야 자기 것이 됩니다. 그래야 발전할 수 있습니다."

제이의 말에 의원들은 대답하지 못했다. 기술에 관해서는 신의 손이 그렇다고 하면 그런 거다.

"각 왕국을 설득하는 작업은 계속해 주십시오. 왕이라고 하는 놈들은 보통 좀 독선적인 데가 있습니다. 하지만 이번 일에는 제국과 일곱 왕국도 동참하고 있으니 성과가 좀 있을 겁니다. 저는 마족의 침투가 너무 깊어 설득되지 않는 왕국들을 찾아다니겠습니다. 마계가 언제 쳐들어올지 모릅니다. 지금은 생존이 우선입니다."

제이의 말에 이제 아무도 반대하지 못했다.

"저는 이제 떠납니다. 마족에 대한 경계를 늦추지 마십시오."

제이가 말하며 일어섰다.

"우리에게 돌아오시겠지요?"

의장이 따라 일어서며 말했다.

제이가 활짝 웃었다.

"당연하지요. 저는 공중 도시의 비행 원리에 아주 관심이 많습니다."

"우리 인더스트리의 모든 기술은 제이님 것이나 다름없습니다. 빠른 복귀 기원하겠습니다."

의장이 고개를 꾸벅 숙이며 말했다.

*   *   *

"우리 아저씨는 왜 안 오실까? 릴리가 이렇게 기다리고 있는데……."

릴리는 자기 집 정원의 테이블에 앉아서 멍하니 중얼거렸다. 그러면서 제이가 줬던 은반지를 조용히 쓰다듬었다. 릴리는 모르지만 그건 미스릴 반지에 오리하르콘으로 능동형 마법을 인첸트한 아이템이다. 나쁜 기운의 접근을 잘 막아주며 착용자가 마법 구현시 위력을 약간이나마 강화시켜 준다. 다만 워낙 값어치가 엄청난 물건이라 그 위에 은으로 도금을 해서 평범한 은반지로 위장되어 있다.

그녀의 앞에 놓인 빈 찻잔에 늘씬하고 예쁜 아가씨가 차를 따랐다.

"바쁘시잖아요. 제이님은 온 세계 여러 왕국을 돌아다니시니까요. 그래도 가끔 편지는 보내주시잖아요. 세상에서 제이님의 편지를 받는 여자는 아가씨밖에 없어요."

"그래도 내가 이렇게 기다리는데. 벌써 이 년이나 지났단 말이야."

릴리가 볼을 부풀렸다.

"그 이 년 동안 그분이 막은 전쟁이 벌써 몇 번이나 되는데요? 셀 수도 없어요. 밖에서는 온 세상이 제이님 이야기로 난리도 아녜요. 이번에도 한 건 하셨다는데요?"

"두미, 또 새로운 이야기 들은 거야?"

릴리가 기대에 찬 얼굴로 고개를 들었다. 두미가 방긋 웃었다.

"그럼요. 제가 바로 릴리님 전속 치료사이자 회복 신관이자 비서잖아요. 더구나 저한테는 고위 귀족들에게만 통하는 고급 정보가 들어온다고요. 제이님 이야기가 들리면 귀를 좀 기울였어요."

두미가 한 손으로 입을 가리고 살짝 웃으며 말했다.

"무슨 이야긴데? 어서 해줘."

릴리가 흥분해서 말했다.

"아가씨, 진정. 진정. 그렇게 흥분하시면 심장에 안 좋아요. 또 발작이 일어나면 큰일이라고 했잖아요."

두미가 급히 릴리를 말렸다.

"알았어. 어서 이야기해 줘."

릴리가 여전히 눈을 반짝거리며 말했다.

"여기서 꽤 먼 나라인데요, 최근에 엑사미 왕국과 테스 왕국 사이에 전쟁이 시작됐거든요?"

"알아, 알아. 나도 그건 들었어. 우리 상단 회의에서 그 이야기가 나왔거든."

"그런데 두 왕국의 군대가 딱 충돌하려고 할 때에 제이님이 나타났대요. 그리고 엑사미 왕국에 숨어 있던 마족들을 단숨에 잡아내고 군대를 후퇴시켰대요. 한쪽이 물러났으니 전쟁은 당연히 무산됐지요."

"그럼 테스 왕국은?"

"적이 없어진 테스 왕국은 신이 나서 엑사미 왕국으로 쳐들어왔는데, 거기도 곧바로 물러났어요. 제이님이 어느새 테스 왕국의 국왕을 만나 담판을 지었대요."

"당연히 잘됐겠네?"

"그럼요. 제이님이 나서셨잖아요. 당연히 잘 끝났지요. 두 왕국은 서로의 오해를 극복하고 평화를 찾은 기념으로 지금 축제 중이래요."

"아, 잘됐다."

릴리가 방긋 웃었다. 의자에서 기지개를 쭉 펴는 그녀의 얼굴은 행복해 보였다.

"제이님 때문에 요새 악덕 귀족들의 입장이 난처해졌대요. 마족 이야기가 꽤 소문이 퍼졌거든요. 요새는 귀족 영주가 너무 독하게 굴면 마족으로 의심받을 수 있어요."

"헤헤."

릴리가 기분 좋은 듯이 웃었다.

"그런데 아가씨, 왕궁에서 초대장이 또 왔어요."

"안 가."

릴리가 생각도 하지 않고 즉시 대답했다.

"하지만 이번 것은 제일왕자 전하가 보내신 건데요?"

"싫어. 왕자 전하가 나를 보는 눈빛이 이상해."

"그거야 아가씨한테 관심이 워낙 많으니까……."

"싫어. 밍스 공주님이 아저씨를 호시탐탐 노리고 있는 것도 걱정돼 죽겠는데 내가 다른 데 눈을 돌릴 순 없어. 그러다가 아저씨가 그 이야기를 듣고 실망하면 어떻게 해?"

릴리가 고개를 도리도리 저었다.

"네, 휴우."

두미도 고개를 저으며 한숨을 쉬었다.

"왕자 전하는 물론이고 고위 귀족 자제 분들도 모두 아가씨에게 관심이 많아요."

두미가 말했다.

"싫어."

원래 예쁘던 릴리의 미모는 날이 갈수록 더 물이 올랐다. 요새는 건

강이 좋지 못한 덕분에 덤으로 청초함까지 얻었다. 그런 그녀의 미모는 이제 주변에 적수가 없다. 거기다가 제이의 일행이었다는 것 때문에 유명세를 얻어 그녀를 모르는 고위 귀족은 아무도 없다. 현재 릴리는 평민임에도 불구하고 인근 여러 나라를 통틀어 신부감 순위 일위였다.

두미는 자신의 방에 새로 쌓인 초대장들을 생각했다. 여러 귀족 자제들이 그녀에게 금화나 장신구 같은 뇌물을 주며 릴리에게 전해달라고 부탁한 것들이었다.

'불쌍한 것들. 오늘도 전부 바람맞았구나.'

두미가 속으로 웃었다. 어차피 귀족들이 바람을 맞든 말든 그녀에게는 상관없었다. 그녀는 릴리에게 초청에 대한 말을 건넸고 그것으로 귀족들과는 계약 종료였다.

"아야!"

릴리가 갑자기 머리를 만졌다.

"앗, 아가씨! 또 머리 아파요?"

두미가 깜짝 놀라며 릴리에게 다가갔다.

＊　　　＊　　　＊

십이평의회의 천족들은 모두 심각한 얼굴이었다.

"젠장! 제이 그 망할 자식은 언제 잡을 수 있는 겁니까?"

천족 하나가 거친 소리를 냈다.

"워낙 빠르게 이동하는 놈이라 추격이 어렵군요. 비공정을 타고 동에 번쩍 서에 번쩍 하는데 저도 미치겠어요."

다른 천족이 찡그린 얼굴로 말했다.

“그놈을 소환하지 말았어야 했어요. 아니, 소환된 직후에 죽였어야 했어요. 그랬다면 인더스트리가 우리 통제를 벗어나지 못했을 텐데. 으드득.”

또 다른 천족이 이를 갈았다.

“그 장난감은 잘 감시하고 있어요? 제이 그 자식이 언제 돌아올지 모르잖아요?”

“걱정 말아요. 저주의 비홀더 마법을 수시로 쓰면서 확인 중이니까.”

“그런데 그 마법 쓰면 생명력이 소모된다고 했잖아요? 장난감이 집에 돌아온 지 벌써 이 년이나 됐는데, 자주 썼으면 어떻게 아직까지 살아 있지요? 혹시 아껴 쓰는 거 아녜요?”

한 천족이 의심스러운 눈초리로 말했다.

“천만에요. 아끼다니요. 저도 그걸 영 이상하게 생각하고 있어요. 벌써 죽었어야 했거든요. 어쩌면 생명력을 지켜주는 무슨 아이템이라도 가지고 있는 건지도 모르겠네요. 하지만 어지간한 아이템으로는 감당이 안 될 텐데… 원래 생명력이 강했는지도 모르지요.”

그 천족도 고개를 갸우뚱거리면서 말했다.

“그럼 앞으로 오래도록 감시할 수 있는 겁니까?”

“어려울걸요? 이미 발작을 일으킨 적도 있으니까요. 얼마나 남았는지 몰라도 얼마 못갈 겁니다.”

“그래도 저주의 비홀더 마법을 아끼지 마세요. 제이 그놈을 빨리 잡아 죽이고 싶으니까. 장난감 주변에 숨겨둔 부하들도 지루해할 거예요.”

한 천족이 다짐하듯 말했다.

“오늘 당장 죽더라도 아끼지 않을 테니 걱정 마세요. 혹시 장난감이 죽으면 제이가 와볼지도 모르니까요.”

*　　　　*　　　　*

제이는 모멘트 왕국의 수도에 와 있었다. 그의 옆에는 징거가 있었다.

"제이님, 이제 슬슬 끝나가지?"

작달막하고 단단한 몸의 징거가 맥주를 들이키며 말했다.

"그래. 대충 다 돌았지. 이제 모든 나라의 고위 왕족들 사이에서 마족의 침투에 대한 소문이 파다하게 퍼졌으니까."

제이가 고기를 씹으며 말했다. 이 세계에 온 지도 몇 년이 지났지만 입맛이 바뀌지는 않았다. 시간이 지날수록 고향의 김치찌개가 더 그립다.

"제이님, 슬슬 일반인들 사이에도 소문이 퍼지고 있어."

"어차피 알려질 일이다. 여러 나라가 신마대전을 대비해서 군대의 훈련에 박차를 가하고 있으니까. 그래도 천천히 퍼지는 건 괜찮아. 다들 마음의 준비를 하겠지."

"그나저나 이 왕국은 어떻게 할 거야?"

"여기는 아직 전쟁을 시작하려는 곳은 아니야. 다만 마족에게 꽤나 깊이 침투당한 곳이지. 아직까지도 이번 사태를 믿지 않는 곳이니까 아마 왕의 주변에 연결점이 되는 놈들이 있겠지. 그쪽으로 조사를 좀 해보자."

"크아! 시원하다. 그래. 그동안 제이님과 하도 여러 건을 처리했더니 나도 꽤 익숙해졌어. 이제 조사해 보면 마족에게 넘어갔다 싶은 놈들이 딱 보이니까. 얼른 해결하고 다음 왕국으로 가야지."

징거가 맥주를 원샷하며 말했다.

그때 그들이 있는 여관의 문이 열리며 사람들이 들어왔다.

“오호라. 로열 나이트. 이 왕국의 근위기사들이네.”

징거가 그들을 힐끗 보면서 말했다.

“이미 어디서 한잔했군. 모두 취했어.”

제이도 그들을 보면서 평했다. 네 명의 기사들이 붉어진 얼굴로 들어와서 주변을 둘러보았다.

“우히히. 저것 봐라. 인간과 드워프다.”

한 기사가 제이와 징거를 가리키며 말했다.

“끄어억. 성자 제이를 모방한 파티구나.”

“제기랄. 개나 소나 인간과 드워프야. 저러면 술집에서 대우가 다른가 보지?”

“보통 놈들에겐 그럴지 몰라도 우린 근위기사야. 우리 앞에서는 어림도 없지. 암.”

기사들이 제이에게 다가오면서 술주정을 부렸다.

“징거, 가자.”

제이가 일어서며 말했다. 공연히 시비에 휘말리고 싶지 않았다. 근위기사들과 싸우면 앞으로의 일 처리가 그만큼 어려워진다.

“이 새끼들이 도망가려고? 엉?”

기사 하나가 취한 몸임에도 불구하고 근위기사다운 빠른 움직임으로 제이 앞을 가로막았다.

“이 새끼야, 우리 기분을 상하게 했으면 사과를 해야 할 것 아냐? 엉?”

기사가 손가락으로 제이의 가슴을 밀며 말했다. 그 손가락이 닿으려는 시점에 제이의 몸이 옆으로 슬쩍 돌아갔다. 절묘한 시간에 반응한 움직임에 기사의 손가락이 허공을 짚었다. 술 취한 기사가 중심을 잃으며 앞으로 넘어졌다.

"이 새끼가 감히 근위기사를 쳐?"

다른 기사들이 버럭 소리를 지르며 검을 뽑았다. 취한 얼굴이지만 그들의 검은 서슬이 새파랬다.

"제이님, 할까?"

징거가 도끼를 잡으며 물었다.

"앞으로의 일 처리가 조금 귀찮아지겠지만 이런 대접을 받고 넘어갈 수는 없잖아?"

제이가 징거를 보고 웃으며 대답했다.

"푸하하. 이 새끼들. 자기네가 진짜 성자 파티인 것처럼 떠드네! 저 놈보고 제이님이래, 제이님."

기사 하나가 그 둘의 대화를 듣고는 크게 웃으며 소리쳤다.

바닥에 쓰러져서 일어나는 기사는 징거의 몫으로 남겨둔 제이는 서 있는 세 명의 기사에게 와락 달려들었다. 기사들은 갑작스런 제이의 움직임에 깜짝 놀라며 검으로 앞을 막았다.

제이가 더 빨랐다. 기사들의 검보다 빠르게 다가선 그는 두 주먹을 양옆으로 뻗었다. 술 취한 기사 둘이 피하지 못하고 턱을 얻어맞았다.

남은 한 기사는 이제 술이 번쩍 깼다. 제이의 움직임은 눈으로 쫓기도 힘든 것이다. 그때서야 그는 제이가 평범한 여행자가 아님을 깨달았다.

그의 검은 제이를 겨누고 있었다. 조금만 더 뻗으면 제이의 가슴을 찌를 것 같았다. 제이가 한 걸음 다가오자 그는 오히려 그만큼을 물러 섰다. 그의 손이 살짝 떨리고 있었다.

"찔러봐라."

제이가 말했다. 자기보다 약한 일반인에게 힘이 세다고 해서 행패를 부리는 자들을 굳이 용서할 이유가 없다.

"저, 정말 제이님이십니까?"

기사가 손을 와들와들 떨며 질문했다.

"그러면 어떻고 아니면 어떻단 말이냐? 내가 나이면 괜찮고 아니면 찌를 것이냐? 나와 다른 사람의 목숨이 무엇이 다르단 말이냐?"

제이가 말했다. 그 말에 기사는 더 이상 서 있지 못했다. 털썩 엎어지며 두 손으로 땅을 짚었다.

"죄송합니다. 죄송합니다. 미처 못 알아봤습니다."

기사가 머리를 땅에 부딪치기까지 하면서 말했다.

제이가 그 모습을 보더니 혀를 찼다. 그렇게 보기 좋은 모습은 아니다.

"일어나라."

"감사합니다. 감사합니다."

기사가 연신 머리를 숙이며 일어섰다.

"저들을 깨워 데려가라."

제이가 쓰러져 있는 기사들을 보며 말했다. 그들은 완전히 뻗어 있었다. 징거에게 붙들린 기사도 이미 상처투성이로 변했다.

제이와 징거는 다시 탁자에 앉았다. 이미 싸움은 끝났으니 더 이상 자리를 피할 필요는 없다.

잠시 후에 그들의 앞에 주인이 다가왔다. 그의 손에는 술이 한 병 들려 있었다.

"주문하지 않았습니다만?"

제이가 말했다.

"성자 제이님께서 저희 가게를 찾아주셨는데 마땅히 대접을 못해서 죄송합니다. 이 술은 저의 자랑입니다. 드셔주십시오."

주인이 바짝 긴장한 얼굴로 말했다.

"이러시면 안 됩니다. 귀한 것을 어떻게 제가 마셔 버리겠습니까?"

제이가 웃으면서 말했다.

"드셔주십시오. 제이님께 이걸 대접했다고 자식들에게 자랑하고 싶습니다."

주인의 얼굴에는 이제 간절함까지 배어 있었다.

제이는 차마 거절할 수 없었다. 이 술에 담긴 것은 주인의 진심이다.

"그럼 감사히 마시겠습니다."

제이가 고개를 가볍게 숙이며 허락했다. 주인이 기쁜 얼굴로 변하더니 점원에게 손짓했다. 즉시 제이의 탁자 위에 귀해 보이는 잔이 두 개 올려졌다.

주인이 제이에게 술을 따랐다. 제이는 진심으로 감사하며 술을 받았다. 그리고 그 맛을 음미하며 마셨다. 뜨거운 것이 식도를 타고 넘어가는 독한 술이었다. 술의 향기가 코를 자극했고 입 안의 뒷맛은 달콤했다.

"정말 좋은 술이군요."

제이가 웃으며 말했다. 이 정도라면 보통 가격이 아니다. 고위 귀족이 아니면 맛도 볼 수 없는 술이다.

"감사합니다. 젊었을 때 운 좋게 구한 술입니다."

주인이 기쁜 얼굴로 말했다.

"이리 앉아 같이 한잔하시지요."

제이의 제안에 주인이 깜짝 놀라며 손사래를 쳤다.

"제가 어찌 제이님과 같이 마시겠습니까?"

"술은 같이 마셔야 맛입니다."

제이의 말에 주인은 잠시 갈등했다. 자기도 평생 가지고만 있었지 감히 맛보지 못한 술이다. 오랜 세월 그 맛이 궁금했다. 더구나 전쟁의 신이자 평화의 성자로 이름 높은 제이가 권하고 있다. 그와 함께 술을 마셨다고 하면 술집 주인으로서 그만한 자랑이 없다.

"감사합니다."

술집 주인이 금방 결정을 하고 의자에 앉았다. 제이가 그에게도 한 잔 따랐다. 제이는 술집 주인이 감격에 겨워서 술을 마시는 사이 품에서 작은 물건을 하나 꺼냈다.

"귀한 것을 주셨으니 작은 것 하나를 답례로 드리겠습니다."

제이가 가방에서 은팔찌 하나를 꺼내주면서 말했다.

"팔찌 아닙니까?"

술집 주인이 의아한 얼굴로 말했다.

"팔에 차고 음식을 만들거나 술을 빚으면 조금 더 맛이 좋아지도록 도와주는 물건입니다."

제이가 웃으면서 말했다. 사실 이 아이템이 음식 맛을 좋게 하는 것은 아니다. 이건 치료소 사업에 열중하고 있는 도로시에게 준 것과 비슷한 방식의 팔찌다.

이걸 손목에 차고 있으면 잡기운의 침투를 막아 건강에 도움을 준다. 잡기운을 막다 보니 음식이나 술을 만들 때도 조금 더 맛이 좋게 해주는 부수적인 효과가 있다.

그런데 여기에는 영웅검을 보고 연구한 위치 추적 마법이 덤으로 걸려 있다. 이건 다른 마법과 복합적으로 작동하는 위치 추적 마법에 대해서 시험하느라 만들어본 아이템이다. 그 때문에 도로시에게 준 것보다 잡기운 차단의 효과는 많이 떨어진다.

"이, 이건 그럼 설마……."

눈치 빠른 주인이 턱을 덜덜 떨며 말했다.

"능동형 마법 아이템입니다. 능동형이기 때문에 마나를 다루지 못하는 분이 가져도 알아서 동작합니다."

제이가 웃으면서 말했다. 도로시에게 준 것처럼 위치 추적 마법이 없는 팔찌는 그동안 왕들과 협상하면서 선물로 제공하곤 했다. 하지만 지금 술집 주인에게 준 것은 어떤 왕에게도 줄 수 없다. 왕들은 자기 위치를 남이 항상 알게 되는 것을 싫어한다.

"바, 받을 수 없습니다."

주인이 급히 팔찌를 밀어내며 말했다.

"술값입니다. 소중한 것을 주셨으니 받으셔도 됩니다. 그게 있으면 더 좋은 술을 빚을 수 있다니까요."

제이가 웃어주며 말했다.

주인은 솔직히 그 팔찌가 가지고 싶다. 정말 갖고 싶다. 그걸 가지면 술과 음식을 더 맛있게 만들 수 있다는 말을 듣자 정말 기뻤다.

"저는 여관 주인입니다. 이런 물건의 값어치는 대충 압니다. 능동형 마법 아이템은 부르는 게 값이라 들었습니다. 그래서 저 같은 놈이 가지고 있으면 목숨이 위험해집니다. 언제 빼앗길지 모릅니다."

아무리 보물이 좋아도 목숨보다 더하지는 않다.

"여기에는 위치 추적 마법이 걸려 있습니다. 어떤 놈이든지 이 팔찌를 빼앗아 가는 자가 있으면 제가 용서하지 않겠습니다. 만약 제가 가지 못할 상황이 되더라도 저 대신 처벌해 줄 사람이 있습니다. 그러니 걱정 마십시오."

제이가 다시 말했다. 대신해 줄 사람은 없다. 소문이 그렇게 나는 것이 중요하다.

그 말을 듣고 나서 안심한 주인이 팔찌를 받아 들었다.

"대신에 남에게 넘길 수는 없습니다. 다른 사람에게 넘어간다면 빼앗겼다고 생각하겠습니다."

제이가 말했다. 귀족이 와서 돈을 내밀고 강제로 살 경우를 염려해서다.

"정말 감사합니다."

주인이 눈물을 글썽거리며 말했다. 그리고 자신의 팔에 팔찌를 찼다. 뭔지 모를 편안함이 느껴졌다.

"자, 마십시다. 좋은 술이 아직 많이 남았습니다."

제이가 웃으며 말했다. 징거가 옆에서 자기 잔을 내밀었다.

그런 그들에게 정신을 차린 기사들이 다가왔다. 모두 술이 완전히 깬 상태였다.

"죄송합니다. 벌써 여러 날 퇴근도 못하고 수색을 하느라 다들 지쳐서 한잔했습니다. 피곤한 몸에 술이 들어가니 그만 주정을 부렸습니다. 옳지 못한 일을 한 것에 대해 사과드립니다."

기사들이 고개를 숙이며 사과했다.

"한잔씩 하시겠습니까? 이미 술을 마셨으니 이건 맛만 보십시오."

기사들의 뉘우침이 역력해 보이자 제이가 술병을 들고 말했다.

기사들이 황송해하면서도 재빨리 잔을 하나씩 구해서 내밀었다. 제이의 술을 받았다는 것은 그들에게도 영광이다. 술 맛에 반한 징거만이 아까워 죽겠다는 얼굴로 그 모습을 구경했다.

제이가 한 사람씩 정말 맛을 볼 만큼만 술을 따랐다.

"그래, 무슨 일인데 수색에 근위기사들까지 동원됩니까? 왕관이라도 도난당했습니까?"

제이가 술을 따라주며 물었다.

"사실 이건 소문내면 안 되는 일인데 제이님이니까 말씀드리겠습니다. 우리 왕국에 단 한 대밖에 없는 비공정이 탈취당했습니다. 그 때문에 국왕 폐하께서 노발대발하셨습니다. 모든 근위기사들은 물론이고 근위대까지 그 일 때문에 수색에 동원되느라 난리가 아닙니다."

근위기사의 대답에 제이의 손이 세 번째 사람에게 술을 따르던 동작 그대로 정지했다. 병은 기울어 있고 술은 계속 흘러나왔다. 술이 계속 잔을 채우자 기사의 얼굴에 화색이 돌았다. 앞의 두 사람은 맛만 볼 정도였지만 그의 것은 따르기를 멈추지 않아 잔이 가득 차 올랐다.

"저, 제이님. 술이."

마침내 술이 넘치자 기사가 조심스레 제이를 불렀다. 정신을 차린 제이가 술병을 들어 탁자 위에 올려놓았다.

제이는 깊은 생각에 빠져들었다. 그 모습을 보고 다른 사람들은 감히 말을 붙이지 못했다. 기사들만 자신의 술을 홀짝거리며 음미했다. 처음 두 기사는 혀끝만 자극하고 마는 적은 양에 입맛을 버렸다. 세 번째 기사는 많은 양을 느긋하게 마셨고 네 번째 기사는 그걸 보며 침만 삼켰다.

한참 동안 말이 없던 제이가 고개를 번쩍 들었다.

"징거, 윙스 오브 퓨리를 불러라. 인더스트리에 비상 연락을 할 일이 생겼다."

제이가 말했다.

"일? 무슨 일?"

"아직 확실하지는 않아. 일단 불러."

"알았다고."

징거가 짐 속에서 마법 스크롤을 세 개 꺼내며 말했다. 그리고 식당 바깥으로 나가 하나씩 찢기 시작했다. 파이어 애로우가 붉은 빛과 함께 먼저 하늘로 솟았다. 그 뒤로 아이스 애로우가 푸른 빛을 번쩍였다. 마지막으로 작은 파이어 볼트가 솟아올라 뒷마무리를 했다. 윙스 오브 퓨리와 약정한 긴급 호출 신호였다.

제이는 그사이에 여전히 생각에 잠겨 있었다. 그의 얼굴은 점점 굳어갔다.

얼마 기다리지 않아서 크루저 급 비공정 윙스 오브 퓨리가 나타났다. 그것은 술집 앞 큰길에 먼지를 날리며 착륙했다. 수도에 깔린 근위 기사들이 자기네 비공정을 찾은 줄 알고 몰려오기까지 했다.

"제이님, 무슨 일이십니까?"

함장 브라이언이 다급히 다가오며 말했다. 그는 제이를 인더스트리 사람 중 최초로 발견하고 접근한 공로를 인정받아 이미 장군으로 진급해 있었다. 그러나 제이와의 연결점이 되는 비공정 윙스 오브 퓨리의 함장 자리 역시 포기하지 않았다.

"브라이언 함장님, 즉시 인더스트리에 비상 연락을 넣으십시오. 큰일났습니다."

제이가 심각한 얼굴로 말했다.

"말씀하십시오."

분위기에 놀란 브라이언이 즉시 차려 자세를 취했다.

"모든 공중 도시에 마족 침투 경보를 발령해 주십시오. 지금부터 미확인 비공정은 무조건 접근 금지입니다. 그걸 거부하고 공중 도시에 내리려고 하는 비공정은……."

제이가 잠시 말을 끊었다. 아직 그의 추측일 뿐이다. 근거도 부족하다.

"어떻게 할까요?"

"각 공중 도시의 판단에 달려 있습니다만, 저는 억지로라도 착륙하겠다고 하는 비공정은 격추해 버리는 것을 권하고 싶습니다."

제이가 망설이며 말했다. 만약 자신의 추측이 잘못된 것이라면 정말 엉뚱한 사람들이 개죽음을 당할 수 있다.

"비공정을 말입니까?"

브라이언이 기겁을 하며 말했다. 대부분의 비공정은 인더스트리의 물건이다. 그걸 격추하는 일은 상상해 본 적이 없다.

"일단 접근 금지를 시키십시오. 특히 소속 불명의 낡은 비공정일수록 더 의심을 해야 합니다. 그리고 현재 각 왕국에서 보유 중인 비공정들, 그 비공정들이 제대로 보관되고 있는지 확인해 주십시오. 이것은 인더스트리의 생존과 관련된 일입니다."

제이가 굳은 얼굴로 말했다.

"무슨 일인지 말씀을 해주서야 본국에 자세한 보고를 드릴 수 있습니다. 이런 경보를 보내 드리면 다들 궁금해하실 겁니다."

브라이언이 바짝 긴장한 채 말했다.

"지금은 경보가 먼저입니다. 내용은 경보 발령 후 다시 전해 드리겠습니다. 시간이 없습니다."

"알겠습니다."

제이의 대답을 들은 함장이 비공정으로 후다닥 뛰어갔다.

공중 도시 드림에서 최고회의 의장이 초조한 듯 어슬렁거렸다. 비상 소집된 최고회의 의원들도 모두 부하들을 닦달해 무슨 일인지 알아보느라 정신이 없었다.

"모든 비공정의 접근 금지라. 일단 다른 공중 도시 전부에 메시지 마법을 보내. 하지만 억지로 착륙하려고 하면 격추시키라니. 그건 좀 심한 것 같군. 그냥 잘 막아보라고 하고."

의장이 턱을 괴고 앉은 채 말했다.

"알겠습니다."

보좌관이 즉시 대답하고 연락을 위해서 회의장을 나섰다.

"모든 공중 도시에 연락하는 데 시간이 얼마나 걸릴까?"

의장이 혼잣말을 하자 비공정군 사령관이 나섰다.

"어차피 다른 공중 도시로 직접 연락을 할 방법은 없습니다. 공중 도시 드림은 통신 마법 중계 기지를 가까운 지상에 설치해 두었습니다. 게다가 콜벳 급 비공정을 중계 기지에 연락정으로 배치했기 때문에 빨리 소식을 들었습니다. 그러나 다른 곳은 사정이 다릅니다."

"하긴. 우리는 중요한 소식이 많으니 그렇게 했지. 다른 곳은 아니지?"

"예. 예산 때문에 연락용 비공정이 배치된 곳은 거의 없습니다. 그뿐만이 아니라 대부분은 중계 기지와 공중 도시의 거리마저 가깝지 않습니다. 아무래도 마법 통신이 가능한 중계 기지는 지상 시설물이니까요. 공중 도시의 이동 때마다 새로 건설하려면 워낙 돈이 많이 듭니다."

"알고 있소. 그놈의 예산 때문이지. 남아도는 게 돈인 우리 인더스트리가 중계 기지 설비비를 아끼다니."

"낭비는 안 좋은 것이니까요. 그래도 어느 공중 도시든 최소한 하루에 한 번은 중계 기지에서 통신 내용을 전달받도록 되어 있으니 소식이 그리 늦게 전해지지는 않을 겁니다."

"뭐, 그 정도면 되겠지. 그런데 정말 무슨 일인지 궁금하군."

의장이 머리를 긁적이며 말했다.

그들이 쓸데없이 추측만 하고 있을 때 방금 나간 보좌관이 다시 뛰어들어 왔다. 그의 얼굴은 상기되어 있었다.

"의장님, 무슨 일인지 밝혀졌습니다!"

보좌관이 소리쳤다.

"그래? 이유가 뭔데 그러는 거냐?"

의장도 일어서며 반갑게 물었다.

"제이님의 추가 연락입니다. 현재 모멘트 왕국 방문 중임. 수일 전 왕국에 비공정 도난 사건 발생. 비공정의 경비 상태를 감안할 때 일반적인 도둑은 아니라고 추정됨. 만약 비공정 도난이 여러 왕국에서 동시다발적으로 일어난 것이라면 상황이 심각함. 비공정은 공중 도시로 의심받지 않고 안전하게 침투할 수 있는 거의 유일한 운송 수단임. 마족의 침입을 경계할 것. 확인되지 않은 비공정은 마족의 탑승 가능성이 높으니 절대로 착륙시키지 말 것. 각국의 비공정 도난 여부를 최우선으로 조사할 것. 이상입니다."

보좌관의 말에 의장이 자리에 털썩 주저앉았다.

"원, 나 참. 제이님은 사람 놀라게 하는 재주가 있다니까. 그러니까 하위 인간들의 왕국 중 하나가 비공정을 잃어버렸다는 거 아냐? 그걸 이용해서 마족이 침투해 들어올지도 모르니까 대비하라고? 아무리 제이님이라지만 좀 지나친 억측 같은데?"

의장이 이마의 땀을 닦으며 편해진 얼굴로 말했다.

"동시다발적으로 발생한 것이라면 그렇다는 이야기입니다."

보좌관이 덧붙였다.

"하긴. 그냥 비행 몬스터를 보낸다면 우리 대공 애로우 런처에 걸려서 다 떨어져 버릴 테니 비공정이 유일한 접근 수단이긴 하지. 비공정이 온다면 아무도 의심 안 하고 착륙시킬 테니까.”

“그래서 걱정하시는 것 같습니다.”

“에이, 그래도 설마. 마족 놈들이 우리 비공정으로 쳐들어온다니. 그럴 리가 있나. 지난 세월 비공정 도난 사건이 전혀 없었던 것도 아닌데 뭐. 또 이번 비공정 도난 사건은 벌써 며칠 지난 일이라며?”

의장이 아니라는 듯이 고개까지 흔들며 말했다. 대부분의 최고회의 의원들도 의장의 말에 동의했다.

“그래도 제이님의 말인데…….”

보좌관이 미련을 가지고 말했다.

“그렇지? 제이님에 대한 예의가 있는데 그냥 무시해 버리긴 어렵군. 아, 보좌관. 경계 경보는 다 보냈나?”

“예. 다른 서른한 곳의 공중 도시와 연계된 지상 중계 기지로 메시지 마법을 보냈습니다. 하지만 아시다시피 공중 도시에 따라 최대 하루까지 지연될 수 있습니다. 당장 연락이 되는 곳은 거의 없을 겁니다.”

“알아, 알아. 그 정도면 됐지 뭐. 설사 무슨 일이 일어난다고 해도 오늘 하루 사이에 어떻게 될 리는 없잖아?”

의장이 느긋한 얼굴로 말했다.

이쪽 세계에는 꽤 많은 나라들이 비공정을 가지고 있다. 그러나 인더스트리가 비공정 판매를 중지한 지 백 년이 넘었다. 이제는 동작하는 비공정이 워낙 귀해져서 보유하지 못한 나라도 많다. 제국쯤 돼야 두세 대 보유할 정도다. 그나마 있는 곳도 대부분 사용 내구 연한이 훨씬 넘은 비공정이다.

어느 나라든 비공정은 아주 귀한 물건이다. 당연히 기사를 포함한 경비병을 세워 지키는 것이 원칙이다. 그리고 그 비공정들은 단 며칠 사이 거의 전부를 도난당했다.

그런데 왕궁에서 잘 지키던 비공정이 도난당했다는 사실은 왕의 체면에 손상을 주는 일이다. 왕궁의 경비 상태가 도둑이 들 만큼 형편없다는 것은 내놓고 자랑할 일이 아니다. 그래서 대부분의 왕실은 그 사실을 비밀에 붙이고 은밀히 조사를 했다. 보통 내부자 공모를 의심했다.

공개적으로 수색에 나선 나라도 몇 있다. 그러나 이 세계에 공중파 방송이 있는 것도 아니다. 소식이 며칠 사이에 쫙 퍼지거나 하는 일은 없다. 사실을 발표한 곳도 해당 왕국의 수도나 인근 주요 도시의 사람들, 그것도 일부 고위층만이 알고 있다.

그래서 비공정 도난 사실은 서로 공유되지 못했다. 제이도 뒤늦게 우연히 알았다. 정보 부서가 대충대충 운용되는 인더스트리는 단편적인 정보는 몇 개 받았지만 그 의미를 알아내지 못했다.

제이가 경계 경보를 발령한 때에는, 이미 공중 도시 서른두 개를 목표로 많은 수의 낡은 비공정들이 날아가는 중이었다. 그것들의 내부에는 마족이 가득 들어 있었다.

『소환전기』 6권에 계속…